CW01507403

DIOLCH
Diolch unwaith yn rhagor i 'deulu' Gwasg y Bwthyn,
ac yn arbennig i Gerwyn Wiliams am ei waith trylwyr,
ei gyngor parod a'i gefnogaeth ddiwyro
o'r cychwyn cyntaf.

Diolch yn ogystal i Marred Glynn Jones –
y gyntaf i ddarllen penodau agoriadol *Erchwyn* –
am ei hanogaeth frwd i mi gychwyn ar gyfres
Kiely ac O'Shea.

Carwn hefyd ddiolch o waelod calon
i Gareth Evans-Jones am roi 'chwip' o ddyfyniad
ar flaen y clawr!

ERCHWYN

erchwyn

SONIA EDWARDS

bwthyn
GWASG Y BWTHYN

Erchwyn
SONIA EDWARDS

ISBN : 978-1-917006-08-8

Cyhoeddwyd gyda chymorth ariannol Cyngor Llyfrau Cymru

Dylunio mewnol a'r clawr : Almon
Llun yr awdur : Dylan Lewis Jones

Cyhoeddwyd gan:
Gwasg y Bwthyn, 36 Y Maes, Caernarfon, Gwynedd LL55 2NN
post@gwasgybwthyn.cymru
www.gwasgybwthyn.cymru

SBIO I LAWR

Roedd hi'n beryglus o uchel. Digri. O achos ein bod ni'n teimlo'n od o glyd yno, yng nghesail y graig. Yn teimlo bron yn gynnes, er bod ogla'r môr mor oer. Bron nad oedden ni'n gweld ei fysedd rhew'n cau am ein gyddfau. Yn gweld ei awch amdanon ni'n ffrothio'n wyn rhwng ei ddannedd newydd.

Fiw i ti sbio i lawr, Mei. Paid â sbio i lawr ... Roedd y gwynt fel petai o'n pasio drostan ni, yn gadael llonydd i ni fatha lleidr trugarog yn penderfynu bod ei sach eisoes yn llawn, ac nad oedd gynnon ni ddim byd gwerth ei ddwyn, beth bynnag. Dyna sut cawson ni gadw'n lleisiau.

'Wn i ddim os fedra i godi oddi ar fy nghwrcwd,' medda fi.

Paid â sbio i lawr ...

Roedd o'n fy nghlywed i'n iawn, er fy mod i'n siarad hefo fo cyn ddistawed â phetaen ni'n gorwedd hefo'n gilydd mewn gwely. Nid ei fod o wedi trafferthu i ateb. Tybed oedd o'n amau bryd hynny fy mod i'n dechra jibio?

Rhyw gyffio braf oedd o. Y methu codi. Teimlad saff, fatha byth bythoedd. Fel tasen ni wedi marw'n barod. Nunlla arall i'w wynebu.

Doedd arna i ddim ofn go iawn. Dim tan iddo estyn am fy llaw. Roedd ganddo ddwylo sidanaidd, meddal. Dwylo merch. Am y tro cynta erioed, roedd ei gyffyrddiad fel cusan angau.

Fel penyd.

Fel pigiadau'r geiriau drodd yn hoelion er mwyn i mi fedru adeiladu fy nghrocbren fy hun.

Daeth yr hyn a ddywedais wrtho i fy ngwatwar: *Dwi ddim isio byw hebddat ti, Arawn.* Dwi'n cofio gweld y sglein yn ei lygaid bryd hynny; ei gamddeall. Nid dagrau oedd yn gyfrifol amdano, achos roedd yr un disgleirdeb ynddyn nhw rŵan. Rhywbeth manig oedd o, rhywbeth gwallgof, di-droi'n-ôl.

'Mi fydd o'n union fatha fflio,' medda fo.

Dyna barodd i'r lluniau ddechra clicio a hymian drwy fy mhen, fel hen ffilm ar gamera *cine*: fo a fi'n chwerthin fatha pobol ddiarth; y crio a'r caru, y clwb nos a'r jin, y te camoméil a'r coffi cry, a'r angel rhwng cerrig yr afon …

Paid …

Welais i mohono fo'n neidio. Roeddwn i wedi cau fy llygaid yn dynn – mor dynn nes fy mod i'n amau na fedrwn i byth mo'u hagor nhw eto – wrth deimlo fy mysedd yn dod yn rhydd o'i afael. Fatha rhyddhau corcyn o botel.

Teimlo'i fod o wedi mynd wnes i. Teimlo'r gwagle wrth fy ochr. A theimlo'r graig ddanheddog yn erbyn fy nghefn wrth i mi bwyso'n ôl, gwasgu 'nghorff iddi er mwyn iddi fy mrathu eto ac eto, deisyfu iddi fy amsugno, fy nhynnu i mewn iddi fatha ffosil.

Roedd un wylan fel petai hi wedi mentro'n llawer nes na'r un o'r lleill, ei chwyno'n cylchu fy mhen i, a fedrwn i ddim hyd yn oed roi fy nwylo dros fy nghlustiau: roedden nhw'n sownd yn y graig fel y gweddill ohona i. Dos o'ma. Dyna'r unig eiriau a oedd gen i. Am ei bod hi'n fy myddaru hefo'i gwewyr. Dos o'ma. Dos o'ma'r ast hyll.

A sylweddoli, wrth wthio'r mantra da-i-ddim dros erchwyn fy meddwl, mai fi fy hun oedd yn gwneud y sŵn i gyd.

OSH

Y peth cynta i ddod allan o'r garej beics i'w groesawu ydi llond ceg o ddannedd na fasen nhw'n edrych allan o le ar bwcad JCB.

'Be ff…?'

'Deud "helô" wrth dy Yncl Osh, Dwynwen,' medda'r mynydd o foi hefo'r locsyn Llychlynwr sy'n dilyn y ci o'r cysgodion.

'O lle doth hi? *Jurassic Park*?'

'O loches cŵn Bae Colwyn, os oes rhaid i ti gael gwbod,' medda Brenin Sgandinafia, gan droi'n lwmp o jeli wrth iddo gyrcydu o flaen y ci a mwytho'i chlustiau. 'Babi mawr wyt ti, 'te, Dwni Dwns?'

Mae hi wedi bod yn siwrna hir. Rhwbia Osh ei lygaid. Mi fasa wedi bod yn barod i daeru, gynnau, fod yna anifail arall yr un ffunud â 'Dwni Dwns' yn llechu tu ôl i *chassis* yr hen Honda hwnnw a adawodd o ar hanner ei drin, a hynny cyn iddo benderfynu diflannu i'r nos ar gefn ei feic ei hun fisoedd yn ôl, gan adael Rich T yng ngofal ei fusnes. Bu'r ffaith i'w berthynas â'r newyddiadurwraig Angharad Kiely ddod i ben, bron cyn iddi ddechra, yn ormod ar y pryd i'w galon ac i'w falchder. Felly gwnaeth yr hyn y mae Aled O'Shea wastad wedi'i wneud orau – ceisio dianc oddi wrth ei deimladau. Rŵan, mae o yn ei ôl fatha'r Mab Afradlon, ond yn lle cael llo pasgedig yn disgwyl amdano, mae Rich wedi'i gyflenwi hefo sw. A chan ymateb gyda brwdfrydedd i'r chwibaniad ddaw o ganol barf hwnnw, daw ci coch arall ar duth tuag atyn nhw gan lafoerio fatha jetwash.

'Mi rydach chi'n matsio, o leia,' medda Osh, gan feddwl o ddifri sut mae'r cyn-Hells Angel yn mynd i gario dau gi deg stôn ar gefn Harley. 'Mae un peth yn sicr – ti'n mynd i fod angen uffar o seidcar i dransbortio'r rhain.'

'Wedi prynu fan, do?' medda'r locsyn coch, heb symud blewyn. 'Pwy ti'n feddwl ydw i? Del Boy Trotter?'

'Asu, dwi'n troi 'nghefn am bum munud, ac mae 'na fwy o gachu ci yma nag ym Mryn y Maen.'

'Pum munud hir ar y diawl. A thra rwyt ti wedi bod yn drifftio rownd y wlad fatha Dafydd ap Gwilym â dy frwsh dannadd yn dy bocad ...'

'Doedd gan hwnnw ddim brwsh dannadd.'

'... dwi wedi gorfod gwarchod y gaer ar fy mhen fy hun. Angen bac-ỳp, doeddwn? Dyna ydi job Dewi a Dwynwen.'

Bolocs, meddylia Osh. Os oes yna unrhyw un ar y blaned a fyddai'n gallu gwarchod caer, garej a lloches anifeiliaid hefo'i gilydd ag un llaw wedi'i chlymu tu ôl i'w gefn, Rich T ydi'r boi hwnnw. Roedd ganddo'i amheuon ynglŷn â Rich pan ddaeth o ato fo'r tro cynta hwnnw i'r garej i chwilio am job, ond dim ond panad o de bildar a smôc gymrodd hi iddo sylweddoli mai halen y ddaear oedd yr ecs-Angel pymtheg stôn. Ei gyflogi oedd y peth gorau a wnaeth o erioed. Erbyn hyn, nid hefo'i fusnes yn unig y mae o'n fodlon trystio Rich: byddai'n rhoi'i fywyd yn ei ddwylo'n ogystal. Ac yn hynny o beth, dydi hi'n gwneud dim mymryn o ddrwg chwaith fod y ddwy law hynny'r un seis â rhawiau tân.

'Dim llawer o newid wedi bod yma tra'r ôn i i ffwrdd, felly, ar wahân i'r ffaith dy fod ti wedi agor cangen o'r RSPCA yn y cefna 'ma?' Gŵyr Rich yn iawn mai isio gwybod am Angharad mae o, tra'n trio peidio dangos bod ots ganddo, a gŵyr Osh fod y diawl blewog yn gwneud iddo chwysu dipyn cyn goleuo dim arno.

'Y newid mwya ydi bod yna fwy o waith wedi cael ei wneud yma hebddat ti.'

Handi ydi'r blydi locsyn 'na i guddio'r ffaith ei fod o'n chwerthin am fy mhen i, meddylia Osh. Mi fydd yn rhaid i minna dyfu un.

'Mi ges i hand gan Mono bob hyn a hyn, cofia,' medda Rich wedyn. 'Ond roedd o'n well am ateb y ffôn a sortio gwaith papur nag roedd o am stripio injan, yn enwedig hefo'r dwylo sgwennu 'na sgynno fo. Ti'n gwbod ei fod o'n ei ôl yn gweithio ar yr *Herald* rŵan, wyt?'

Beth bynnag arall ydi Rich T, dydi o ddim yn wirion. Wrth ddod ag enw Mono i mewn i'r sgwrs, mi fydd o'n ei gwneud hi'n haws i Osh ofyn, yn y pen draw, beth ydi hanes Angharad. Ei fan gwan. Hi ofynnodd am help Osh – a fynta newydd adael ei swydd fel cyfreithiwr i gychwyn busnes beics – i achub cam Mono wedi i'r heddlu ei halio i mewn y llynedd ar amheuaeth o fod mewn cysylltiad ag achos o lofruddiaeth. Cysylltiad Angharad â Mono, fel newyddiadurwraig, oedd y ffaith ei bod hi wedi cymryd y bachgen dan ei haden tra bu ar gyfnod o brofiad gwaith hefo'r *Herald*. Ac roedd hi'n naturiol felly i Mono droi ati hi, ei gyn-fentor, mewn argyfwng, yn enwedig hefo'r tad-da-i-ddim sydd ganddo, a'r fam nad ydi o byth yn ei gweld. Chwaraeodd Rich ei ran hefyd, bryd hynny, wrth gael hyd i dystiolaeth a fyddai'n cadarnhau pwy oedd y llofrudd go iawn. Mae yna rai argyfyngau sy'n gallu tynnu'r bobol mwya annhebygol at ei gilydd, ac yn yr achos hwn clymwyd cyn-gyfreithiwr, newyddiadurwraig, Hells Angel, a chwaraewr piano mewn band indi-roc.

Dim ond bod y cwlwm rhwng y twrna a'r riportar wedi mynd braidd yn dynnach nag roedd yr un ohonyn nhw wedi'i ddychmygu.

Cyn llacio drachefn.

Dechra raflio.

Datod.

'Sut ma' hi, 'ta?'

'Pwy, Anji?'

Dydi Osh ddim yn ateb. Mêt, paid â fy weindio fi fyny, ia? Nid am dy nain dwi'n blydi holi, naci ...? Gwêl Rich ei gamgymeriad. Clirio'i wddw. Ychydig mae hi'n ei gymryd i groesi'r lein.

'Mae hi wedi cael dipyn o amser i ffwr' o'r gwaith,

medda Mono. Dyna sut cafodd o'i droed yn ôl dan y bwr' hefo'r *Herald*. Roedd hi wedi bod yn sôn ers wythnosau am symud o'r dre i fyw. Feddylion ni erioed y basa hi'n mynd dros y dŵr, chwaith ...'

EDWYN

Goleufryn.

O ddiawl.

Dydi o ddim yn ola'. Hen dŷ tywyll ydi o, yn gwisgo sbectol dyn dall.

Mae'r gwylanod wedi cymryd drosodd ers i Dilys fynd. Dim ots ganddyn nhw mai'r brain oedd pia fo gynta. Mi feddiannon nhw'u llecyn fatha'r bobol ddiarth sy'n plannu'u hambaréls yn nhywod Traeth Erchwyn bob ha'.

Mi fedar Edwyn Morris weld y nyth blêr o ffenest y llofft. Does yna ddim byd mwy digywilydd na gwylan fôr, meddylia. Yn ei lordio hi ar ben tomen rhywun arall, ei llgada-penna-sgriws yn gweld popeth ond yn syllu ar ddim, ac yn cachu'n wynnach nag eira.

Mae'r hen gadair wiail yn gwichian wrth iddo ail-leoli bochau'i din. Doedd o ddim wedi bwriadu ista yma cyn hired. Mae Maud wedi cysgu lot mwy heddiw. Y tabledi newydd 'na. Cryfach. Mi fasa wedi medru mynd a'i gadael hi am dipyn. Wedi'r cyfan, mae ganddi'i ffôn wrth ei hymyl, a remôt y teledu bach. Ond mae o wedi canfod bod y fan hyn yn lle handi ar gyfer sbio allan. Gweld yr holl fynd a dwad. Gwell na'r holl rybish ar y teli beth bynnag. Bu'r fan Pest-o-kill i

fyny yn y topia 'na gynna. Mi fasa fo'n fodlon betio bod
y llygod mawr yn eu holau eto yn lle'r Everinghams.
Cadw gini-pigs yn 'rardd. Gofyn am drwbwl. Bwyd
rheiny ar hyd y gwair ym mhob man. Denu pob matha
o betha. Fatha'r tacla gwylanod 'ma sydd dros y ffordd.

Mae chwith gweld y lle bellach, meddylia Edwyn.
Roedd Goleufryn wedi mynd â'i ben iddo braidd ymhell
cyn i Dilys gael ei chartio oddi yno mewn ambiwlans.
Doedd hynny'n ddim syndod iddo chwaith. Roedd hi
wedi dechra mynd yn rhyfadd ers iddi gael codwm, yn
dweud yr un peth wrth bobol drosodd a throsodd, ac
allan bob oria yn yr hen ddresing-gown binc honno yn
rhoi dŵr i'r chwyn. Does yna neb wedi bod ar gyfyl y
lle wedyn. Mae'i jerêniyms hi'n grin yn eu potiau ar sil
y ffenest, wedi gwaedu'u petalau i gyd.

Mae'r golau seciwriti'n dal i ddod ymlaen ar dalcen
y tŷ bob nos fel arfer. Fel tasa Dilys yn dal yno, ac
eto'n cyhoeddi i'r byd nad ydi hi ddim. Gwahoddiad i
ladron, ym marn Edwyn. Gweddill y tŷ'n ddu bitsh a'r
cyrtansia i gyd yn gorad led y pen. Dydi o ddim am
fynd draw yno chwaith. Mi fedar gadw llygad o'r fan
hyn yn iawn. A dydi o ddim yn rhy cîn i lercian rhyw
lawer wrth ddrws y portsh erbyn hyn. Nyth gwenyn
meirch yno llynedd, garantîd. Degau o'r diawlad
yn dod yn eu holau yno wrth iddi ddechra nosi fel
tasen nhw'n cynnal parti i ddathlu bod y tŷ'n wag.
Mi agorodd Edwyn ddrws y portsh y noson honno –
fyddai Dilys byth yn cloi hwnnw – dim ond rhag ofn
bod yno bost. Dim byd gwaeth na llwyth o lythyrau

ar y mat i gyhoeddi i bawb nad oedd neb adra. Mi gafodd gadarnhad wedyn. Fo oedd yn iawn am y nyth. Mi fedrai eu clywed nhw, y gwenyn, yn tician o dan y ffêsia-bord. Ŵyr o ddim be sydd waetha – gwenyn 'ta gwylanod. Ond mae un peth yn sicr – maen nhw i gyd yn well na blydi llygod mawr a fisitors.

Mae o'n dechra meddwl yr eith o i wneud panad tra mae Maud yn dal i bendwmpian. Mae hi'n twllu'n barod, ac mi fedrai wneud hefo tamaid o dost hefyd, gan eu bod nhw wedi cael swper cynnar heno. Ac yna, wrth godi, mae o'n sylwi ar rywbeth. Ydi, mae hi'n twllu ers meitin. Lampau'r stryd wedi hen ddechra cynnau, fesul un. Ond dydi lamp seciwriti Dilys ddim wedi goleuo. A howld-on am funud bach – mae'r llenni yn y stafell ffrynt ynghau. Fedar o ddim gweld neb na dim byd arall od chwaith, ar wahân i'r ffaith bod y giât wedi'i chau hefyd. Bu'n agored ers i Dilys fynd. Tan heno. Y teulu wedi gofyn i rywun fynd draw ar eu rhan, mae'n rhaid, a nhwtha'n methu mynd yno'u hunain. Dipyn o job picio i sir Fôn o'r Alban, debyg, dim ond er mwyn cau cyrtans.

Mae o'n trio mynd i lawr y grisia'n ddistaw, ond mae'r rheiny'n gwichian hefyd. Bob dim yma'n blydi gwichian, meddylia. A dydi o ddim yn mynd i boeni am dŷ Dilys rŵan. Dim tan fory, beth bynnag. Mae o'n rhoi'i fys ar switsh y teciall ac yn estyn y pot marmalêd. Y gwres canolog yn y llofft wedi codi diawl o syched arno. Mae'i geg o fatha gwadan mul.

ANJI

Pan ddywedodd Rich T wrth Angharad â'i law ar ei galon nad oedd ganddo'r un syniad i le'r aeth Osh, gwyddai hithau'i fod o'n dweud y gwir. Petai hi'n onest, roedd hi wedi gadael i wythnosau fynd heibio cyn meddwl mynd i holi Rich amdano. A rŵan bod Osh yn ei ôl, mae yntau hefyd yn gwneud joban reit dda o gadw allan o'i ffordd hithau. Wedi'r cyfan, onid ydi'r hyn ddigwyddodd yn mynd i wneud pethau'n anos pan ddôn nhw wyneb yn wyneb yn hwyr neu'n hwyrach? Dydi hi wir ddim yn gwybod sut bydd hi'n ymateb os – neu'n hytrach, pan – fyddan nhw'n taro ar ei gilydd yn rhywle. Sut bydd Osh yn ymateb.

Roedd hi wedi meddwl o ddifri'r noson honno ei bod hi'n dechra symud ymlaen. Ocê, roedd ei chalon hi'n teimlo fel petai hi wedi'i gludo wrth ei gilydd hefo Siwpyrgliw, ond o leia roedd hi mewn un darn, yn graciau ond yn gyfan. Ei chamgymeriad hi bryd hynny oedd penderfynu'i bod hi dros Dylan. Ond nid mater o benderfynu oedd o, naci, mewn gwirionedd? Doedd dod â'i haffêr i ben hefo'r dyn priod a oedd wedi meddiannu blynyddoedd o'i bywyd ddim yn golygu bod ei theimladau tuag ato'n mynd i orffen ar yr un pryd, fel diffodd switsh.

Oedd, roedd hi'n ffansïo Aled O'Shea. Ychydig iawn o ferched strêt na fyddai'n syrthio am foi fatha fo. Roedd ganddo'r holl gynhwysion ar gyfer bod yn goctel o rywioldeb – a mwy: y sensitifrwydd, y deallusrwydd, y bantar. A doedd y ffaith bod ei llgada direidus a'i stybl-ffilm-star yn gweddu'n berffaith i'r lledr moto-beic roedd o'n arfer ei wisgo'n gwneud dim mymryn o ddrwg i'w ddelwedd chwaith. Ond nid bai Osh oedd o, naci? Fedra'r boi ddim bod yn fwy perffaith petai hi wedi'i archebu o gatalog. Hi oedd y rhwystr. Neu'n hytrach, ei theimladau tuag at ddyn arall, nad oedd hi wedi golygu digon iddo adael ei wraig er mwyn bod hefo hi, oedd yn sefyll rhyngddyn nhw fel weiren drydan.

Ei thwyllo'i hun roedd hi'r noson honno wrth ddechra meddwi ar gusanau Osh, tynerwch ei gyffyrddiad, angerdd ei garu. Roedd arni gymaint o isio, o angen, bod yn iawn; bod yn ocê unwaith eto. A bu bron, bron iddi lwyddo. Pleser oedd caru hefo Osh, rhyddhad, gollyngdod. Roedd yna gemeg rhyngddyn nhw. Roedd yna sbarc. Plis, Dduw, gad i hwn fod yr un i ganslo'r llall allan. Gad i hwn fod yn ddigon ...

Cofia o hyd ganu di-baid ei ffôn. Y brys ynddo. Y tecsts yn saethu ohono fel petai o'n wn ciaps. Neges uffernol Marian, ei ffrind, am ddamwain car angeuol Dylan. A'r gwewyr ar wyneb Osh wrth iddi fynnu cuddio'i noethni rhaggddo o'r eiliad y cafodd hi'r newydd. Nid crio ar ôl Dylan yn unig a wnaeth hi'r noson honno; roedd y galar yn gymysg â'i hunandosturi hithau, am yr hiraeth chwithig a deimlodd ar ôl Osh yn ogystal, wrth i sŵn ei foto-beic doddi i feddalwch y nos.

Bu'n rhaid iddi gyfadda'r gwir wrth Eic, ei bòs. Roedd o wedi bod yn olygydd yr *Herald* ers gormod o flynyddoedd i beidio cael bwlshit-ditector fatha brên. Ac roedd hitha'n llanast o llgada cochion tu ôl i'w sbectol haul.

'Be? Shêds ym mis Tachwedd yn y glaw?' medda'r comîdians yn y swyddfa. 'Ti'n mynd i ddechra rapio rŵan, Anj?'

'Conjynctifeitus,' medda hitha, yn creu dwrn am y tisiw gwlyb ym mhoced ei chôt.

'Wel, ti wedi cael y sillaf gynta'n iawn, beth bynnag,' oedd sylw Eic. 'Con os buo un erioed. Ti'n meddwl 'mod i'n wirion?'

Dywedodd hyn wrth ei llywio'n dyner trwy ddrws ei swyddfa fechan, estyn cadair iddi a rhoi panad o'i blaen. Ti-bag mewn mŷg oedd eli Eic at bob clwy. Roedd o wedi estyn pacad deijestifs hefyd. Y rhai siocled mae o'n eu cuddio yng nghefn y cwpwrdd ar gyfer yr heddlu ac ymweliadau Elis Acowntant. Dyna be oedd braint; roedd yna fis cyfan i fynd cyn dyddiad eu best-biffôr.

'Sut gwyddet ti, Eic?' Gan ei fod o'n edrych mor gwbwl cŵl a hitha newydd gyfadda na fedrai hi fynd i gnebrwn y dyn roedd hi'n ei garu oherwydd y byddai'i wraig o yno.

'Doedd o ddim yn mynd i gymryd jîniys, nag oedd,

Anj? Hogan smart, ddeallus fatha chdi ar ei phen ei hun ym mhob parti ers yr holl flynyddoedd 'ma. Byth efo plŷs-wan. Dim ond o ddewis fedra hynny fod, 'de?'

Roedd gwirionedd ei eiriau'n ei hoeri, fel petai hi wedi cerdded drwy bwll dŵr mewn sgidia meddal. Collodd gownt ar sawl gwaith y bu hi mewn cinio Dolig neu barti priodas heb gymar wrth ei hochor a chael rhyw dwat neu'i gilydd (meddw a phriod a chanol oed, fel arfer) yn dod ati hefo'r wan-leinar chwdlyd o fysoginistaidd honno: 'Be ma' bêb fatha chdi'n da ar ei phen ei hun mewn lle fel hyn, dwa?'

Edrycha'n ôl rŵan ar ymateb Eic y diwrnod hwnnw. 'Cymer amser i ffwrdd. Gweithia adra. Mi geith Mono ddod i mewn i gyfro'r stwff llai ar dy ran di, yn lle'i fod o'n gwastraffu'i amser yn y blydi lle bwyd anifeiliaid 'na.' Dydi Eic ddim yn feirniadol ohoni. Dim ond caredig. Yn gweithio'i fajic Santa Clos arferol arni.

'Jyst dos am ychydig ddyddia, 'de? Dim ond am dipyn, er mwyn i'r aflwydd beth-bynnag-eitus 'na glirio. Yn enwedig â hwnnw mor hawdd i'w basio i rywun arall. Fedra i'm gwneud hefo pawb yn yr offis 'ma'n rhwbio'u llgada fatha mwncwns, na fedra?' Ac mi winciodd arni'n gynllwyngar.

Cofia'i fod o wedi gwneud iddi chwerthin er ei gwaetha. A chydymdeimlad anfeirniadol Eic a wnaeth iddi sylweddoli yn y pen draw mai'i dewis hi, a neb arall, oedd pwyso'r botwm pôs ar ei bywyd ei hun am unwaith ers cymaint o flynyddoedd. Rhoddodd iddi'r hwb angenrheidiol i beidio gwastraffu eiliad arall o'i bywyd yn caru lles pawb arall ar draul ei lles ei hun.

Dyna pam roedd hi yn nieithrwch ei chegin newydd, yn ei thŷ newydd, yn chwilio am ddechra newydd a hithau'n gefn drymedd gaeaf. Aeth yr holl focsys cardbord yn ormod iddi. Eisteddodd yn eu canol ac agor ei photel win. Dim ond y hi oedd yna rŵan. Ar ei phen ei hun go iawn. Dim galwadau ffôn cyfrinachol. Dim tecsts yn hwyr yn y nos ac yn gynnar yn y bore. Llyncodd y blydi dagrau oedd yn dal i fygwth o hyd hefo cegiad o'r Merlot.

Efallai byddai'n rhaid iddi gael cath.

Byddai treulio cyfnod adra'n gwneud lles iddi. Dim ond y byddai hi'n sbelan nes byddai'r fan hyn yn dod i deimlo fel adra yng ngwir ystyr hynny. Ta waeth, Anj, meddyliodd, wrth i'r gwin cynta ddechra anwesu'i synhwyrau, llenwa dy wydryn. Yf lwncdestun i ryddid. Ac i Mono. Mi geith hwnnw gyfle i gael ei droed yn ôl yn nrws swyddfa'r *Herald* rŵan, o leia.

Gadawodd i Mono feddiannu'i meddyliau am sbel. Washi. Yr holl helynt y bu ynddo, a fynta'n ddieuog. Diniwed hefyd, ond wedyn, tydan ni i gyd, mewn un ffordd neu'i gilydd? Ac wrth iddi ddrachtio mwy ar y gwin am nad oedd yna neb arall i'w gweld, meddyliodd am Osh.

O'Shea.

Byddai'n rhaid iddi gael hyd iddo.

Ond yn gynta, byddai'n rhaid iddi gael hyd iddi hi'i hun.

Erbyn heddiw, mae hi wedi cael wyth mis i drio adnabod yr Anji Kiely sy'n syllu'n ôl arni o'r drych. Wyth mis i drio dysgu meddalu tuag ati. Efallai'i bod hi'n hen bryd iddi estyn yr un cydymdeimlad tuag at O'Shea. Sgrolia drwy'r contacts ar ei ffôn, a theimlo'i chalon yn cyflymu wrth oedi ar ei enw. Ar y rhif y bu iddi'i flocio a'i ddadflocio droeon.

Ond yr enw nesa ato fo mae hi'n ei ffonio.

Mae Rich T, ar ôl gweld mai Angharad ydi hi, yn ateb ar ôl dau ganiad.

DCI LIAM ·O'SHEA

Cofia sut y byddai'i fam yn arfer dweud, bob tro y digwyddai trychineb i rywun ym mis Rhagfyr: 'Ma'r petha 'ma'n dod heibio pobol ar Ddolig bob amser.' Cyd-ddigwyddiadau erchyll oedden nhw, wrth gwrs, y damweiniau a'r marwolaethau y cyfeiriai hi atynt, ond roedd o'n deall y sylw rywsut; roedd hi'n anorfod bod yr adeg o'r flwyddyn yn dwysáu neu'n dramateiddio'r brofedigaeth roedd hi'n digwydd bod yn sôn amdani ar y pryd. Ac mae o'n deall yn well byth erbyn hyn pa mor chwithig a hyll ydi Jingl Bels a thor-calon yn dod law yn llaw; mae o fatha rhoi dwy gath hefo'i gilydd mewn catsh.

Doedd hi ddim cweit yn Ddolig pan ddigwyddodd ei drychineb o, ond roedd paratoadau'r stryd fawr eisoes ar droed. Yn gosod y mŵd. A doedd yntau ddim cweit wedi cael profedigaeth chwaith. Fuo neb farw, er ei bod hi'n teimlo felly.

'Fi ddylai adael,' meddai Nerys. 'Fi gafodd yr affêr.'

Ac roedd hi'n union fel tasa 'na gryndod wedi mynd drwy frigau'r goeden Dolig hefyd pan ddywedodd hi hynny. Nyts. Gwyddai Liam mai'r gwres canolog oedd yn peri i'r bobls anadlu, ond wnaeth hynny ddim byd i dawelu'r iasau oedd yn ei gerdded yntau.

Roedd hi a'r genod eisoes wedi trimio'r tŷ. Teimlai Liam fod gwenau'r tinsel dros fframiau bob llun yn ei watwar. Roedd hyd yn oed yr ornament carw ar y silff-ben-tân fel petai o'n sbio i lawr ei drwyn sbarcli arno ac yn dweud: eitha gwaith â chdi'r basdad. Dim iws i ti weld bai ar Ner. Dyna be ti'n ei gael am dynnu dy lygad odd'ar y bêl. O achos mai dyna a wnaeth o, 'de? Rhoi'i swydd o flaen ei deulu. Ei dwyllo'i hun mai gwneud ei orau ar eu cyfer nhw roedd o. Y gwir plaen oedd nad oedd o ddim yn gwybod sut i ollwng yr awenau, sut i drystio, sut i rannu'r baich rhwng ei gydweithwyr. Roedd arno isio bod yno â'i fys ym mhob briwas, yn doedd? Blydi control-ffrîc, dyna oedd o. Meddwl nad oedd neb arall yn ddigon tebol.

Mae geiriau Osh, ei frawd, yn pledu'r gwirionedd yn ei ôl ato fatha carreg ateb: mi ddaw hyn rhyngoch chi, 'sti, os nad wyt ti'n ofalus. Wirioned ag ydi'i frawd ar adegau, roedd yn llygad ei le bryd hynny, yn doedd? Wedi'r cyfan, mi gafodd hwnnw olygfa o'r sedd flaen. Osh aeth hefo Nerys a'r genod i'r rali Yes Cymru llynedd oherwydd ei fod o, Liam, wedi eu siomi drwy benderfynu mynd i'w waith y Sadwrn hwnnw. Ei ddewis o. Ond Iesu, roedd o, heb os, yn ei chanol hi bryd hynny, â merch un o'i hen ffrindiau coleg wedi mynd ar goll. Doedd o ddim wedi cysgu noson nes iddyn nhw gael hyd i Cat Llywarch. A fynta'i hun yn dad i ddwy ferch yn eu harddegau, roedd o wedi teimlo'r holl beth yn pwyso'n drymach arno. Ond roedd ganddo hefyd wraig roedd o'n ei charu, ac roedd o'n ormod o ddic-hed i sylweddoli'i fod o'n cymryd ei chefnogaeth a'i hamynedd diwyro'n gwbwl ganiataol. Aeth holl falans ei fywyd ben ucha'n isa: doedd yna ddim llinell rhwng gwaith ac adra nes bod y cyfan yn un stwnsh fel gardd wedi tyfu'n wyllt.

Wedi iddo fo a Nerys roi cynnig ar fyw o dan yr un to – a fynta fel lojar yn y llofft sbâr – y fo, Liam, symudodd allan yn y diwedd. Haws ar y genod. Roedd y ffaith bod eu rhieni'n gwahanu'n ddigon ynddo'i hun i droi bydoedd Erin ac Efa ben ucha'n isa, heb sôn am eu gorfodi i symud tŷ'n ogystal. Un o'r pethau mwya streslyd fedar neb fynd drwyddo fo, heblaw am brofedigaeth. Dyna ddarllenodd o unwaith. A dyna fo'r gair 'na eto: profedigaeth. Colled, galar, marwolaeth. Mae'r bynglo rhent â'i waliau magnolia'n cau amdano, ac mae rhywbeth byw yn sownd yn ei frest, yn cwffio i ddod allan: mae o'n ei weld ei hun fel cartŵn o foilar yn bygwth byrstio. Dim ond dwy stafell wely sydd yma; mi fydd raid i'r genod rannu pan ddôn nhw ar benwythnosau, bob yn ail benwythnos, beth bynnag fydd hi – wnaeth o ddim mynnu, ddim gorfodi, nhw sydd i benderfynu. Sylweddola nad oes ganddo fo ddillad gwely ... rhy hwyr i fynd i chwilio am rai rŵan ... Jyst cymra dy wynt, boi, jyst cofia anadlu, ia? I mewn am bedwar, dal am bedwar, allan am bedwar ... Iesu, Liam, be wyt ti, hen wreigan wedi colli'i phwrs? Callia, er mwyn Duw.

Mae'r bocsys sy'n dal yr hyn sy'n weddill o'i fywyd yn sefyll yn rhes o flaen y drws ffrynt. Fel cerrig beddi, meddylia. Does ganddo fo ddim mynadd rŵan i ddadbacio pob un. Tasa fo ddim ond yn medru cofio ym mha focs mae'r teciall, mi fyddai gwell tsians am banad. Ac mae hi cyn oered â blydi mynwent yma hefyd, er ei bod hi'n tynnu at ddiwedd y gwanwyn. Mygiad o de bildar a sbio sut i droi'r gwres ymlaen, ac mi deimlith yn llai pathetig. Wrth iddo deimlo'i frest yn dechra llacio o'r diwedd, mae yna ruo tu allan fel tasa 'na eroplên yn trio glanio ar y dreif, a chlec yn ei ddilyn fatha ergyd o dwelf-bôr. Gall Liam flasu ffiwms y beic yn clogio'i lwnc cyn iddo fo hyd yn oed agor y drws.

'Arglwydd! Ar be wyt ti'n rhedeg hwnna? Dîsl coch?'

Er na chymra Liam mo'r deyrnas am gyfadda pa mor falch ydi o o weld ei frawd ar stepan y drws, mae'r hen ddireidi yn llgada Osh yn cynhesu mwy arno na chrochenaid o de a blast o wres canolog a fyddai'n ddigon i holl drigolion cartref henoed Llwyn Hendre ddiosg eu cardigans fel un.

'Dwi'n tsiampion, Liam, diolch i ti am ofyn. Ac ma' hi'n dda dy weld tithau hefyd, cofia.'

Mae ganddo ddau focs pitsa o dan ei gesail chwith, a sics-pac o Gorona yn ei law dde. Eglura hynny pam ei fod o'n dal i wisgo'i helmet, heblaw ei fod wedi codi'r feisor, ond mae hynny'n ddigon i ryddhau'r gwreichion o'i llgada. Sylweddola Liam yn yr eiliad honno, wrth i ogla egsôst y Ninja ffrio'i ffroenau, mai dyma'r tro cynta ers tro byd iddo beidio teimlo'n unig. Ac er iddo gael ei demtio i estyn am y cwrw o law Osh fel dyn ar drengi, mae o'n benderfynol o beidio dangos gormod o wendid i'w boen-yn-din o frawd bach:

'Be? Ti'n gweithio i Domino's rŵan, wyt? Sgin ti syniad faint o'r gloch ydi hi?'

Mae ateb Osh yr un mor nodweddiadol wrth iddo sbio heibio iddo ac i mewn i'r tŷ:

'Y cwestiwn mawr ydi: sgin ti garlic mayo yn un o'r bocsys 'na, 'ta be?'

Ar ei noson gyntaf mewn tŷ diarth, dienaid, cwmni'i frawd a phryd o fwyd heb na llestri na gwydrau ydi'r union donic mae ar Liam ei angen. Unig sylw Osh am y lle hyd yn hyn ydi:

'Ogla rhyfadd yma.'

'Ti'n un da i siarad.'

'Neb wedi bod yn byw yma, nac oes? Ti angan agor ffenest neu ddwy, dyna'r oll. Pob man wedi cael ei gau i fyny, do, fatha bedd Twt-an-ca-mŵn.'

'Dim fela ti'n ddeud o.'

'Deud be?'

'Twt-an-ca-mŵn. Fatha tasa fo'n frawd i Rupert Moon. Twt-an-ca-MEN ydi o, 'de.'

'Iesu, fel hyn wyt ti yn yr hêtsh-ciw, ia? Dim rhyfadd eu bod nhw'n poeri yn dy de di.'

'Be ti'n feddwl "poeri" … ?'

'Jôc! Paid â bod mor groendena …' Ac yna mae Osh yn gwneud sioe o droi'r stori, wedi sylweddoli'n amlwg fod gan ei frawd hawl i fod yn fregus heno, ac yn ailadrodd rhywbeth ddywedodd Rich T gynnau:

'Ma' siŵr dy fod ti a dy fêts ar gês y boi 'na'n barod. Hwnna sy ar y teli.'

'Pa foi ar y teli?'

'Be? Ti'm yn gwbod? Hwnna oedd yn actio yn y gyfres dditectif honno. Arawn Llynon. Ar goll ers echnos. Blydi hel, Insbector Môrs ei hun allan o'r lŵp!'

'Dwi ddim wedi bod i mewn yn y gwaith heddiw, naddo? Blydi diwrnod-symud-ffycin-tŷ, 'de!'

Gŵyr Liam ei fod o'n bod yn uffar pigog, yn enwedig ag Osh wedi landio heno i godi'i galon o. Ond eto, lle mae'r diawl bach anghyfrifol wedi bod yn ystod y misoedd dwytha 'ma, 'de, a fynta'i angen o? Ac er mai dim ond newydd rocio i fyny yn ei ôl mae o, mae'i fys o ym mhob briwas yn barod. Tipical. Ond Arawn Llynon, yr actor, ar goll ers neithiwr? Efallai nad oes neb wedi'i riportio fo eto. Efallai nad ydi o ar goll go iawn. Ond wedyn ...

'Lle mae Rich wedi clywed hyn, 'ta?'

'Ma' gin Arawn Llynon gefndar sy'n berchen moto-beic.'

'Wrth gwrs bod gynno fo. Ac ma' hynny'n ei wneud o a Rich yn frodyr gwaed felly, yndi?'

Gŵyr Liam nad oedd dim angen iddo fod mor frathog, ac mae o'n difaru'n syth ar ôl agor ei geg. Ond mae o'n ei gnoi o erioed fod gan Osh y ddawn o droi i fyny o nunlla'n gwybod popeth am bob dim tra'i fod o, Liam, yr un a ddylai fod â'i fys ar y pyls, yn stwna yn y niwl. Serch hynny, mae o'n dal i deimlo'n dipyn o fasdad, ond dydi Osh ddim i'w weld wedi cymryd ato:

'Cym damaid o dy Fargarita, mi fydd yna well hwyl arnat ti.'

'Be ydi'r llall?'

'Tiwna, peperoni a phinafal.'

Cyn i Liam gael cyfle i feddwl am ateb clyfar i hynny, mae'i ffôn o'n canu.

'Bòs, ma' gynnon ni *misper*. Arawn Llynon, yr actor. Hwnna oedd yn chwarae rhan y ditectif fydda wastad ar drywydd pobol oedd yn mynd ar goll. Eironig rili, 'de? Rhyw fath o Liam Neeson Cymraeg? Eniwe (fatha tasa hi newydd gofio mai hefo Liam O'Shea mae hi'n siarad rŵan, ac nad oes ganddo fo'r un gronyn o fynadd hefo ditectifs teledu), mi gawson ni alwad gynna, felly dwi wedi cychwyn arni. Iwnifforms wedi bod draw yn y tŷ'n siarad hefo'i wraig o. Dim lot arall fedran ni'i neud tan ddowch chi i mewn yn y bore ...'

Sioned Preis. DI fach dda. Addawol. Mae o'n cwffio'r awydd i neidio i'r car a rhuthro i'r swyddfa. Gad iddi wneud ei job, Liam. Mi fedar hi handlo hyn am heno. Does dim angen i ti fusnesu. Nid fel mae Osh yn ei wneud rŵan yr eiliad mae o'n troi'i gefn.

'Be ti'n neud?'

Tyn Osh ei ben o'r cwpwrdd tanc yn y cyntedd:

'Sortio'r gwres, 'de? Oerach na thin clawdd yma, doedd?'

Wrth i'r dŵr poeth ddechra grwgnach yn y peipiau a thician ym mol y gwresogydd, eistedda Liam o flaen ei bitsa a gadael i'r stafell feddalu o'i gwmpas. A'r cyfan mae o'n ei ddweud, yn lle un o'i gymbacs arferol, ydi:

'Nais-won, Osh.'

Efallai y tynnith o'r teledu newydd o'i focs ar ôl bwyd, a gofyn i Osh ei diwnio fo. Wrth i'w fol lenwi ac i'w gyhyrau lacio, mae'i ben o'n gwagio am y tro cynta heddiw. Mae'i frawd yn gwneud ymdrech i edrych ar ei ôl; y cyfan sy'n rhaid i Liam ei wneud ydi gadael iddo wneud hynny. Mae'r gwres ymlaen ac mae'r garlic mayo ar ganol y bwrdd.

Os mai dyma ydi delegêtio, meddylia, mae'n hen bryd iddo wneud mwy ohono.

MONO

Mae tŷ Angharad, heibrid digon difyr o fwthyn a bynglo, yn un o dri ar ysgwydd yr allt, lle mae'r olygfa o Draeth Erchwyn fel dyfrlliw ar gynfas. Dydi'r môr yn ddim ond addurn, stribed o dyrcweis yn erbyn llwyd, fel rhuban ar het.

Be ti'n feddwl o hwnna 'ta, fel paragraff agoriadol? Dwi'm yn cael llawer o jans i sgwennu fel'na i'r *Herald*.

'Ffeithia, Mono,' medda Eic o hyd. 'Cadw at y stori. Rhaid i ti ffrwyno dipyn ar dy ddychymyg ar gyfer papur newydd, ond does yna ddim byd i dy rwystro rhag prynu copi o *Restr Testunau*'r Genedlaethol, nac oes?'

Mi roddodd ei winc dadol i mi pan ddudodd o hynny. Dangos ei ffydd ynof fi. Mwy na wnaeth fy nhad fy hun erioed. Dwi hyd yn oed wedi dechra siarad fatha blydi bardd:

'Ma' hi'n hudolus yma ...'

A'r munud dwi'n taflu'r gair o 'ngheg, dwi'n dechra poeni fy mod i'n swnio'n dipyn o dwat. Heb arfer siarad fel'na, naddo? Ond dwi'n meddwl bod y geiriau wedi bod tu mewn i mi erioed, dim ond fy mod i'n eu cuddio nhw, fatha cuddio fy niffyg sics-pac dan grys-T llac, rhag ofn i'r hogia gymryd y *piss*. Wedi deud hynny, dydi hi ddim fel taswn i wedi treulio fy amser yng nghwmni steddfodwrs, nac'di? Eniwe, 'hudolus' ddudish i, a gwenu mae hitha. Ac mae fy mrawddeg i'n rhyw hongian yno, 'lly, yn ddiatalnod, am na fedra i mo'i galw hi'n Miss Kiely bellach. Cha' i ddim. Mae hi wedi deud wrtha i. Ond mae defnyddio'i henw cynta hi'n rhy chwithig, ac mae peidio ag ufuddhau i'w dymuniad yn rhy blentynnaidd. Felly mae hi'n haws peidio'i galw hi'n ddim byd. Miss Kiely oedd hi i mi erioed, 'de? Mae o'n naturiol gin i, ond rŵan dwi'n teimlo'n blydi ocwyrd. Hi oedd fy mentor pan ddes i ati i swyddfa'r *Herald* ar brofiad gwaith o'r ysgol dro byd yn ôl. Y nesa peth at fod yn athrawes arna i. Mae yna ran ohona i'n pisd-off hefo hi am ddifetha'r *status quo*, a rhan arall ohona i'n teimlo'n rêl ploncar am fod mor wirion. Ond fedra i byth mo'i galw hi'n 'chdi', 'de. No-we. Mi fasa hynny gam yn rhy bell. Mae 'chi a chitha' fatha gwbod na fydd y lein rhwng yr awyr a'r môr byth yn gam; mor o-si-dïaidd o saff â mynnu cerdded ar graciau mewn pafin. A dwi'n dal i neud hynny, 'fyd. Ia, hollol. Hang-ỳps, 'ta be?

'Ydi, ma' hi'n braf yma,' medda hi. Ma'r 'hudolus' wedi diflannu, jyst fel'na. A dwi'n gwbod ei bod hi'n dallt wrth iddi sodro'r banad o fy mlaen. 'Ac yn braf dy weld titha, cofia.'

Ac mae hi'n ei ddeud o o'i chalon. Mae o'n amlwg yn ei llgada hi. A dwinna ofn emosiwn. Trwy 'nhin. Blynyddoedd o watshiad ffilms hefo'r hen ddyn a gofalu, hyd yn oed yn blentyn, nad oedd fiw dangos fy mod i isio crio, hyd yn oed pan oedd anifeiliaid mewn ffilmiau'n cael eu cam-drin. Aeth hi'n flêr y noson roedd *Dumbo* ar y teli. Blydi rybish uffar fyddai o'n ei ddeud am bob dim fel'na, a throi i stesion y ffwtbol. Roedd hynny'n siom ac yn rhyddhad ar yr un pryd; rôn i'n sâl isio gwbod os doth 'na rywun i achub yr eliffant, ond yn falch ar y llaw arall fy mod i'n cael mynd yn ôl i deimlo dim byd, o achos ei bod hi'n beryg i fy nannedd blaen i neud twll parhaol yn fy ngwefus isa. Dyna'r unig beth, ar wahân i droi'r stesion, oedd yn nadu'r dagrau. Braf uffernol eich gweld chitha, Miss Kiely, medda fy nghalon feddal i o dan y crys-T roc a rôl, tra mae'r cyw riportar ar yr wyneb, sydd hefyd yn gneud ei orau i ddangos ei fod o'n cîn, yn mynnu newid tac:

'Dach chi wedi clywed y brêcing-niws, do?'

Wrth gwrs ei bod hi.

'Arawn Llynon? Ers faint mae o ar goll rŵan? Rhyw dridia? Ffrae hefo'r wraig, garantîd, ac yn aros mewn gwesty. Dewis peidio rhuthro adra mae o, 'de, er mwyn iddi boeni. Difaru. Dim digon eto i ni gael stori ohono fo. Lot o bobol yn gneud rhyw stumia tebyg. Mae ambell un yn diflannu am blydi misoedd ...'

Rydan ni'n dau'n gwbod at bwy mae hi'n cyfeirio. Er mwyn peidio ymateb i'r saib chwithig, dwi'n dowcio sgedan yn rhy hir yn fy mhanad. Shortbred-ffingyr. Mae hi'n codi'i thin trwy'r te cyn suddo am byth, fatha'r Titanic.

'Ddaru o ddim mynd â'i gar. Na'i walat, na'i ffôn. Roedden nhw yn y dash.'

'Sut gwyddost ti hynny?'

A chyn iddi hi orffen gofyn, bron, dwi'n gweld y fflach honno eto. Yr un hen delepathi. Y fi'n gwbod ei bod hi'n gwbod fy mod i'n gwbod.

'Mae Osh yn ôl felly.' Nid cwestiwn y tro yma. 'Ers pryd?'

A hw-gifs-e-ffyc rŵan am Arawn Llynon?

'Wn im ... rhyw ddiwrnod neu ddau?'

Mae arni isio gofyn: pam ddiawl na wnest ti holi mwy arno fo? Er bod y ddau ohonan ni'n gwbod nad ydi Osh ddim yn un i gymryd y thỳrd-digrî gan neb. Ei arbenigedd o ydi hwnnw.

'Yn y garej hefo Rich oedd o. Newydd fod yn nhŷ'i frawd ...'

Dwi'n gweld yr arwyddion bach yn mynd a dod yn ei llgada hi fatha lluniau'r grêps a'r orenjis ar ffrŵt-mashîn. Ac yn sylwi arnyn nhw'n leinio i fyny'n ddel wrth iddi sylweddoli bod Aled O'Shea wedi galw i weld pawb sy'n bwysig iddo ers iddo ddychwelyd adra. Hynny ydi, pawb ond y hi. Ond ddoth Osh ddim ar ei union i chwilio amdana inna chwaith, naddo, i mi gael bod yn deg â mi fy hun. Jyst digwydd galw hefo Rich T wnes i. Y banad ddeg o beiriant coffi Osh wedi mynd yn dipyn o ddefod. Yn enwedig a finna'n hel fy nhraed ar hyd y dre yn rhinwedd fy swydd, yn cogio mai Fleet Street ydi Stryd Llyn. Rhyw fath o basio heibio, dydw? Hynny ydi, os dwi'n neidio i'r car a phicio i fyny i stad fusnes Bryn Iolyn am sgowt tra dwi allan. Mi fasa'n ddifanyrs uffernol i beidio galw i mewn i'r garej. Wel, dyna ydi'r esgus, eniwe. Ac mae Rich T eisoes wedi'i brofi'i hun yn ffynhonnell y wybodaeth ryfeddaf. Ma' gynno fo drwyn – a chlust – am stori dda hefyd.

'Dwi fatha hêrdresyr,' medda fo wrtha i unwaith. 'Dwi byth yn deud rhyw lawar, mond gwrando, yli. Dyna'r cwbwl ma' pobol ei isio, 'sti, ran amla. Rhywun i wrando arnyn nhw.'

Mae o'n cael ei wastraffu'n trin moto-beics, 'de. Ac wedi profi nad oes angen salon na channwyll sent er mwyn cael pobol i rannu gofidiau.

Ond wedi deud hynny, dydi o'm byd tebyg i unrhyw hêrdresyr y gwn i amdano fo.

Roedd hi'n amlwg fod Osh wedi gweld Rich cyn y diwrnod hwnnw. Fo fasa'r port-o-côl cynta, siŵr Dduw. 'Os mêts' go iawn. Roedd o yno'r bore hwnnw yn yr offis fatha tasa fo erioed wedi bod o'na, yn chwalu trwy domen o bapurau.

'Iawn, Mono? Wrthi'n clirio baclog yn fama!'

'Symud llanast o un lle i'r llall mae o'n ei feddwl,' medda Rich. 'Baclog o ddiawl. Bancrỳpt fasan ni taswn i ddim wedi cyfro'i din o. A wneith o'm llwyddo i wneud i mi deimlo'n euog am fod y ddesg yn ei offis o'n flêr. Mecanic ydw i, nid clarc. Mi geith yr uffar wneud panad i ni tra bod o drwadd yn fanna.'

Mi siaradodd y dyn mawr mewn taran o lais yn fwriadol er mwyn gwneud yn saff fod Osh yn clywed pob gair.

'Iawn,' oedd yr ateb trwy'r drws agored. 'Ro i switsh-on i'r Ddraig Goch rŵan. Ond ma' isio i rywun nôl dŵr i lenwi'i bol hi. Mono? Ty'd i nôl y jwg!'

Fel'na ma' Osh. Mae o'n un o'r bobol hynny y medri di fynd am oes pys heb ei weld, ac eto mae o'n dy gyfarch di fel pe na bai awr wedi pasio ers iddo fo siarad hefo chdi ddwytha. Ac felly roedd hi'r bore hwnnw. Dim hyd yn oed 'helô, su'mai erstalwm?' Dim ond torri trwy'r holl falu cachu cymdeithasol fatha rhwygo'r papur oddi ar deisan. Cael hyd i'r canol meddal sy'n bwysig iddo fo. Mae hi'n ddawn unigryw, y ffordd sydd gynno fo o drin pobol. Ond dydi hi ddim yn gweithio ar Anji, ma' rhaid, a fynta'n dal i fod heb fynd ar ei chyfyl eto. Dydw i ddim yn hollol siŵr be ddigwyddodd rhyngddyn nhw. Ddaru Rich ddim ymhelaethu, a finna hefo gormod o barch at y ddau ohonyn nhw – Anji ac Osh – i holi. Ond roedd y sbarc rhyngddyn nhw bryd hynny'n amlwg i ni i gyd. Dydi rhwbath felly ddim yn diffodd dros nos. Mi ddylwn i wbod. Dwi'n dal i feddwl am Cat, ar ôl popeth y bu hi – y buon ni i gyd – drwyddo fo llynedd, ond fedra i ddim cael hyd i'r gŷts i fynd i'w gweld. Gadael pethau'n rhy hir, debyg. Efallai mai dyna sy'n digwydd – hyd yn oed hefo Aled O'Shea'i hun – lle mae teimladau yn y cwestiwn.

A tasa gin i'r gŷts y pnawn 'ma, tasa 'Miss Kiely' wedi medru mynd yn 'Anji' gin i, tasa'r 'chi' wedi mynd yn 'chdi', mi faswn i'n deud fy mod i'n dallt pa mor anodd ydi mynd i siarad hefo rhywun na wyddost ti ddim sut i'w chyrraedd. Pa mor anodd ydi agor dy galon i rywun pan na fedri di dy hun, hyd yn oed, ddim meddwl dechra hidlo drwy'r cyfan sy'n ei gneud hi mor drom. Dwi wedi dysgu wrth draed y mistar sut i beidio rhoi llais i fy nheimladau. Wn i ddim sut ma' Dad yn llwyddo i'w neud o, 'de. Yn gwrthod trafod dim byd heblaw'r tywydd. Mae'n rhaid bod gynno fynta hefyd feddyliau a theimladau'n chwyrlïo rownd ei ben, er ei fod o jyst yn ista o flaen y teli bob nos yn dynwared rwdan ar ben coes brwsh. Erbyn meddwl, dw i'n ama dim na chawn i well sgwrs hefo rwdan, fatha ma' Tom Hanks yn y ffilm 'na'n siarad ei hochor hi hefo ffwtbol.

Mae hi'n dod yn amser i mi sbio ar fy watsh a dechra tin-droi, o achos weithia mae yna bwynt yn dod mewn sgwrs, fatha pan wyt ti'n sgwennu stori, lle mae'n well i ti jyst ei gadael hi yn fanna. Ti'n gwbod y bydd hi'n dal yno fory. A finna fel rydw i, ma' gin i ofn manteisio gormod ar groeso Anji, ofn bod yn niwsans. Ond wrth i mi godi i fynd, dwi'n cofio'n sydyn am y tŷ ar yr allt a dynnodd fy sylw gynnau wrth ddod yma.

'Bechod gweld tŷ mor nobl yn mynd â'i ben iddo,' medda fi. 'Mae yna rwbath o'i gwmpas o, does? Fel tasa fo i fod yn un o lyfra T. Llew Jones.'

'Dyna be dwi'n ei lecio amdanat ti, Mono,' medda hitha. 'Does 'na fawr o neb yn defnyddio geiria fatha "nobl" y dyddia yma.'

'Siarad fatha 'nhaid dwi. Dyna dach chi'n ei feddwl, 'de? Hen ffash?'

'Naci, tonic. A dwi wrth fy modd fod gen ti ormod o ddychymyg!' Mae hi'n gwenu eto rŵan, y cwmwl siâp-boi-mewn-lledar-moto-beic wedi pasio drosti. 'Na, y ddynas oedd yn byw yno sydd wedi mynd i gartra gofal. Dementia. Ei theulu hi'n byw i fyny yn yr Alban. Wel, dyna ddalltish i, beth bynnag, gan yr hen foi sy'n byw dros y ffordd i'r lle. Ella bod y cownsil wedi rhoi eu bacha arno fo nes bydd hi farw, wedyn mi gân nhw'r arian am ei gofal hi pan geith y tŷ ei werthu. Dyna sy'n arfer digwydd, yn ôl be dwi wedi'i glywed.'

'Neb yn byw yno felly?'

'Ddim yn ôl Edwyn Dros Ffordd. Bechod, 'de?'

Dwi ddim yn hollol siŵr ai fy meddwl, ynta fy llgada i, oedd yn chwarae tricia arna i, felly dwi'n dewis peidio sôn dim byd, am y tro. Ond mi faswn i'n taeru fy mod i wedi gweld rhywun yn un o ffenestri'r llofftydd pan oeddwn i'n dreifio heibio gynnau. Gormod o ddychymyg ella, fel dudodd Anji. Ond dwi'n penderfynu dreifio'n arafach wrth fynd heibio'n ôl.

Mae hi'n hawdd iawn caniatáu i'r olygfa i fyny fan hyn dynnu dy sylw di. Mae hi fel tasa plentyn wedi troi'r pot-dal-dŵr-llnau-brwshys dros y canfas dyfrlliw erbyn hyn, o achos bod y môr a'r awyr wedi toddi'n un wyneb llwydlas sy'n cau'i llgada'n dynn. A dwi'n meddwl am Cat. Gweld ei llais yn y llun ...

Ac felly bu bron i mi anghofio arafu. Dwi'n syllu i'r ffenest lle gwelais i – neu lle dychmygais fy mod i wedi gweld – rywun yn sefyll. Does yna neb yno rŵan. Ond hyd yn oed petai yno rywun fwya erioed, welwn i mohonyn nhw. O achos erbyn hyn, mae llenni'r llofft honno – yn y tŷ gwag o dan warchae gwylanod – fatha blows wedi cael ei thynnu at ei gilydd yn flêr gan rywun yn gwisgo ar frys. Rôn i'n iawn y tro cynta. Mae yna rywun yn cuddio yn y tŷ 'na.

A dwi'n snwyro stori.

OSH

Petai o'n onest, dydi Anji Kiely ddim ar ei feddwl o'r munud yma. Wedi'r cyfan, onid ydi o wedi cael misoedd o edrych ar ei ffôn a chael dim byd? Mae o'n dechra arfer â'r pellter rhyngddyn nhw, ac mae rhan ohono, mewn ffordd chwithig, hunanfflangellol, yn diolch am y llonydd. Ac onid dyna gyfrinach y brêc-ỳp llwyddiannus – torri pob cysylltiad?

Meddylia rŵan am y noson ola honno. Yr alwad ffôn erchyll yn dweud bod Dylan wedi'i ladd mewn damwain car. Y ffordd y cododd hi a chuddio'i noethni rhagddo tra oedd olion eu caru'n dal yn gynnes yn y gwely. Y ffaith bod gŵr marw rhywun arall yn dal i olygu mwy iddi na fo. Fedar o ddim maddau hynny. Ac mae Osh yn ddig wrtho'i hun am ei fod o'n dyheu amdani o hyd. Mae hyn yn fwy da dim ond balchder yn unig hefyd. Tu mewn iddo – yn ei ben, ei galon, a hyd yn oed yn ei lwnc – mae yna rywbeth yn bynafyd. Mae o'n brifo fel na all dim arall frifo: gweld y difaterwch yn llgada'r sawl rwyt ti'n syrthio amdani.

Dydi Osh ddim wedi byw fel mynach yn ystod y misoedd diwetha chwaith. Ond cysura'i hun mai dim ond rhyw oedd o. Mae gan foi'i anghenion, does? Ac wedi'r cyfan, dim ond un noson gafodd Anji a fo. Hi drodd ei chefn, yn llythrennol y noson honno, ac wedyn yn ystod y misoedd y bu o i ffwrdd. Dewisodd hi beidio estyn ato. Dewisodd yntau beidio gwneud ffŵl ohono'i hun. Un peth oedd ffansïo'i jansys wrth drio ennill calon rhywun mewn cystadleuaeth deg; rhywbeth arall, tywyllach, mwy desbret, oedd cystadlu yn erbyn dyn marw.

'Un Americano i fynd. Jòch o lefrith. Dim siwgwr. Dwy bunt a saith deg ceiniog.'

Mae Vic Chips newydd ypgrêdio bwydlen y fan hot-dogs i gynnwys coffi posh. Barista'r dyn tlawd, â sos coch ar ei farclod.

'Arglwydd, Victor, ti wedi mynd yn ddrud ar y diawl. Taswn i'n gwbod bod angen morgej, mi faswn i wedi cymryd panad cyn dod allan. Ma' gin i beiriant Dolce Gusto digon mawr i weiddi "chi" arno fo yn yr offis 'cw, heblaw fy mod i'n trio cefnogi busnes lleol pan fedra i.'

'Wel, ma' gin ti waith dal i fyny efo hynny 'ta, mêt. On i'n meddwl bod chdi wedi emigretio.'

Mae Osh wedi hiraethu am y bantar 'ma. Am fod ymysg ei bobol ei hun. Mae gwybod bod hyd yn oed Vic Chips wedi gweld ei golli'n cnesu llawn cymaint arno â'r gwpan goffi chwilboeth yn ei law. Ac nid unrhyw gwpan. Mae'r gair 'Vic's' wedi'i brintio arni yn yr un lliw coch â'r sos.

'Gwatshia rhag ofn i bobol ddechra rhwbio hwn ar eu brestia, Victor. Dwyt ti ddim wedi meddwl tu allan i'r bocs yn fama, naddo?'

'Sôn am feddwl tu allan i'r bocs,' medda Vic, yn bachu ar y cyfle i neidio o'r fan am smôc a sgwrs, rŵan bod y ciw panad-ganol-bora wedi diflannu, 'be ydi dy dêc di ar y boi Llynon 'ma'n diflannu, 'ta?' Drag hir arall ar ei Farlboro Red, a'i llgada'n culhau. 'Y mab 'cw'n gwbod amdano fo'n iawn.'

Bron nad ydi Osh yn teimlo'i glustia'n moeli; mae hi'n hynny y medar o'i wneud i beidio dal ei ben ar un ochor fel ast ddefaid.

'Be? Actor ydi Llion?'

'Boi sain,' medda Vic, ei falchder yn cylchu o'i flaen fatha'r mwg. 'Wedi gneud rwbath ohoni, nid fel ei hen ddyn.'

'Dim byd yn bod ar hot-dogs,' medda Osh, yn camu'n ôl i osgoi ymosodiad y mwg sigarét ar ei llgada a'i lwnc (neb tebyg i gyn-ysmygwr am weld bai ar ogla ffags pobol eraill), 'ac mi fyddi ditha'n filionêr mewn cachiad os byddi di'n dal i godi prisia fel hyn am dy baneidia.'

Gŵyr fod ar Vic ormod o isio brolio'i fab i'w gadael hi yn y fan honno. Gwrando'n well na holi bob amser, meddylia. Dydi o ddim yn groesholwr fel ei frawd, y DCI, ond mae o'n cael atebion llawer mwy estynedig wrth beidio gofyn dim. Y ddawn honno. Hudo geiriau o gegau pobol fel hudo gwenyn at jam: dim ond tynnu caead y pot a'i adael ar sil ffenast sydd isio, 'de?

'Ia, fel rôn i'n deud,' medda Vic, 'ma' Llion ni'n nabod y selébs i gyd. Rhan fwya'n betha digon clên, medda fo. Dim ond dy fod ti'n cael ambell un mwy anodd gneud efo fo. Llancia mawr, 'de. Yr Arawn Llynon 'na wedi mynd felly. Meddwl gormod ohono fo'i hun.'

'Be ti'n feddwl, "wedi mynd"? Oedd o'n arfer bod yn ocê, 'ta?'

'Hitio'r botal ddaru o, 'de? Yfad ar y slei, hyd yn oed pan oedd o ar y job. Anghofio'i linellau, slyrio'i eiriau. Angan gneud têcs o hyd ac o hyd dim ond o'i achos o. Ac roedd o'n troi, jyst fel'na.' Mae o'n clecian ei fys a'i fawd. 'Tsiampion un funud, a chwilio am ffrae'r funud wedyn. Mi fuo 'na un adeg pan ofynnon nhw iddo fo adael y sèt pan drodd yn ddigon ymosodol. Bron iddi fynd yn ffeit rhyngddo fo a boi arall. Doedd o ddim yn cael cynnig llawar o waith yn ddiweddar. Dwi'm yn meddwl ei fod o wedi ymddangos mewn dim byd go lew ers sbel. Bechod, 'fyd. Roedd o'n uffar o dditectif!'

'Un cogio, 'de, Vic?'

'Fatha chdi, ia, O'Shea?' Ond mae o'n taflu winc tuag at Osh ar yr un pryd. Nid y bantar, fodd bynnag, sydd ar feddwl Osh rŵan.

'Efo pwy ddudist ti y cafodd o ffeit? Un o'r actorion eraill?'

'Ddudish i ddim, naddo, Columbo?' Gwena braidd yn slei cyn mynd yn ei flaen: 'Naci, nid actor go iawn, fatha'r lleill. Roedd o'n gwneud rhyw waith "ecstra", ac yn helpu efo bob dim, 'lly. Rhywun oedd yn rhedag yma ac acw tra'n disgwyl ei gyfle am lyci-brêc, ma' siŵr, 'de. Dwi'n ama dim mai "rynar" neu rwbath felly roedd Llion'n ei alw fo. Enw byr gynno fo. Rwbath tebyg i Moi neu Mei. Ia, dyna chdi, Mei. Mei Wyn. Tal, main. Gwallt 'dat ei sgwydda a locsyn. Edrach rhyw fymryn fatha John Lennon.'

'Sut gwyddost ti sut roedd y Mei 'ma'n edrach, 'ta? Welaist ti o erioed?'

Ar hyn, mae Vic yn chwyddo'i frest y mymryn lleiaf.

'Mi gesh i wahoddiad, unwaith, i fynd â'r fan 'ma i ochra Rhyd-ddu pan oeddan nhw'n ffilmio rhyw olygfeydd ar leoliad. Nunlla i neb gael panad ac ati. Llion yn rhoi gair i mewn drosta i. Ac mi gesh i'r gìg. Doedd Arawn Llynon ei hun ddim yno'r diwrnod hwnnw. Ond mi ddoth y boi ifanc gwalltog 'ma i nôl llwyth o goffi i bawb. Dyna pryd ddechreuish i werthu'r stwff posh, 'de?' ychwanega'n ddireidus. 'A chodi 'mhrisia. Llion ddudodd wrtha i wedyn pwy oedd y boi. Hwnna gafodd ffeit efo Llynon, Dad. Neu'n hytrach, Arawn Llynon driodd ymosod arno fo, os dwi'n cofio'n iawn. Dim rhyfadd bod y gwaith wedi ffislo allan, nag oedd, os mai fel'na roedd y diawl yn bihafio.'

Erbyn hyn, mae bron i wythnos wedi mynd heibio ers i wraig Arawn Llynon riportio'i fod o wedi mynd ar goll. A does dim sôn o unrhyw gyfeiriad, yn enwedig o gyfeiriad Liam ei frawd, fod gan yr actor broblem yfed. Rhyfedda Osh weithiau fod y ffeithiau – hyd yn oed y cliwiau – mwya tyngedfennol yn dod o'r llefydd – a chan y bobol – mwya annhebygol.

Mae Arawn Llynon wedi diflannu.

Ac mae o'n alcoholig.

Mae gan Aled O'Shea drywydd i'w ddilyn, llwybr nad ydi'r heddlu, hyd yn hyn, ddim wedi dechrau'i droedio. Cefna ar y fan hot-dogs a stwffio'r gwpan i'r bin agosaf. Mae'r Americano hwnnw wedi bod yn werth pob ceiniog o bris lloerig Vic Chips wedi'r cyfan. Ond o ran ei blas, mae panad adra'n well.

MEICAL

Mae'r atgofion melys yn brin. Yn enwedig atgofion plentyndod. Wrth edrych yn ôl, dydi Meical ddim hyd yn oed yn siŵr a gafodd o un o'r rheiny. Ar wahân i'r prynhawnia-bwcad-a-rhaw ar Draeth Erchwyn. Ei fam yn gwenu. Mae tystiolaeth o hynny o achos bod yna luniau Polaroid mewn walat bapur. Un llun ohoni hi sydd yna. Mae hi'n penlinio ar blancad sgotsh-plod, yn wyn ac yn fain mewn siwt nofio, a'r haul yn ei llgada hi. Hira'n byd mae o'n syllu ar ei gwên bapur, amlyca'n byd y daw hi iddo mai gwên gogio ydi hi. Arno fo. Ar y byd. Ar fywyd sydd wedi gallu'i thwyllo hi i gredu bod modd iddi fod yn hapus.

A phan fyddai Amy'n hapus, roedd yntau'n caniatáu iddo'i hun fod yn hapus hefyd. Gallai deimlo'i gyhyrau'n llacio fel clymau'n datod. Roedd hi'n braf weithia, cael peidio gorfod dal ei holl gorff yn dynn. Ond ran amlaf, doedd yna ddim pwynt dechra mwynhau teimlo'i gorff yn feddal a hyblyg; fyddai hi byth yn hir nes byddai hi'n amser poeni eto, yn amser dal ei sgwydda'n syth, a dal ei anadl yn dynn yn ei frest. Dyna roedd o'n ei wneud pan âi hi i'w gwely yn ystod y dydd, a thynnu'r dillad dros ei phen. Cyrliai yntau fel cath ar y mat wrth draed y gwely, am oriau weithiau, yn belen mor dynn nes bod ei gyhyrau'n cyffio. Pan oedd Amy'n sâl, roedd o'n sâl. Fel'na roedd pethau. Weithiau, roedd hi'n deffro'n hapusach. Weithiau roedd hi'n dal yn drist. Ond yr un cwestiwn a ofynnai iddi wrth iddi godi:

'Ti'n iawn rŵan, wyt, Amy?'

'Wn im, sti. Gawn ni weld, ia?' medda hitha.

Tiwn gron.

Fuo hi erioed yn famol. Fo edrychodd ar ei hôl hi. Nid felly roedd hi i fod, naci? Ar wahân i'r dyddiau hufen iâ ar Draeth Erchwyn – a byddai wedi amau bodolaeth y rheiny oni bai am y lluniau-siop-cemist – chafodd o ddim byd ganddi. Ac eto, hi ydi'r dylanwad mwya a fu arno erioed.

Alwodd o erioed mohoni'n 'Mam'. Wyddai o ddim nes aeth o i'r ysgol nad oedd pawb arall hefyd yn galw'u mamau wrth eu henwau cyntaf.

'Pwy ydi Amy? Dy chwaer?' meddan nhw. A chwerthin pan ddeallon nhw. Gweiddi 'Amy! Amy!' ar ei ôl o ar yr iard.

Un o'r pethau cynta i wneud i bawb ddechra meddwl ei fod o'n 'od'.

Yr ail oedd y bocs bwyd.

Doedd gan Meical ddim ffrindiau go iawn, heblaw am y plant a eisteddai ar yr un bwrdd â fo yn y dosbarth. Tueddai i'w dilyn, sefyll ar gyrion eu gemau amser chwarae, a mynnu mynd â bocs bwyd i'r ysgol fatha nhw. Nid bod yn rhaid iddo fynnu, go iawn. Doedd o ddim yn mynd â'r amlen frown pres-cinio i'r ysgol ar ddydd Llun beth bynnag, fatha'r mwyafrif.

'Dyna mae'r plant eraill yn ei wneud, Amy.'

'Ond fedri di ddim bod fatha plant eraill, Meical. Sgin ti'm tad.'

Ddywedodd hi mohono fo'n faleisus. Diemosiwn oedd hi. Sbio i wagle o'i blaen. Doedd bwyd ddim yn bwysig iddi, felly ddylai o ddim bod yn bwysig iddo fynta chwaith. Fore trannoeth, doedd yna ddim bara yn y tŷ, felly mi aeth â bocs gwag i'r ysgol. Trugarhaodd un o'r plant eraill wrtho a rhoi dyrnaid o betha-da gleision iddo a edrychai fel nadroedd. Bu'n sâl yn y dosbarth y pnawn hwnnw. Ar ôl hynny, heb i neb ddweud dim wrthi, cafodd Meical ei anfon gan ei athrawes i fwyta cinio cyllell-a-fforc, ac felly y bu hi wedyn yn ystod ei holl amser yn yr ysgol gynradd honno. Ofynnodd neb erioed chwaith am ei amlen frown ar yr un dydd Llun. Ond peth bach oedd anghofio'i fwydo, 'de, o'i gymharu â'r hyn ddaru Amy wedyn.

Ffrindiau-genod oedd ei ffrindiau yn yr ysgol uwchradd ar ôl Yr Hyn a Ddigwyddodd. Roedden nhw'n ffeind hefo fo, tra bod y bechgyn yn fasdads. Hyd yn oed y rhai a wyddai am y 'ddamwain'. Hyd yn oed a fynta bellach yn byw mewn cartra plant. Roedd cael mynd wedyn i'r Coleg Chweched Dosbarth yn fendith ac yn rhyddhad iddo. Erbyn hynny, roedd o'n byw hefo Anti Dil. Doedd hi ddim yn fodryb go iawn, ond roedd hi wedi bod yn ffeind hefo fo ac Amy dros y blynyddoedd, wedi landio ambell waith hefo llond cariar-bag o negas fel petai'n synhwyro bod eu cypyrddau'n wag. Wyddai o ddim sut daeth hi ac Amy i nabod ei gilydd, ond roedd o'n falch ei bod hi wedi cynnig cartra iddo fo o'r diwedd. Doedd ganddo mo'r gŷts i ofyn iddi lle buodd hi na fasa hi wedi dod i'w achub yn gynt pan drodd i fyny un diwrnod mewn blows wen hefo ryffls 'dat ei gwddw. Roedd o jyst yn rhy uffernol o falch i'w gweld, y fodryb od 'ma o nunlla, yn sefyll yno fel hen, hen angel â'i lipstic yn rhy binc.

Ac roedd bywyd i gyd jyst yn brafiach pan aeth i fyw hefo Dil. Am unwaith, doedd arno ddim angen dibynnu ar ei ffrindiau-genod. Na chogio cadw wyneb hefo'r basdads oedd bellach wedi anghofio'u bod nhw wedi'i boenydio, ac yn cymryd arnyn na fuon nhw erioed yn ddim byd ond 'bois' iawn.

A phan drodd yn ddeunaw oed, cafodd hyd i'r llythyr a oedd yn egluro popeth.

Cafodd hyd i Hari.

A phrofi bod mewn cariad am y tro cyntaf.

ANJI

Ymweliad Mono sydd wedi perswadio Angharad i ddychwelyd i'r swyddfa. Mae gweithio adra'n dechra teimlo'n weithred ynysig. Sylweddola'i bod hi'n dyheu fwyfwy bob dydd am gwmni pobol. Hiraetha am Eic, a'i de diddiwedd a'i dynnu coes. Mae hi'n teimlo'n well. Ac mae yna lot fawr i'w ddweud dros ddos didrugaredd o awyr y môr, meddylia, bob tro mae hi'n mynd am ei rŷn foreol. Mae ganddi dywod yn ei thrênyrs, ac mi fedar deimlo'r gwlybaniaeth yn treiddio drwyddyn nhw i fferru bodiau'i thraed, ond am y tro cynta ers misoedd, mae'i phen hi'n clirio. Teimla fod Dylan wedi mynd yn bellach oddi wrthi nag erioed rŵan, a dydi hi'n dal ddim yn siŵr ai peth da 'ta peth drwg ydi methu cofio'i wyneb o'n union fel roedd o. Weithiau mae hi'n panicio wrth i'w chof wrthod consurio'r ffordd roedd o'n edrych arni, sŵn ei lais. Dro arall, mae o'n rhyddhad, y gwthio bach 'ma, fel llanw ar drai, a'r gwynt yn chwipio-sychu bochau'r traeth.

Ac wrth Mono, ei wingman, y boi sydd wedi sefyll yn y bwlch drosti, ddywedodd hi'n gynta, nid wrth Eic:

'Dwi wedi penderfynu. Dalen newydd.'

Dydi Mono ddim yn wirion. Mae o'n bownd o fod wedi amau bod a wnelo diflaniad Osh tan yn ddiweddar rywbeth hefo'r pwl o iselder gafodd hi, ond ŵyr o ddim am ei haffêr hefo Dyl y Dyn Priod. A dydi hi ddim am rannu hynny. Dim ond Eic sy'n gwybod. A Marian. Mae meddwl am ei ffrind gorau, nad ydi hi'n ffrind agos bellach, yn chwalu drosti'n don o chwithdod. Ond fedrai pethau byth fod yr un fath ers iddi ddal Marian yn y gwely hefo gwraig Liam O'Shea. A dyna rywbeth arall sy'n pwyso arni, y ffaith ei bod hi wedi celu'r gwirionedd am affêr gwraig ei frawd oddi wrth Osh, yn enwedig a nhwtha wedi dechra closio cymaint wrth gau pen y mwdwl llynedd ar gês y Corff yn y Llyn, fel yr arferon nhw gyfeirio ato. Ond wedyn, meddylia, nid ei lle hi oedd dweud, naci? Efallai petaen nhw wedi cael mwy nag un noson ym mreichiau'i gilydd ...

Dod adra ar ôl bod yn rhedeg mae hi rŵan, ac yn cael cadarnhad diymwad bellach, â gwynt iachusol y môr yn binnau mân ar ei gruddiau, ei bod hi wedi gwneud y penderfyniad iawn yn symud yma i fyw. Mae'i phen hi'n gliriach, a'i chorff yn ystwythach. Arafa wrth fynd heibio Goleufryn wrth iddi gofio tecst Mono neithiwr: *Mana rywun yn y tŷ na garantid!* Rhyfedda sut maen nhw i gyd, gan ei chynnwys hi ei hun, mor ffwrdd-â-hi bellach o ran cywirdeb iaith wrth decstio. Rhyw fath o boetig-leisans ddigidol, mae'n debyg. Roedd o hyd yn oed wedi cynnwys imoji bach sbwci. Mono â gormod o ddychymyg eto, 'de. Serch hynny, mae hi'n stopio, yn codi'i throed yn erbyn y wal i gymryd arni ei bod yn ailglymu careiau'i sgidia rhedeg. Mae pobman yn dawel iawn, ar wahân i'r gwylanod. Ac mae'r ffaith bod un o'r rheiny'n ddigon haerllug i fflio'n beryglus o isel i'w chyfeiriad unwaith neu ddwy yn peri iddi beidio ag oedi yma. Ond mae'n aros yn ddigon hir i sylwi ar un peth: y cyrtans. Roedd cyrtans y llofft ffrynt ynghau neithiwr, medda Mono.

Maen nhw'n agored rŵan.

'Angharad?'

Mae sŵn rhywun yn galw'i henw hi'n torri ar ei chlyw rhwng nadau'r gwylanod. Damia, a hithau wedi gwneud ymdrech i fynd allan yn gynt nag arfer heddiw yn y gobaith y byddai hi'n gallu rhedeg heibio am unwaith. Ond mae Edwyn Morris yn sefyll o flaen ei giât fel arfer. Mae ganddo duedd anffodus i'w chadw hi'n siarad, ond gan ei fod yn godwr cynnar mae hi'n anodd i'w osgoi. Dealla'i fod o'n unig, yn gweld neb heblaw Maud, a bod gofalu ddydd a nos am wraig nad ydi hi byth yn gadael y tŷ yn bownd o adael ei draul ar y creadur, ond does ganddi wir ddim amser y bore 'ma i ddal pen rheswm hefo fo. Er mai Eic fyddai'r ola' i weld bai arni am fod yn hwyr, mae hi'n benderfynol o wneud gwell argraff na hynny ar ei bore cynta'n ôl yn y swyddfa.

'Gwatshiwch eich hun, ma' honna'n hen bitsh.'

'Dwi'n mynd i gymryd mai am yr wylan dach chi'n sôn.'

Ond dydi o ddim yn un am dynnu coes. Dydi bantro ddim yn un o'i gryfderau, dim ond ei dweud hi fel mae hi. Tantro am bopeth a methu dim. A chofio'r hyn y mae pawb yn ei ddweud, air am air. Fel y ffaith nad ydi hi'n aros adra i weithio bellach, a'i bod hi'n cychwyn yn ei hôl heddiw. Felly does dim rhaid iddi egluro, erbyn gweld, ei bod hi ar dipyn o frys. Ond mae o'n dal darn o bapur yn ei law ac yn ei chwifio i'w chyfeiriad fatha ticad parcio.

'Meddwl ella basach chi'n gneud rhyw gymwynas fach â mi ...?'

'Wel, os medra i.'

Gosod ffiniau sy'n bwysig. Dyna oedd y therapydd y bu hi'n ei gweld llynedd yn ei bregethu wrthi. 'Mae "na" yn air hynod bwerus, Anji.' (Er mai dim ond pobol sydd yn ei hadnabod yn arbennig o dda a fydd yn talfyrru'i henw hi fel'na, roedd hon wedi mynnu'i galw'n Anji o'r dechra. Cofia'i bod hitha wedi meddwl bryd hynny: a be am dy allu di, 'ta, i barchu ffiniau pobol eraill? Roedd hi'n bigog bryd hynny, yn biwis, yn gadael i bethau bychain darfu arni. Serch hynny, arhosodd hi ddim hefo'r ddynes honno'n hir.) Dydi hi ddim cweit wedi dweud 'na' wrth Edwyn, ond deil i boeni'i bod hi wedi swnio ychydig yn grintachlyd rywsut. Mae ganddi bechod drosto fo go iawn. I bwy arall fedar o ofyn ffafr, 'de, ac yntau'n styc yn y tŷ bob dydd hefo Maud druan?

'Rhyw feddwl, gan eich bod chi'n mynd heibio'r syrjeri ar eich ffordd allan o'r pentra, y basach chi'n taro'r presgripsiwn 'ma yn y bocs o flaen y drws. Tabledi Maud. Am hynny o wahaniaeth maen nhw'n ei wneud. Maen nhw i fod i arafu mymryn ar yr hen aflwydd 'ma, ond wn i ddim, wir Dduw i chi. Dan ni fatha tasan ni'n trio cario blawd mewn rhidyll erbyn hyn.' Mae'i ddefnydd o'r 'ni' yn mynd at galon Angharad. Maud a fynta. Ynddi hi hefo'i gilydd tan y diwedd un.

Ffwcia'r therapydd.

'Wrth gwrs, Edwyn bach. Dim problem siŵr. Peidiwch byth â bod ofn gofyn.'

Mae'n rhaid bod y gwanwyn wedi dechra codi i'w phen hi. Er ei gwaethaf, mae'i chalon hi'n ysgafnach. Mae'r dyddiau'n hirach a'r nosweithiau'n oleuach, ac maen nhw'n eu chario hi rŵan yn hytrach na phwyso arni. Diolcha'n uffernol am ei hiechyd wrth feddwl am ddementia Maud. Fedar hi ddim peidio edrych ar y presgripsiwn. Donepezil. Mae hi wedi darllen amdano. Cyffur clên, yn sefyll yn ffordd y rheibiwr sy'n gwagio cistiau'r co'. Mae ias yn mynd drwyddi wrth iddi bostio'r sgript drwy geg y bocs.

Ymuna â llif traffig y lôn bost a throi trwyn y car am y ffordd ddeuol sy'n arwain at y pontydd. Dyna rywbeth arall mae hi wedi gorfod dod i arfer ag o wrth symud i fyw i Fôn, y syniad o groesi pont cyn gallu cyrraedd y tir mawr. Ond gwêl rŵan nad ydi Môn chwaith, er mai ynys ydi hi, ddim yn 'ynysig' go iawn. Rhywbeth symbolaidd ydi o, meddylia, ac yn wers iddi hithau: mi fedri di gael y gorau o ddau fyd, dim ond i ti gredu dy fod ti'n ei haeddu o. Wrth adael gallt y Faenol a hitio ffordd osgoi'r Felinheli, mae Angharad yn manteisio ar gyfle prin i roi'i throed i lawr a thynnu allan i basio'r ceir o'i blaen. Tri mis sydd yna eto nes bydd y pwyntiau dwytha gafodd hi am sbîdio'n cael eu treulio. Mae meddwl am hynny'n ei sobri drachefn wrth iddi dynnu i mewn i'r prif lif cyn cyrraedd pen yr allt nesa. Ond dydi o'n tynnu dim oddi wrth y teimlad da sydd wedi'i meddiannu ers iddi godi'r bore hwnnw, a hynny nid cyn pryd. Ac wrth arafu i dri deg milltir yr awr ar gyrraedd tre Caernarfon mae hi fel petai hi'n dreifio i fyny'r llwybr at gartra hen ffrind.

Ford Focus Mono mae hi'n sylwi arno'n gynta wrth ddod drwy borth cyfyng maes parcio'r *Herald*. Mae o'n sefyll nesa at ei hen le parcio hi, sy'n wag ar ei chyfer. A daw bore tebyg i hwn, flwyddyn yn ôl, i foddi'i synhwyrau fel ogla egsôst moto-beic. Cofia'r Harley digywilydd yn ei lle parcio hi llynedd, a'i sglein fel petai o'n chwerthin am ei phen, yn union fel y gwnaeth ei berchennog ar ôl sylweddoli mai fo oedd achos ei thymer ddrwg.

Aled blydi O'Shea.

Mae popeth arall yn y maes parcio'n gysurus o ddigyfnewid, ar wahân i'r pethau bach sy'n tystio fod bywyd yn dal i fynd yn ei flaen, er gwaetha'r ffaith ei fod o'n rhygnu weithia: y biniau ailgylchu newydd, Nicola wedi newid ei char, coeden mewn pot yn tagu isio diod er iddi gael ei gosod yno hefo'r ewyllys orau yn y byd.

'Ti'n cîn bora 'ma, Anj. Arwydd o'r hyn sydd i ddod, gobeithio!'

Eic. Mae o'n sefyll tu ôl iddi, potal lefrith mewn un llaw, a'r *Daily Post* o dan ei gesail, er mwyn cadw llygad ar y gystadleuaeth, chadal yntau. Diolch amdano. Mae o wedi ymddangos ar yr adeg perffaith cyn iddi ddechra hel meddyliau am rywbeth na cheith hi byth mohono'n ôl.

'Lle ma'r deijestifs siocled 'ta?' medda hitha'n smala.

'O, fel'na mae'i dallt hi, ia? Disgwyl drymrol wyt ti? Taswn i'n gwbod dy fod ti isio ffŷs, 'swn i 'di bwcio Band Deiniolen.'

Does yna ddim byd yn wahanol – yr adeilad, ogla'r lle. Wel, oni bai am ogla'r eli gewynnau mae Eic yn mynnu'i rwbio ar ei benglin yn ddiweddar, ogla tebyg i ffisig annwyd a stwff-llnau-brwshys-paent yn gymysg. Dydi o ddim yn gwbwl annymunol, ond mae o'n treiddio trwy frethyn ei drowsus o, yn gwneud ei ora i ymosod ar ei ffroenau hi.

'Blydi hel, Eic. Ogla fatha cenal milgi rasio arnat ti.'

'Biti na fedrwn i symud fel un, Anj. Henaint ni ddaw ...'

Na, dim newid yn y bantar.

Yr unig beth sydd wedi newid ynglŷn â'r lle-gneud-panad ydi'r ffaith bod Mono'n sefyll yno yn llewys ei grys (wedi ypgrêdio o grysau-T 'Cofiwch Dryweryn' fel ymdrech i edrych yn smartiach ar gyfer ei swydd fel gohebydd yr *Herald*) hefo bocs o fagiau te yn ei law. Mae'i wyneb gwelw'n goleuo wrth ei gweld.

'Gwranda, Anj – cyn i Mono 'ma roi ti-bag mewn cwpan i ti – mae yna rwbath y baswn i'n lecio i ti fynd ar ei ôl o'n syth os cytuni di hefo'r syniad.'

Na, diolch i Eic a'r ffordd unigryw honno sydd ganddo o roi gorchymyn yn union fel petai o'n gofyn ffafr, a bod hyd yn oed hynny'n agored i drafodaeth, teimla Angharad fel pe na bai hi wedi gadael y swyddfa o gwbwl. Mae hyd yn oed y papurach a adawodd ar ei desg yn yr union le ag yr oedd o pan anfonodd Eic hi adra i orffwys yr holl fisoedd hynny'n ôl. Teimla fel petai hi'n camu i mewn i Dardis Doctor Who, a bod amser wedi'i rewi yn ei unfan yma nes deuai hi yn ei hôl. Y croeso gorau posib: dim ffŷs, ac yn sicr, dim bràs band.

'Y busnas Arawn Llynon yn mynd ar goll,' medda Eic wedyn. 'Dwi'n meddwl y basa hi'n syniad go lew i'r *Herald* neud rwbath amdano fo – nid y diflaniad fel y cyfryw – ond eitem bywgraffiadol felly. Arawn yr actor. Codi ymwybyddiaeth y cyhoedd. Rhoi twtsh personol i'r peth. Dyna pam y baswn i'n lecio i ti fynd i gyfweld ei wraig o.'

'Esgob, Eic, dwn i'm – ella na fasa hi ...'

'Basa,' medda Eic, 'o achos dwi wedi sgwario petha hefo hi. Dwi'n nabod Gwenith ers blynyddoedd. Dod o deulu bridwyr ceffylau neidio reit adnabyddus. Y Caerela Stud.'

'Caerela?'

'Wel, Caer Ela ydi'r fferm. Ela oedd caseg wedd hen hen daid Jonas Gruffydd, tad Gwenith. Mi fyddai'r hen Ela'n tynnu car llefrith yn yr oes a fu. Felly ddaru'r hen deulu eu harian. O'r busnes llaeth. Mae'n debyg, pan dorron nhw i mewn i'r byd ceffylau sioe yn fwy diweddar, bod rhedeg y ddau enw'n un yn edrach yn fwy apelgar ar bapur i'r di-Gymraeg a'u pocedi dyfnion.

Duw a ŵyr sut mae'r rheiny'n ei ynganu o chwaith. Mae Elgan Gruffydd, brawd fenga Gwenith, wedi neidio ceffylau yn sioeau mwya Prydain. Wedi cystadlu yn erbyn pobol fatha Robert Whitaker. *Top class.* Cymysgu hefo Princess Anne a'r rheina. Mi wnes i bwt yn y papur amdano fo dro byd yn ôl. Fo ydi'r callaf o'r brodyr. Meddwl ei hun yn uffernol 'fyd, cofia.'

'Faint o frodyr sydd 'na felly?'

'Tri. Elgan, y showjympar. Siôn, yr hynaf – mae hwnnw wedi torri'i gwys ei hun fel rhyw fath o gynghorydd ariannol. A Ted, y brawd canol. Hwnnw ydi'r dyn busnes. Ma' gynno fo gadwyn o lefydd sy'n gwerthu bwydydd anifeiliaid. Fo pia'r lle roedd Mono'n arfer gweithio ynddo, dwi'n siŵr. Ma'i fys o mewn mwy nag un briwas yn ymwneud ag anifeiliaid, cofia. Mwy o wîlar-an-dîlar fatha'r hen ddyn, de. Ma' Jonas Gruffydd ei hun yn troi ym myd y cobiau Cymreig ers blynyddoedd rŵan.'

Haenau, meddylia Angharad. Mae pobol a'u teuluoedd fatha nionod. Wastad rhywbeth o dan bob wyneb. Mae gan Arawn Llynon deulu-yng-nghyfraith difyr ar y diân.

'Rwyt ti a Gwenith yn mynd yn ôl yn bell felly, Eic?' Mae'i chysgod chwareus o wên i fod i sicrhau Eic mai tynnu coes mae hi.

'Mynd yn ôl, ydan, ond nid i'r cyfeiriad rwyt ti'n ei awgrymu. Mi fuo hi'n canlyn fy mrawd flynyddoedd maith yn ôl. Cariadon coleg. Dyna sut y des i i'w nabod hi. Ddoish i ddim ar ei thraws hi wedyn nes i mi fynd i Gaer Ela i gyfweld Elgan, y brawd, ar gyfer stori i'r papur. P'run bynnag, dwi wedi trefnu i ti fynd draw i weld Gwenith Llynon fory, os ydi hynny'n gyfleus i ti? Mi gei di fynd â Mono hefo chdi os leci di. Fatha meindar,' ychwanega Eic yn rhyw hanner pryfoclyd.

Nid y bydd angen un o'r rheiny arni, debyg; jôc oedd hi, ond jôc, serch hynny, sy'n procio'r mymryn lleiaf ar ei dychymyg.

Mae hi'n mynd adra'n gynnar ar orchymyn Eic.

'Dim iws ei gor-wneud hi. Dos adra rŵan ac ymlacia. Fory heb ei dwtsh, Anj.'

Mae caredigrwydd Eic tuag ati ar hyd y blynyddoedd, fel golygydd ac fel ffrind, wedi bod yn chwedlonol. Yn ei thyb hi, Eic ydi'r *Eifionydd and Arvon Herald*. Y bisgedi deijestif, y ddadl barhaus ynglŷn â'r 'v' yn Arvon, y cyngor tadol, meddylgar sydd wastad wedi'i bupro â dogn go lew o hiwmor. Os gŵyr unrhyw un sut i roi siwgwr ar bilsen cyn ei chynnig hi, Eic ydi hwnnw. Fasa'r lle, na'r papur ei hun, ddim yr un fath hebddo. Mae hyd yn oed meddwl am hynny rŵan yn peri i'w llgada loywi.

Ymlacia. Dyna oedd yr ordors. Ond mae hi wedi penderfynu eisoes y bydd hi'n byw'n lanach. Y rhedeg boreol ym mrath awyr y môr sydd wedi'i sbarduno i fynd ar gic iechyd, colli pwys neu dri, mwy o ddŵr a lemon, llai o gaffîn. A llai o win. Serch hynny, mae hi'n rhoi'i thraed i fyny, y bowlen ffrwythau wrth ei phenelin yn gwneud iddi deimlo fymryn yn llai euog ei bod hi yn ei phyjamas o flaen y teledu cyn iddi ddechra tywyllu bron. Syrffio drwy'r sianelau y mae hi pan ddaw Arawn Llynon, yn naturiol, ar draws ei meddwl, a hithau i fod i gyfweld ei wraig drannoeth. Dydi'r gyfres dditectif honno y bu ynddi ddim ar gael, ond cofia am ffilm y bu ynddi pan oedd o'n fengach, un o'r rheiny a wnaed bac-tw-bac, yn Gymraeg ac yn Saesneg. Cofia iddi weld y fersiwn Gymraeg erstalwm, ac mae'r ffilm Saesneg yn dal ar sianel y catsh-ỳp.

Prin gof sydd gan Angharad o'r ffilm, ond roedd hi'n torri tir newydd bryd hynny, yn olrhain carwriaeth dau ddyn yn wyneb holl rwystrau a rhagfarnau'r cyfnod. Mae'r hynaf o'r ddau brif gymeriad, Phil (Arawn Llynon), yn darganfod nad oes ganddo lawer ar ôl i fyw, ond mae o a'i gariad ifanc yn penderfynu gwneud yn fawr o'r amser sydd ganddo'n weddill a byw bywyd i'r eithaf. Yn gwbwl groes i'r partïo gwyllt a'r clybiau nos sy'n rhan o'u perthynas gynnar, mae eu carwriaeth yn aeddfedu cyn pryd, yn troi'n dawelach ond yn ddwysach. Cyfnewidir y bywyd nos am goffi hamddenol wrth fyrddau i ddau ar balmentydd yr Eidal, am wylio'r machlud ar draethau powdrog, pell, ac am gymryd cysur o fyd natur adra yng Nghymru wedi i gyflwr Phil, ymhen hir a hwyr, roi terfyn ar eu teithio. Mae yna un olygfa hynod deimladwy lle mae Phil yn gosod angel bach crisial, angel gwarcheidiol y bu'n ei gario yn ei boced ers iddo wybod gynta am ei salwch, mewn nant sy'n rhedeg heibio i'w bwthyn er mwyn ei lanhau yn y dŵr croyw. Mae o'n ei adael yno rhwng y cerrig er mwyn i'w gariad gael hyd iddo ar ôl iddo farw.

Dipyn o slo-bỳrn ydi'r cyfan mewn gwirionedd, ond mae dawn actio Arawn Llynon yn tynnu Angharad i mewn i'r stori'n llwyr. Sylweddola'i bod hi wedi mynd drwy hanner bocs tisiws erbyn daw'r ffilm i ben. Er mor drist ydi'r sefyllfa, mae cariad y ddau wedi goroesi, ac yn hytrach na galaru ar ei ôl, mae'r hyn a gawson nhw, er mor fyrhoedlog ydoedd, yn sbarduno'r boi arall i barhau i fyw ei fywyd mewn gobaith.

Erbyn hyn mae'r nos wedi gwthio i mewn o'r môr, a'r stafell yn oeri o gwmpas Angharad heb iddi sylwi. Ac eto, teimla wedi'i hysbrydoli. Mae'r mantra 'byw bywyd i'r eithaf' wedi cydio ynddi. A pham lai? Mae bywyd yn rhy uffernol o frawychus o fyr i beidio mynd amdani, dydi? Yn rhy fyr i fod yn bengaled a gwrthod cydio mewn hapusrwydd pan ddaw o. Yn rhy fyr i bwdu hefo pobol am resymau nad ydi hi'i hun ddim hyd yn oed cweit yn siŵr be ydyn nhw.

Sod-it.

Sgrolia drwy'r contacts yn ei ffôn, yn gweddïo na fydd o'n gallu clywed y gloynnod byw'n clogio'i gwddw wrth iddi siarad. Mae'i lais o – o, Iesu, ei lais o – yn deffro rhywbeth ynddi sydd wedi cysgu'n rhy hir.

'O? Ti'n fyw, felly, Kiely?'

'Ffansi panad rywbryd, O'Shea?'

Ffansïo chdi dwi go iawn, medda'r cyffro bach yn ei llais na fedar hi mo'i guddio'n llwyr. Ffansïo chdi'n ôl, y gloman wirion, medda'r direidi yn ei lais yntau:

'Sa'n well gin i beint, 'de.'

NOLA

Dwi'n lecio cwmni hen bobol. Lecio'u storis nhw am erstalwm. Ella mai dyna pam dwi'n gneud y job yma. Wedi treulio lot o amser yng nghwmni Taid. Ma' gin hwnnw gyfoeth o hanesion. Ond mae o'n bell o fod yn ffwndrus a musgrell fatha'r rhain, bechod. Mae o'n dalsyth a phrysur o hyd, ar wahân i ambell bwl o gricmala yn ei glun, ac mae gynno fo fop o wallt hefyd, dim ond bod hwnnw'n glaerwyn rŵan. A deud y gwir, ma'i iechyd o'n rhyfeddol ac yntau'n dynn ar ei bedwarugain. Wyth deg fasa fy mêts i'n ei ddeud, a dyna faswn inna'n ei ddeud hefyd yng ngŵydd y rheiny, neu fasa gin Antonia a Mands a Michelle ddim syniad am be rôn i'n sôn, ond dyna fo, 'de. Dylanwad Taid eto. Talu am werth pum deg saith ceiniog o betha-da i mi erstalwm ac yn cyfri'n ofalus i gledr fy llaw: pymtheg a deugain a dwy. Ma' honno fel iaith arall i sawl un erbyn heddiw. Ond mi fasa'r rhain yn y dê-rŵm yn fama yn dallt ei syms o i'r dim.

Pymtheg a deugain a dwy.

'Be fasach chi'n ei ddeud, Dilys? Pymtheg 'ta un deg pump?'

Mae hi'n sbio arna i fatha taswn i newydd ofyn iddi ddatrys un o Saith Hafaliad y Mileniwm. Ia, dyna chdi. Jyst oherwydd fy mod i'n gweithio mewn cartra gofal, dydi o ddim yn golygu fy mod i'n thic. Mae llgada Dilys yn sbio tu hwnt i mi, i rywle na fedar neb ond y hi fynd iddo fo:

'Mi ôn inna'n bymthag oed unwaith.'

Mi fydda i'n sôn lot wrth Taid am y pethau maen nhw'n ei ddeud wrtha i yma. Mae o wrth ei fodd yn cael clywed fy nghlecs i amdanyn nhw, ond dim ond am Dilys y bydd o'n holi'n benodol. Am ei chodwm a barodd iddi daro'i phen ac ysgwyd ei chof o'i le, fatha gollwng cloc ar lawr caled; wneith o byth gadw amser yn iawn wedyn, dim ond rhyw bum munud bob hyn a hyn cyn nogio eto, hefo'i fys munud yn dal i gwafro yn ei unfan, fel glöyn byw ar drengi.

'Pam na ddoi di i edrach amdani, Taid? Dwi'n siŵr y basa'r hen Dil wrth ei bodd yn cael fisitor. Yn enwedig rhywun sy'n siarad Cymraeg hen ffash fatha hi.'

Mae o'n gneud y geg gam honno mae o wedi'i gneud erioed, pan fydd ei wefus isa' fo'n cyrlio fel tasa fo'n mynd i chwerthin:

'Diawl o beryg ddo' i ar gyfyl fanna, Nol, rhag ofn iddyn nhw 'nghadw fi yno!'

Mae o wastad wedi fy nghefnogi fi hefo bob dim, cofia. Hyd yn oed fy mhenderfyniad i ddod i weithio yma. Roedd Mam wedi disgwyl i mi fynd i neud rhywbeth lot mwy glam, fatha gweithio mewn salon, yn lle fy mod i'n gneud i mi fy hun edrach yn ddi-siâp mewn ofyrôl las ac yn gwagio piso pobol hefo Crocs am fy nhraed. Cofio taeru hefo hi nad oedd angen brên i beintio gwinadd pobol.

'Dyna mae Antonia'n neud.'

Hollol.

Roedd Dad wedi trio fy ngwthio i gyfeiriad mwy academaidd. Lluchio fy nghanlyniadau lefel-A i lawr y pan, medda fo, wrth beidio mynd i'r coleg. Mae gin ti frên. Iwsia fo.

A dyna ni'n dod ato fo eto. Y gair 'brên' hwnnw. Dydi o'm wastad yn golygu rhwbath clyfar, nac'di? Deud: mae gin ti frên. Be mae o *yn* ei olygu ydi bod gin ti beiriant unigryw yn dy benglog sy'n gneud dy feddyliau di i gyd yn perthyn i chdi dy hun a neb arall. Yn gneud i chdi ddyheu a breuddwydio, coleddu a gobeithio, a phwdu fatha hwch unwaith y mis a chditha heb fath o reolaeth drosto. Gneud i chdi gwffio a strancio a chywilyddio. Gneud i chdi garu a gneud i chdi grio.

Uffar o gyfrifoldeb i'w roi i rwbath sy'n edrach fatha tamaid o golifflowyr.

Dwi'n meddwl am frên Dilys fatha blodyn *hydrangea* – pinc hefo glas yn mynd drwyddo fo fel pan fydd pobol yn claddu hoelion ym môn y goeden i orfodi'r blodau i newid eu lliw. Ond fedri di ddim gorfodi rhwbath i fynd yn groes i'w natur, na fedri? Ddim go iawn. Dwi'n siŵr fod yr hen godwm hyll 'na wedi gorfodi i Dilys ymddwyn yn groes i'w natur hefyd, ond na ddaru o ddim cweit llwyddo i sgwrio'r llechan yn lân. Dwi'n plygu o'i blaen er mwyn gwthio'i thraed yn eu holau i'w slipars gwlanog, ac mae hi'n tynnu'i llaw'n dyner dros fy ngwallt.

'Blac Biwti,' medda hi.

'Be? Ceffyl oedd hwnnw, 'de?'

Gwena.

'Dach chi erioed yn trio deud 'mod i'n debyg i geffyl, gobeithio!'

'Du fel hyn,' medda hi, yn dal i fwytho fy ngwallt tywyll. 'Du hefo sglein fatha hwn arno fo. Brwsh brwsh brwsh. Nid Blac Biwti. Alma. Brwsh brwsh. Sa'n llonydd, Alma fach.'

'Oedd gynnoch chi geffyl pan oeddach chi'n ifanc felly, Dilys?'

Mae hi'n dal i sibrwd wrthi hi'i hun – brwsho, brwsh brwsh. Nes i feddalwch ei chytseiniaid droi'n chwerthiniad sydyn wrth iddi wthio'i slipars yn erbyn fy nwylo fi.

'Paid! Paid, rŵan. Paid â chosi 'nhraed i, Amy!'

Dydi hi'n gneud dim gwahaniaeth sawl gwaith dwi'n ei chywiro hi:

'Nola dwi, Dilys. Nola sy 'ma rŵan.'

Mae hi'n dal i edrych arna i fel taswn i i fod i wbod pethau, fel taswn i'n bodoli eisoes yn rhywle'n ddwfn yn ei blodyn crwn o ymennydd lle mae'r dyheadau'n byw.

Lle mae'r edifeirwch.

A'r hiraeth i gyd.

Lle mae hi'n dal i fynnu fy ngalw i'n Amy.

MONO

Mi fasa'n rhaid i ti fod yn llwglyd ar y diawl, yn fy meddwl i, i fod isio agor pacad o Rich Tea. Ffwc o sgedan boring. A hyd yn oed tasat ti ar goll, neu ar y rŷn oddi wrth y cops, neu'n trio syrfeifio yn y gwyllt yn rhwla, fatha Bear Grylls, ac yn cael hyd i'r pacad yng ngwaelod dy rycsac a chditha ar dy gythlwng, y peth cynta fasat ti'n ei ddeud wrthat ti dy hun fasa: 'Shit! Mond y rhein sgin i?' Ac mi fasa'n well gin ti ddechra pori o gwmpas dy draed fatha mul wedi stiwpio na byta'r un ohonyn nhw.

Ond mae'r dyn ei hun yn wahanol iawn i'r sgedan. Does yna ddim byd yn sych nac yn anniddorol ynghylch Rich T. A dydi o ddim yn galad, chwaith, fatha'r sgedan, er nad ydi o ddim isio i neb wbod hynny; mae hi'n anodd cael hyd i'w ganol meddal o, ond mae o yna, dim ond i ti fod yn sbio ar yr adeg iawn. Fel dwi'n ei neud rŵan wrth wylio Rich yn cyrcydu wrth ymyl un o'r ddau gi sydd wedi dod i rannu'i fywyd.

'Wn i'm be haru'r hen sant. Mae o fel hyn ers neithiwr, Mons.'

Fo ydi'r un i ddechra fy ngalw fi'n Mons. Odli hefo'r

Fonz, medda fo. Na, wnawn ni ddim mynd i fanno. Ym mha oes wyt ti'n byw?

'Ella'i fod o angan gweld fet, Rich? Faint ydi'i oed o?'

'Ffyc-nôs. Resciw oedd o, 'de. Tua wyth, meddan nhw wrtha i yn y lloches.'

'Hynny ddim yn hen, nac'di?' Ac mae Dewi'r Dogue de Bordeaux yn tuchan fel tasa fo'n cytuno.

'Mae o'n hen i frid mawr fatha hwn, 'sti. Problema anadlu ac ati.'

'Ch ch ch,' medda'r ci.

'Ffyc,' medda finna.

Mae'r dyn mawr yn mwytho pen y ci mawr, a dwi'n teimlo dagrau yn fy llgada. Wir Dduw rŵan, mi fedrwn i grio. Mae yna Harley ar hanner ei drin ar ganol llawr y garej, a'r landlein yn canu'i hochor hi tu ôl i ddrws yr offis, ond i Rich mae hi fel petai amser wedi aros yn ei unfan. Dwi'n gwbod yn well na gofyn lle mae Osh.

'Ti isio i mi ateb hwnna, 'ta ...?'

'Jyst agor drws y fan i mi, wnei di?'

Ac mae o'n codi'r ci deg stôn yn ei freichiau fel tasa fo'n codi sachaid o blu.

'Hold-ddy-ffort, Mons,' medda fo.

A does gin i mo'r galon i ddeud wrtho fo fy mod i wedi trefnu cyfarfod Anji'n syth ar ôl cinio i fynd i gyfweld Gwenith Llynon. Dwi'n gneud dim byd heblaw sefyll yno, yn ymwybodol o drwyn Dwynwen, chwaer Dewi, yn pwnio fy mhenglin i, a'i llgada lliw mêl yn dilyn fan Rich wrth iddo dynnu allan i'r lôn. Mae hi'n dallt. A dwinna'n dallt. Ma' gin i uffar o bechod dros

Rich, dros Dewi druan, dros Dwynwen sy'n hiraethu'n barod, achos bod cŵn yn gwbod pob dim, a dwi'n hen shit bach hunanol yn poeni amdana fi fy hun yn colli'r cyfle euraid o fynd ar y joban gyfweld 'ma. Ond cachu hwch, 'de, achos mae cael dy ddewis gin Eic i ddal y gannwyll i Anji pan fydd hi ar drywydd rwbath jiwsi'n droed yn y drws go iawn.

Mae pob dim wedi rhyw byrcio i fyny yn swyddfa'r *Herald* ers i Anji ddod yn ei hôl. Mwy o sbarc yno. Hyd yn oed yn Eic. Rŵan bod Anji wedi cael hyd i'w mojo eto, mae yno ryw awydd ym mhawb i newid gêr. Mae Nicola sy'n ateb y ffôn wedi rhoi rhyw fath o blanhigyn trofannol ar y ddesg yn y dderbynfa 'i buro'r aer' medda hi, yn enwedig â phob matha o bobol yn trampio drwy'i sbês hi. A dim ond ddoe ddwytha roedd Eic ei hun yn llnau rownd y sinc yn y lle panad hefo sbwnj-llnau-sosbenni er mawr ddifyrrwch i'r rhai ohonan ni oedd yn digwydd bod o gwmpas i'w weld.

Ac wrthi'n sefyll yno dwi, â llawr concrit y garej yn oer trwy wadna fy sgidia i, yn meddwl sut dwi'n mynd i egluro wrth Anji na fedra i ddim mynd hefo hi i dŷ Gwenith Llynon o achos fy mod i'n brysur yn 'gwarchod' ci gwarchod sy'n ypsét am fod ei brawd hi'n sâl, pan ddaw Osh yn ei ôl oddi ar ba bynnag berwyl y bu arno fo, â llond ei hafflau o frechdanau parod.

'I le ma' hwn wedi'i sgrialu hi eto, a finna wedi prynu cinio iddo fo?' Fel pe na bai hi'n arferiad o gwbwl ganddo fo'i hun i fod allan yn hel ei draed rhyw ben o bob dydd.

'Mae o wedi gorfod rhuthro â Dewi at y ffariar. Dwi'n meddwl bod o'n siriys. Runig beth, 'de, Osh, dwi i fod yn rwla arall yn o fuan ...'

'Iesu, wyt siŵr. Ma' gin titha dy waith. Sori, boi. Dwi yma rŵan, yli. Dim probs. Dos di.' Ac wedyn, am na fedar o ddim peidio busnesu wrth weld pa mor awyddus dwi i'w gluo hi o'no am unwaith: 'Be di'r brys heddiw felly? Joban tu allan i'r swyddfa pnawn 'ma, ia?'

'Cyfweld Gwenith Llynon – ym, efo Anji ...'

Dwi fatha hogyn ysgol o flaen athro, ofn deud ei henw hi rhag ofn i mi droi'r drol, ond ar wahân i wreichionen fach sydyn yn ei llgada fo, a chysgod o wên, dydi hi ddim yn ymddangos bod crybwyll Anji Kiely wedi tarfu'n ormodol arno fo. Ond mae hi'n gwbwl amlwg fod gynno fo ddiddordeb mawr yn yr hyn fydd gan Gwenith Llynon i'w ddeud, gan ei fod o'n gneud ei orau i fy hudo'n ôl i'r garej yn nes ymlaen.

'Galwa ar dy ffordd adra, ia, Mono? Mi fasa Rich yn falch o dy weld ti. Ac mi gei di ŷpdet ar Dewi druan.'

Ci Rich ydi o, nid fy nghi i, ac er bod gin i uffar o bechod drosto fo a phob dim, doedd dod yn ôl yma eto heno ddim ar fy agenda i. Ac am unwaith, ma' gin i ddêt. Ond fiw i mi ddeud hynny wrth y ddau yma. Fasan nhw ddim ond yn cymryd y *piss*. Tasa fo'n un o'r hogia, mi faswn i wedi deud 'no-we, mêt, dwi wedi gneud fy wac yn fama am heddiw. Ma' gin i betha

64

gwell i'w gneud.' Ond Osh ydi o, 'de? Y rebal o dwrna achubodd fy nhin i'n rhad ac am ddim pan oedd y cops am fy ngwaed i llynadd. Dwi yn ei ddyled o, dydw?

Ond hyd yn oed tasa arna i ddim byd iddo fo, does yna neb yn medru deud 'no-we' wrth Aled O'Shea.

ANJI

Rhyfedda Angharad at ddawn rhai pobol i greu cartrefi sy'n edrych fel petaen nhw'n efelychu lluniau mewn cylchgronau-tai-perffaith. Fyddai hi byth wedi gallu gwneud i'w chartref newydd ei hun edrych fel hyn. Ond wedyn, a fyddai hi wir isio hynny? Tŷ unllawr ydi Llety Cam, cartra Arawn Llynon, ond fasa'r gair 'bynglo' byth yn gweddu iddo. Mae o'n rhy fawr, ac eang, a modern a sgleiniog. Dyna pam nad ydi'r enw hynafol, tlws ddim yn gweddu iddo chwaith. Wedi dwyn enw'r hen furddun a safasai yn ei le ers canrif a mwy maen nhw, mae'n debyg, yn ôl arfer y rhai hynny hefo mwy o bres nag o chwaeth sy'n prynu tir ac yn chwalu popeth a fu yno gynt i greu safle i ryw honglad hyll o newydd. Er nad oes gronyn o resymeg i'r peth, wnaeth Angharad – wedi iddi weld ei bortread teimladwy o ddyn yn wynebu'i farwolaeth annhymig – erioed ddychmygu y byddai Arawn Llynon yn byw mewn lle fel hyn. Efallai bod a wnelo'r hyn a ddywedodd Eic – fod gwreiddiau Arawn yn ddwfn yng nghefn gwlad Llanddeusant lle cafodd ei fagu – rywbeth â'i meddylfryd. O'r fan honno'n sicr y daeth y cyfenw Llynon i ddisodli'r Parry gwreiddiol.

Arafa Angharad er mwyn llywio trwyn y car yn

fwy gofalus nag arfer trwy borth annisgwyl o gyfyng i le mor ymhonnus. Gwena'n fewnol wrth iddi sylwi ar Mono'n syllu'n gegagored ar y pennau ceffylau gwyngalch sy'n addurno'r ddau gilbost. Stamp Gwenith ar y lle'n syth bìn, meddylia. Does ganddi ddim amheuaeth, chwaith, nad oes yna ddogn go helaeth o arian yr hen Jonas Gruffydd wedi mynd i goffrau'r Llynons er mwyn gallu adeiladu lle fel hyn.

'Ti'n gegrwth hefo'r holl grandrwydd 'ma fatha finna 'ta?'

'Penna ceffyla'n rhoi'r crîps i mi,' medda Mono'n syth. 'Gneud i mi feddwl am y Maffia.'

'Cana di'r gloch,' medda hitha'n smala, 'a chofia wenu'n glên tra rwyt ti wrthi. Mi fydd ein gwyneba ni ar ryw gamera-rhiniog-drws yn rwla rŵan, garantîd i chdi.'

Dydi Gwenith Llynon ddim yn siomi, hefo'i gwallt brenhines yr iâ a chrys lliain cyn wynned â'i dannedd. Infyrtud-bob, meddylia Angharad, yn gwylio'r golau'n gwau drwy'r wyrth gemegol o blatiným-blond sy'n eu harwain drwodd i'r stafell fyw. Dydi hi ddim yn siŵr a ydi Gwenith yn ymddwyn fel y dylai gwraig â'i gŵr wedi mynd ar goll ymddwyn. Ond wedyn, sut yn union fasa rhywun yn ei sefyllfa hi'n bihafio yng ngŵydd dieithriaid, beth bynnag? Wedi'r cyfan, mae hi wedi cael mwy nag wythnos erbyn hyn i gynefino hefo'r peth, mae'n debyg. Ac eto, oni ddylai hi edrych yn fwy ypsét na hyn? Cyn iddi hyd yn oed dorri mwy na dau air hefo hon, penderfyna Angharad fod

Gwenith Llynon yn un o'r merched hynny sy'n anodd i'w darllen: pell-oddi-wrthat-ti, oeraidd, a chanddi reolaeth lwyr dros ei hemosiynau wrth wynebu'r byd.

'Gymrwch chi rywbeth i'w yfed? Te? Coffi?' Gwena'n dosturiol bron i gyfeiriad Mono, sy'n gwneud ei wyneb dafad-wedi'i-dallu-hefo-fflashlamp. 'Jin?'

Mae Angharad yn rhoi pwniad slei iddo rhag iddo gymryd Gwenith ar ei gair, ac yn dweud y basa panad yn 'hyfryd wir'.

'Gelan,' medda Mono, wedi i Gwenith ei throi hi am y gegin, sy'n ddigon mawr, mae'n debyg, meddylia Angharad, i lyncu'i thŷ hi'i hun yn gyfan.

'Be ti'n feddwl?'

'Chi, 'de. Efo'ch "hyfryd wir", fatha tasa chi mewn cwarfod Merchaid y Wawr am y tro cynta! "Aidial" dachi'n arfer ei ddeud pan fydd rhywun yn cynnig panad i chi.'

'*When in Rome ...*' medda hitha. 'Mi ddoi di i ddallt.'

Mae o'n trio sbio o dan ei sgidia, sy'n dipyn o gamp o achos bod y soffa maen nhw'n ista arni mor isel, a'i goesau yntau fatha rhai jac bagla.

'Be ti'n neud?'

'Tsiecio rhag ofn 'mod i wedi cario baw i mewn ar y carpad crîm 'ma. Ma' hi fatha bod mewn iglw.'

Gŵyr Angharad nad am y diffyg gwres mae o'n sôn, ond am y decor. Mae Mono yn llygad ei le. Mae popeth naill ai'n grîm neu'n wyn neu'n wydrog, yn gwneud iddi hitha feddwl am arddangosfeydd Dolig y ganolfan arddio leol, yn un o liw eira, yn gwneud i ti fod isio dy lapio dy hun mewn blancad ac yfed siocled poeth. Mi fasa hi'n fodlon betio bod y ddynas sy'n llnau i'r rhain ar gyflog a hanner.

'Sgynnoch chi disiw?'

'Be?'

'Hancas bapur?'

'Dwi'n gwbod be ydi tisiw, Mono. Ydi dy drwyn di'n rhedag neu rwbath?'

'Nac'di. Jyst rwbath brown sgin i'n styc ar fy ...'

'Callia, ma' hi'n dod yn ei hôl!'

A hynny i gyfeiliant tincial y llestri – gwynion – mae Gwenith yn eu cario ar yr hambwrdd. Diolcha Angharad yn dawel mai mygiau ydyn nhw. Mi fasa cwpan a soser wedi bod yn ormod i Mono'r pnawn 'ma. Sylwa Angharad fod Gwenith wedi estyn rhifynnau o *Barn* a *Golwg* ar eu cyfer, rhai sy'n amlwg yn cynnwys adolygiadau o berfformiadau Arawn. Hen rifynnau ydyn nhw hefyd, dim un cyfredol. Rhywbeth eitha trist yn hynny, o dan yr amgylchiadau, meddylia. Mae llun ohono'n syllu arnyn nhw oddi ar glawr un ohonyn nhw, bron fel petai o hefo nhw yn y stafell. Fedar hi ddim peidio teimlo ias fechan yn ei cherdded.

'Mae popeth fyddwch chi angen ei wybod am yrfa Arawn yn y rhain,' medda Gwenith, cystal â dweud: y lleia'n byd o amser mae'n rhaid i mi'i dreulio'n siarad hefo chi, gora'n byd. Dydi'i chroeso hi mo'r cynhesaf. Mono sy'n torri'r garw. O ryw fath.

'Faswn i'n cael iwsio'ch toilet chi, Mrs Llynon?'

Mae ar Angharad isio'i ladd o, ond yn lle hynny

cymra gegiad o'r coffi llugoer i'w pharatoi'i hun ar gyfer y mân siarad fydd yn amlwg yn weddill. Ond medda Gwenith yn ofalus, fel petai hi wedi rihyrsio'i geiriau:

'Dach chi'n gneud rhywfaint o waith ditectif, os dwi wedi dallt yn iawn? Chi a'ch partnar?'

Mae clywed hon yn cyfeirio at Osh fel ei phartnar, boed hynny mewn gwaith neu fel arall, yn gwneud i Angharad deimlo'n boeth drosti. Ofna rhag i'r gwrid godi i'w bochau. Dydi hi ddim hyd yn oed wedi'i weld o yn y cnawd eto ers iddo ddod adra. A dim ond ddoe ddwytha y penderfynodd ddechra siarad hefo fo. Ond mi welith hi o heno. *Sa'n well gin i beint ...*

'Wn i ddim am bartnars. Rhywbeth weithion ni arno fo ar hap oedd y cês hwnnw.' Ond mae hi wedi dechra hiraethu am hynny'n barod, y ffordd roedden nhw, yr hyn wnaethon nhw.

'Fasech chi'n fodlon ystyried cydweithio eto i gael hyd i Arawn? O achos nad ydi'r heddlu ddim yn gwneud rhyw lawer, yn fy marn i. Mi faswn i'n talu, wrth gwrs,' ychwanega'n llyfn, ychydig yn rhy lyfn a mesuredig i rywun a ddylai fod yn tynnu gwallt ei phen am fod ei gŵr wedi diflannu. Eto i gyd, meddylia Angharad, mae'n debyg y basa hi'n cymryd swnami i hon feddwl am dynnu blewyn o nunlla.

'Mi fedrwn i ofyn iddo fo.'

Heno, medda'r llais bach pathetig yn ei phen sy'n gwneud ei orau i godi'i gobeithion rŵan. Mi fedri di ofyn iddo fo heno, Anj. Rheswm i chi ddod at eich gilydd. Fel ffrindiau, wrth gwrs. Bywyd yn rhy fyr, dydi, i beidio bod yn ffrindiau? Ac mae'r llais arall hwnnw, yr un cryfa, mwya diflewyn-ar-dafod, llais y gwirionedd yn dweud: God, Anj. Pwy ti'n drio'i thwyllo yn fama, heblaw amdanat ti dy hun? Bydda'n onest. Ti newydd sylweddoli dy fod ti'n nyts amdano fo, a dy fod ti wedi gwneud bôls go iawn ohoni'r tro dwytha 'na. Be oedd Dyl y Dyn Priod beth bynnag? Dim byd heblaw rhith. Roeddet ti mewn cariad hefo'r hyn roedd arnat ti isio iddo fo fod, yn doeddet? O achos na fedra fo byth fod yn ddim byd ond gŵr rhywun arall. Na, Anj, cywira hynna. Doedd o erioed wedi dymuno bod yn ddim byd arall ond gŵr i Siwsan. Cachwr arwynebol, hunanol oedd o, yn cael bŵst i'w ego cyfoglyd wrth shagio rhywun arall, ond mi wrthodaist dynnu dy sbectol hud tra oeddet ti hefo fo. Felly nid Dyl oedd yr unig ecsbyrt ar dwyllo, naci? O achos mi wnest ditha joban bum seren hefyd, ar dy dwyllo di dy hun.

Mae Gwenith yn taflu cipolwg dros ei hysgwydd ac yn gostwng ei llais fel petai arni ofn bod Mono'n dod yn ei ôl.

'Roedd gan Arawn stelciwr,' meddai. 'Doedd o'n cael dim llonydd. Galwadau ffôn, anrhegion yn cael eu danfon. Mi riportion ni'r peth i'r heddlu, ond doedd ganddyn nhw fawr o ddiddordeb, yn enwedig gan eu bod nhw'n mynnu nad oedd yna dystiolaeth fod Arawn yn cael ei fygwth go iawn. Mae o'n rhywbeth anodd iawn i'w brofi, meddan nhw, er gwaetha'r tecsts a'r galwadau.'

'Ond rydach chi'n gwybod pwy oedd hi, mae'n debyg?'

'O, nid "hi" oedd hi. "Fo". Nid rhyw actores fach ddibrofiad wedi mopio'i phen oedd hi.' Mae'r gwallt platinÿm yn symud fel llen wrth i Gwenith Llynon blygu ymlaen i ailosod ei choffi ar y bwrdd.

'Fo?'

'Ia, Miss Kiely, "fo". Dyn oedd stelciwr Arawn.'

* * *

'Blydi hel, Mono, oeddat ti'n gneud dy wyllys yn y lle chwech 'na, 'ta be? Ti wedi byta rwbath doji?'

'Nid fi ydi'r un doji,' medda Mono. 'Mae yna rwbath yn od yn fanna, 'de. Nid fel'na mae rhywun yn ymddwyn os ydi'i gŵr hi ar goll. Roedd ei gwynab hi fatha masg, doedd? Dim emosiwn. Roedd hi'n ffrîci.'

'Dwi'n cytuno hefo chdi. Ond ...'

'Pwy sy'n byw yna i gyd? Heblaw am Arawn a Gwenith. Mae yna blant, oes?'

'Merch. Ffion. Tua dwy ar bymtheg oed, dwi'n meddwl. Welist ti mo'r llun ohoni ar gefn y ceffyl hwnnw?'

'Doedd hi ddim yn ddwy ar bymtheg yn hwnnw. Debycach i ddeg oed. Fengach, hyd yn oed.'

'Wel, mae hi yn y Coleg Chweched Dosbarth erbyn hyn, beth bynnag. Mi wnes i drio holi, tra roeddet ti'n ...'

'Tra roeddwn i'n chwilio am y ffeithia go iawn,' medda Mono, yn y llais-tynnu-coes y bydd o'n ei ddefnyddio pan fydd o'n rhagweld y bydd hi'n colli mynadd hefo fo yn y pum munud nesa.

'Be ti'n feddwl?'

'Mi gesh i dipyn o stelc o gwmpas pan es i i'r lle chwech, do?'

'Iesu Dduw, Mono! Ac mae "stelc" yn air anffodus braidd, a ninna newydd ddallt bod yna rywun yn stelcian Arawn Llynon.'

'Dim iws i chi gogio'ch bod chi'n flin. Dach chi'n sâl isio gwbod.'

'Ty'd 'laen 'ta, be ffendist ti?'

'Dim llawar, i fod yn onest. Pob man yn edrach yr un mor posh ac oeraidd. Bathrwm fatha cae. Ond mi roedd yna rwbath difyr yn y cabinet uwch ben y sinc ...'

'Fuost ti erioed yn chwalu drwy'u cypyrdda nhw?'

'Mae yna rywun yn y tŷ 'na ar gyffur go gry.'

'Sut fath o gyffur?'

'Dwi ddim cweit yn siŵr. Ond mi sgwennish i'r enw.'

Sylwa Angharad ei fod o wedi bod yn ddigon craff i sgwennu enw'r cyffur ar gledr, nid ar gefn, ei law. Rêl cyw ditectif o'r ganrif ddwytha. Tynnu llun hefo ffôn fasa pawb arall. Ac wrth iddo agor ei ddwrn, mae hi'n nabod y gair cyn i Mono'i ddarllen yn ofalus:

'Ydach chi'n gyfarwydd â rwbath o'r enw Donepezil?'

MEI

Mei Wyn ydi o rŵan, nid Meical Wyndham. Fasa Meical byth wedi llwyddo fel y mae o, Mei, wedi llwyddo. Hen shit bach pathetig oedd Meical. Ofn ei gysgod. Trio'n rhy galed i gael pobol i'w lecio fo, a'r cyfan roedden nhw'n ei wneud oedd naill ai tosturio wrtho neu chwerthin am ei ben. Yn lle gwneud ffrindiau hefo plant eraill yn yr ysgol erstalwm, mi fyddai'n eu dilyn o bell, yn eu gwylio oddi ar y cyrion ac yn ceisio dychmygu sut beth fyddai cael bod yn eu canol nhw, yng nghanol y tynnu coes a'r chwerthin. Ond fuo fo erioed yn ddigon cŵl. Ac ar Amy roedd y bai am hynny.

'Ma' dy fam di'n nytar, ac mi rwyt titha'r un fath â hi.'

Doedden nhw'n ddim ond wyth oed ond roedden nhw'n gwybod sut i frifo. Neu ella mai ddim yn gwybod faint roedden nhw ei frifo roedden nhw? Ond er mor wirion roedd o'n ymddangos iddynt, roedd o'n talu'r pwyth yn ôl weithiau, a hynny heb iddyn nhw fod yn gwybod. Fatha Sali Owen, honno ddechreuodd ei alw'n nytar o flaen pawb. Mi roddodd amlen pres cinio un o'r lleill yn ei bag hi, ac wedyn sibrwd yn swil yng nghlust ei athrawes ei fod o wedi'i gweld hi'n dwyn rhywbeth o boced côt plentyn arall. Set-ỳp go iawn. Clyfar. Ond heddiw, mae Mei'n casáu Meical am yr hen strîc dan din oedd ynddo. Dim digon o foi i gega'n ôl a dal ei dir, dim ond defnyddio triciau cachwr er mwyn dial. Ac eto, rhyw hen ddial digon di-ddim oedd o, yn troi arno'i hun i ffurfio cnotyn chwerw yn ei geg: be oedd pwynt ei holl glyfrwch os nad oedd neb arall yn ymwybodol ohono?

Mae o wedi gwneud popeth i gael gwared o Meical Wyndham: ei gicio a'i dagu a chladdu'i bwmp *asthma* yn y pwll tywod gan obeithio y byddai o'n marw. Ond fedri di byth ladd rhywbeth sy'n byw yn dy feddwl di, na fedri? Rhywbeth sy'n bwydo oddi arnat ti fatha paraseit. Felly mae Mei'n trio anwybyddu Meical rŵan, yn trio peidio rhoi lle iddo, ond mae o'n mynnu dod yn ei ôl, ag ogla ddoe arno fo, ac yn glynu wrtho fel cachu ci dan esgid.

Ydi, mae Mei'n casáu Meical, y Meical llywaeth, distaw a'r Meical dialgar, cyfrwys, o achos bod y ddau ohonyn nhw wedi'i flino erioed, hefo'u dwrdio a'u holl gega diddiwedd yn ei ben. Mae o hyd yn oed, petai o'n onest, yn casáu'r lluniau ohono ar Draeth Erchwyn hefo Amy. Y lluniau 'hapus'. Ond nid hapusrwydd go iawn oedd o. Pocedi o ewfforia gwallgo oedd hapusrwydd Amy. Chwerthin lipstic manig a lolipops i ginio; llgada poethion o chwarae plant yn torri ar undonedd y cyfnodau tywyll pan oedd hi'n cuddio oddi wrth ei bwganod, a'i phen o'r golwg dan ddillad y gwely.

Mae Mei'n cofio Meical Ddrwg yn cymryd siswrn at un o gynfasau'r gwely tra oedd Amy'n cysgu, yn torri congol i ffwrdd, triongl bach twt, a gwneud yr un peth wedyn i odre'r cyrtans oedd yn cau'r haul allan. Bu'n ddyddiau lawer cyn iddi ffendio be ddaru o. Rhoddodd chwip din iddo a gyrhaeddodd hyd at ei enaid. Hyd yn oed tra oedd o'n ei chael hi, meddyliodd Meical Ddrwg sut roedd o wedi sefyll uwch ei phen hi wedyn, ar ôl torri'r gynfas, yn ysu am dorri cudyn o'i gwallt hi hefyd tra oedd y siswrn yn ei law. A difaru, yn anterth y stido, na fasa fo wedi'i blannu yn ei gwddw hi. Ond yn driw i'w groen cachwr, torrodd Meical Dda i grio, a mynd i'w gragen yn dawel i ddisgwyl iddi benderfynu maddau iddo.

Meical Dda ddaeth i fyw hefo Anti Dilys pan adawodd o'r cartra plant yn un ar bymtheg oed. Anti Dil, nad oedd hi'n anti go iawn, y ddynes od a fu mor ffeind wrtho fo ac Amy pan oedd o'n blentyn. Welodd o mohoni ar ôl y cnebrwn. Diflannodd Dilys fatha rhith yn ei fêl fach ddu, ac aeth yntau i gartra arall oedd yn fath newydd ar uffern. Meical Ddrwg fu'n ei gynnal drwy'r blynyddoedd hynny. Roedd hwnnw'n fwy tyff, yn fwy o syrfeifar. Ti'n gwneud beth bynnag sy'n dy gael di drwodd, yn dwyt?

Meical Dda gariodd ei gês drwy ddrws Goleufryn. Bu Dilys yn ystyriol, yn rhoi stafell heb olygfa o'r môr iddo, un o'r rhai sy'n edrych allan ar y coed afalau yn yr ardd gefn. Y stafelloedd ffrynt sy'n wynebu'r bae. Trwyn Erchwyn. Yn y stafell ffrynt mae o rŵan, fodd bynnag, er bod y drafftiau'n dod yr holl ffordd o'r Werddon i sgytio'r hen ffenestri sash fel tasan nhw'n ddannedd rhydd.

Yr olygfa sy'n ei dynnu o, fel gwyfyn at fylb.

Cafodd Meical Dda ei warchod rhag gorfod sbio allan i gyfeiriad lle digwyddodd o. Trwyn Erchwyn. Yr erchwyn. Y silff o graig nad ydi hi ddim ond cyn lleted â hyd esgid.

Lle'r aeth Amy drosodd.

Ac roedd Meical Dda'n gwrtais, yn ddiolchgar, hyd yn oed yn ddedwydd am gyfnod. Yn werthfawrogol o garedigrwydd Anti Dil wedi'r holl flynyddoedd o golli nabod arni. Chwarae teg iddi.

Neu dyna feddyliodd o.

Nes cafodd o hyd i'r llythyr. Y llythyr yn y drôr yn llawysgrifen Dilys. Y llythyr ar gyfer Amy.

Hwnnw styrbiodd bethau.

Gwahodd Meical Ddrwg yn ei ôl.

A Meical Ddrwg roddodd y mat ar dop y grisiau yn y nos, y mat â'i ymyl wedi dechra raflio'r mymryn lleiaf. Fasat ti byth yn sylwi yng ngolau dydd, ond yn y tywyllwch mi fasa'n ddigon i faglu gafr fynydd. Yn ddigon i unrhyw un gael codwm.

Fatha Dil druan.

Bechod.

O achos mai dechra pethau oedd codwm Dilys, 'de? Mi fendiodd ei throed. Ond mi hitiodd ei phen hefyd, do, pan syrthiodd hi? Gryduras. Gwaedlyn ar ei hymennydd gafodd hi yn sgil hynny. Roedd hi'n syndod, a dweud y gwir, ei bod hi wedi dychwelyd adra o'r sbyty o gwbwl. Ei meddwl hi aeth wedyn. Er ei bod hi wedi mendio'n ddel ar y tu allan, roedd ei hatgofion hi wedi dechra cnocio'u pennau yn erbyn ei gilydd fatha jeli-bebis mewn bag.

Fel tasa'i brên hi'n unig wedi neidio.

Reit dros yr erchwyn.

Ac felly roedd hi erstalwm pan fyddai Meical Ddrwg yn cael syniad yn ei ben. Fedrai Meical Dda mo'i stopio fo. Roedd o'n ormod o gachwr.

Mae'r ddau Feical wedi mynd rŵan, a gwynt teg ar eu holau nhw. Dydi o ddim wedi clywed eu lleisiau nhw'n swnian arno ers sbel. Na, Mei Wyn ydi'r un sydd ar ôl. Mei Wyn, y darpar actor ifanc. Mei Wyn, y boi cŵl hefo cariad.

Mei Wyn, yr un a ailgrëwyd.

A gododd yn gryfach o ganol llwch a llanast ei orffennol.

Nes i hanes fynnu'i ailadrodd ei hun.

A rŵan mae yntau yn ei ôl â'i draed ar ymyl y dibyn.

KIELY AC O'SHEA

Osh:

Y Black Swan.

Yr un bwrdd.

Yr un distiau isel.

Doedd o ddim yn ddewis bwriadol. Ac eto. Hwn oedd ei fwrdd o.

Fo a'i fêt, Daf Singh.

Fo a'i frawd, Liam.

Fo a hitha.

Ei ... be? Be oedd hi iddo rŵan? Mêt? Wan-nait-stand? Na, fasa fo ddim wedi gwneud yr un ymdrech hefo'i wisg ar gyfer Daf na Liam. Ddim wedi cofio be fasa dewis ddiod wan-nait-stand. A fasa fo ddim yn teimlo mor uffernol o nerfus tasa fo'n disgwyl am unrhyw un o'r rheiny. Ac mae o'n nerfus, mae'n rhaid, o achos bod ei feddwl o'n carlamu dros bob math o shit gwirion fatha tybad pa mor imprésd fydd hi i weld ei fod o wedi codi diod iddi'n barod, wedi cofio mai G&T fasa hi'i isio? Roedd o'n gwybod heb orfod gofyn. Browni-points yn syth. Ond wedyn, pam fasa arno fo angen unrhyw fath o bwyntiau ganddi? Unrhyw fath o gymeradwyaeth? Hi ddangosodd y drws iddo fo, 'de?

Fiw iddo fo feddwl fel'na. Ddaru o ddim cytuno mor

handi i'w chyfarfod heno dim ond i grafu hen esgyrn. Mae maddau'n brafiach, yn caniatáu iddo'i dychmygu'n cyrraedd mewn cwmwl o wallt a phersawr a brys, yn cymryd arni y bu bron iddi anghofio'u bod nhw'n cwarfod am ddrinc sydyn gan mor ddibwys ydi yntau, mor isel ei safle ar y gadwyn fwyd fel bod angen iddi roi croes mewn beiro ar gefn ei llaw i'w hatgoffa i ddod heno.

Beiro werdd, yn ôl ei harfer, pan fydd arni angen cofio stwff ...

Anji:

Mi fydd o'n gwisgo'i gôt beicar. Garantîd. Er mwyn gwneud yn siŵr ei fod o'n edrych yn gyfuniad siwpyrhîro o Mad Max a Maverick, fel y tro cynta y gwelodd hi o erioed. A'r wên ddireidus dwi'n-gwbod-bod-chdi-isio-fi honno. A bydd, mi fydd o wedi codi diod iddi'n barod ...

Un allan o dri, Anj. Ti'n ei cholli hi. Dau allan o dri medda'r gân, 'de? Yn ôl y canwr hwnnw fasa wedi medru bod yn un o gefndryd Rich T. Mae'i sgôr hi'n rhy isel heno, o achos bod Osh wedi llwyddo i'w synnu unwaith yn rhagor. Dydi hi ddim yn ei nabod o fel hyn, mewn siaced fwy ffurfiol nag arfer, a chrys go iawn hefo botymau. Mae hyd yn oed ei jîns o'n dwtiach. Denim du, cul yn y goes. Ond mae hi'n falch rŵan ei bod hithau wedi gwneud ymdrech. Teimla'i llgada fo'n eu lapio'u hunain am y ffrog wau ddu sy'n gadael fawr ddim i'r dychymyg, er bod ei gwddw'n uchel a'i godre'n llawer is na'i phen-glin. Dydi hi'n dangos dim cnawd, ond dyna gyfrinach y wisg – mae hi'n rhywiol yn y ffordd mae hi'n gludo wrth linellau'i chorff.

Ac ydi, mae o'n gwenu arni. Ond gwên ansicr ydi hi. Nerfus bron. Yn ei hanwylo tuag ato. Gwên-ella-'mod-i-'di-trio'n-rhy-galad. Ac yn yr eiliadau cynta 'ma, mi ddywedith rywbeth smala, tafod-yn-y-foch i drio codi gwên arni hithau.

Defnyddio hiwmor, yn ôl ei arfer, pan fo bantar a thynnu coes yn llai ocwyrd na jyst bod yn fo'i hun ...

DCI LIAM O'SHEA

Isio llonydd mae o. Dyna'r cwbwl. Jyst isio cau'r byd allan, tasa hynny'n ddim ond am hanner awr. Tsiarjio'i fatris. Mae'r symud tŷ, y symud allan, wedi dweud arno fo. Does dim rhaid i ti frysio i chwilio am rywle arall. Dyna ddywedodd hi. Bod yn chwithig o glên am ei bod hi'n euog, yn gwybod mai fo oedd yn gwneud yr aberth. Yn gwybod nad oedd o isio gadael y genod. Ond fo oedd yn mynnu, 'de? Fel tasa'i sgwydda fo'n lletach na rhai pawb arall.

Y gwir oedd ei fod o wedi cael llond bol ar y pwsi-ffwtio roedden nhw'n ei wneud o gwmpas ei gilydd, fatha tasan nhw'n ddau ddieithryn gorystyriol oedd newydd ddechra rhannu tŷ. Roedd actio'n normal o flaen Erin ac Efa'n straen. Doedden nhwtha ddim yn wirion. Ac roedd y ffaith ei fod o wedi symud ei stwff i'r llofft gefn, a mynd â'i deledu bach hefo fo, yn gwneud iddyn nhw i gyd deimlo'n chwithig.

Hyd yn oed cyn iddo fo symud allan, mi fyddai Liam yn dod i barcio i'r fan hyn dim ond i ista ac edrych allan heibio lle'r oedd Trwyn Erchwyn yn cuddio'r Traeth Mawr ac i gyfeiriad llwybr cychod Werddon. Byddai Osh ac yntau, bob tro y daethon nhw yma'n blant, yn ffraeo ynglŷn â pha fynyddoedd oedd yn ymddangos ar y gorwel ar ddiwrnod clir.

'Mynyddoedd Mourne,' medda fo, y brawd mawr gwybodus.

'Naci, tad, yr Eil o Man 'dio!' taerai Osh, bob amser yn daer am gael y gair ola'.

'Debycach i fynyddoedd Wiclo,' medda'u tad, â fflam y ddadl yn diffodd megis pabwyryn rhwng ei fys a'i fawd, 'achos bod y rheiny'n nes aton ni'n fama.'

Hiraetha Liam rŵan am symlrwydd y dyddiau hynny, pan oedden nhw'n medru gweld y Werddon o dop Trwyn Erchwyn. Mae'r dynfa honno, tynfa'i hen wreiddiau, yn gry heddiw. Mi eith draw i'r Werddon eto'n fuan, meddylia. Dim ond y fo, ar ei ben ei hun, mynd oddi wrth bawb am dipyn. Er cof am yr hen ddyn ...

Y peth ola' mae o'n ei ddymuno, na'i ddisgwyl, y funud hon ydi sŵn teiars rhywun arall yn crensian i stop yn y cerrig tu ôl iddo. Ac wedyn i'r rhywun hwnnw fod yn sefyll yno'n gwneud stumia weindio ffenest arno trwy'r gwydr. Pwysa Liam y botwm, a llithra ffenest y car yn agored fel mae'r iodlo ar y radio'n cyrraedd cresiendo. Gwna bâr o llgada culion ar ei frawd.

'Be ti'n feddwl sgin i, Morus Mil?'

'Syrfeilans ti'n galw peth fel hyn, ia? Cuddio yng nghanol nunlla'n gwrando ar Wil Tân tra mae'r DI Sioned Preis druan honno'n gneud y rhedag i gyd drostat ti.'

'Sut gwyddat ti mai fama baswn i?'

'Amlwg, dydi? Pen blwydd Dad, 'de?' A llithra Osh i sedd y teithiwr â dau goffi cardbord yn ei hafflau.

'Ti erioed yn deud wrtha i fod fan Vic Chips ar Draeth Erchwyn rŵan?' medda Liam, tra'n estyn am y banad sy'n teimlo'n llugoer, a dweud y lleia. 'Ddoe ddaru o'r rhain, ia?'

'Ddoish i â nhw hefo fi o'r dre, do? Ma' coffi fel hyn yn rhy boeth i'w yfed yn syth, eniwe.'

'Ffycin hel.'

'Be?'

'Chdi, 'de.'

'Jyst yfa fo.' Mae Osh yn sbio allan trwy'r ffenest ar ei chwith yn hytrach nag edrych ar ei frawd. 'Er mwyn i ti gael sobri, ia?'

'Sobri? Ffwc ti'n feddwl ... ?'

'Dwi'n clywad ei ogla fo arna chdi, mêt.' Mae o'n palfalu yn y dash, cael hyd i'r hip fflasg arian. 'Jîsys, Liam.'

'Mond snifftar gesh i. Cegiad dros y galon. Dipyn o ddolur gwddw oedd gen i ...'

'Paid â'u palu nhw, Liam. Iesu, copar wyt ti. A dim jyst unrhyw gopar. Ti'n Jîff-blydi-Insbector.'

'Hollol. Felly stopian nhw mohono fi, na wnân?'

'O? Ti'n berffaith siŵr o hynny, wyt? Fasa ambell un o'r rhain sydd yn dy gop-cars di ddim yn meddwl ddwywaith cyn rhoi'r swigan i'w nain, dallta.'

'Mi rwyt ti'n swnio'n debyg ar y diawl i nain rhywun dy hun rŵan.'

'Iesu, callia. Chdi o bawb yn cael dy ddal yn yfed a gyrru. Dydi o ddim cweit fel cael pwyntia am gael dy ddal yn dreifio yn y twllwch hefo sbectol haul, nac'di?'

'Chaet ti ddim pwyntia am beth fel'na, siŵr Dduw.'

'Deud ti hynny wrth wraig Vic Chips 'ta.'

'Bolocs. Malu cachu mae o.'

'Ddim bob amser.'

'Be ti'n feddwl?'

'Mae o'n gwbod pob matha o betha am Arawn Llynon, beth bynnag.' Mae o'n pasio'r paced polo-mints i'w frawd cyn iddo ailgychwyn arni. 'Gwagia dipyn o'r rheina i dy glag cyn i ti ddreifio o'ma, cegiad neu beidio. Mi arhosa i amdanat ti, yli. Dod tu ôl i ti.'

'Neu be am i ti alw gynta yn y siop fach lan môr acw? Prynu dipyn o'r fflagia bach 'na maen nhw'n eu sticio ar gestyll tywod, a'u rhoi nhw ar y beic, 'de? Mi gei di fynd o 'mlaen i wedyn, yli, fatha polîs-escort.'

Shit, Liam. Rên-it-in.

'Wancar.'

Un gair. Wedi hanner ei fwmial dan ei wynt. A dydi Osh ddim hyd yn oed yn edrych i'w gyfeiriad. Wêc-ỳp côl.

'Gwranda, Osh, dwi'n gwbod fy fod ti'n gwatshiad allan amdana i. Ond wir i ti, mêt, dim ond cegiad oedd hi.'

Bactracio.

O achos ei fod o wedi mynd yn rhy bell.

Sylweddolodd hynny bron cyn iddo orffen sychu'i geg gynnau. Prysura i wneud iawn rŵan. Y peth ola' mae o'i isio ydi gwthio Osh oddi wrtho. Ond fel hyn mae o'r dyddiau hyn: isel, blin, ac ia, uffernol o diprésd ar adegau. A do, mi gafodd fwy na chegiad o'r brandi yn y fflasg, er na fasa fo byth yn cyfadda hynny. Mae o'n gwybod ei fod o'n océ i ddreifio, jyst-abowt. Mi landiodd Osh a'i goffi llugoer ar yr adeg iawn. Dylai Liam fod yn diolch iddo'n hytrach na bihafio fatha dic.

'Dim probs.'

Er nad ydi Osh yn foi am ddal dig, mae o'n amlwg yn dal i fod yn pisd-off hefo fo. Yr adeg iawn i Liam daflu gwobr gysur i'w gyfeiriad. Mae o'n gwybod bydd chwilfrydedd naturiol ei frawd ynglŷn â diflaniad Arawn Llynon yn cynyddu wrth yr awr, ac yn hwyr neu'n hwyrach – os nad ydyn nhw wedi gwneud eisoes – mi fydd o a'r Anji honno'n hwcio i fyny unwaith yn rhagor i ddynwared Sherlock Holmes a Watson o gwmpas y lle. Waeth iddo'i hiwmro fo rŵan ddim hefo dipyn o friwsion.

'O ia, roeddat ti'n sôn am Arawn Llynon gynna ...'

'Be amdano fo?' Osh yn dal yn swta, ond yn rhy sâl isio gwybod i bwdu gormod.

'Manylyn bach diddorol.'

'Fel?'

'Ei ffôn o. Mi aeth Sioned drwy'r lòg. Doedd o ddim wedi tecstio na ffonio neb ers deufis o leia cyn iddo fo fynd ar goll.'

'Cyn i'w wraig o riportio i'r heddlu'i fod o ar goll, ti'n feddwl?'

'Hollol. A doedd o ddim wedi cael gwaith yn nunlla

ers misoedd chwaith. Restio maen nhw'n ei alw fo, 'de? Yr actorion 'ma.'

'Problem yfed oedd gynno fo, 'de?' Awtsh. Maen nhw ar dir peryglus, a'r fflasg brandi yn y dash. Ond fo, Liam, sy'n sensitif rŵan. Dydi lluchio slums ddim yn rhan o natur Osh. Nid cael dìg tuag ato fo roedd o. 'Wyddat ti ddim?'

'Paid â deud wrtha i sut gwyddost ti hynny. Victor, ia?'

Fedar o ddim peidio dal i ryfeddu at ddawn ei frawd i daro ar y ffynonellau gwybodaeth mwya randym. Os bu unrhyw un erioed yn y job rong, Osh ydi hwnnw. Petai o wedi ymuno hefo'r heddlu, Siwpyr fasa fo erbyn hyn, nid DCI fatha fo. Ond glöyn byw ydi Osh, yn neidio o un peth i'r llall erioed. Laru ar bethau'n rhy fuan ers pan oedd o'n blentyn. Ei feddwl o'n rhy chwim. Ac eto, pan fydd rhywbeth yn mynd â'i fryd, pan fydd problem i'w datrys, mae'i frawd fel ci ag asgwrn.

Yr union beth sydd ei angen i ddatrys cês fatha hwn.

NOLA

Dwi ddim yn un sy'n mynd ar lawer o ddêts. Ddim yn un i 'fy rhoi fy hun allan yna', fel maen nhw'n ei ddeud.

'Ti'n bêb,' medda Antonia. 'Mi fasat ti'n cael digon o hogia tasat ti'n dy roi dy hun allan yna.'

Put yourself out there.

Dwi ddim yn siŵr ydw i'n lecio'r ffordd mae hynny'n swnio. Os ydi o'n golygu bod fatha honno, yn ei bŵb-tiwb glityr a'i hot-pants, a sgidia na fedr hi ddim chwimiad ynddyn nhw, mae'n well gen i fod heb neb. Dwi'n hapusach ac yn brafiach mewn Doc Martens a jîns llac. Pan welodd Antonia fi mewn du i gyd, côt laes a'r Docs am fy nhraed, dyma hi'n deud hefo argyhoeddiad:

'Dydi hogia ddim yn mynd am y "Goth look" 'na, 'sti. Lipstic du a ballu. Rhy wiyrd.'

Piws oedd y lipstic, ddim du. A dwi ddim yn dewis fy nillad i blesio hogia, fel mae hi'n ei neud. Gwisgo i fy mhlesio fy hun wnes i neithiwr hefyd, er mai dêt oedd o. Ond dêt neis. Mwy fatha ffrindia, er ei fod ynta fel finna'n gobeithio'r eith o'n rwbath mwy.

Mae o'n wahanol i hogia eraill, yn dipyn o enigma. Er ei fod o fymryn yn swil, mae'n amlwg ei fod o'n dipyn o actor; gŵyr pa mor bwysig ydi cogio bod yn rhywun arall yn ei ben cyn magu'r gỳts i allu perfformio o flaen cynulleidfa. Fedrwn i ddim peidio sbio ar ei ddwylo fo o hyd. Dwylo glân, meddal. Bysedd hir, artistig. Mae o'n beth rhyfedd, dwi'n gwbod, gwirioni ar ddwylo rhywun. Ond mi fedran nhw ddeud lot amdanat ti. Dwi'n sbio o hyd ar ddwylo'r hen bobol yn y cartra, yn sbotiog a chnotiog a cham fatha coed sydd wedi byw'n hir ym mhob tywydd. Straeon o ddwylo.

Dwylo felly oedd gin Dilys.

Roedd o'n wrandawr da, yn gadael i'n pitsas ni oeri wrth i mi adrodd hanesion 'fy mhobol' yn y cartra, yn dangos diddordeb brwd wrth i mi sôn am Dilys Murphy.

'Mae hi'n anwylach na'r lleill,' medda fi.

O achos bod o'n wir. Er bod ei meddyliau hi i gyd tu chwith a phen ucha'n isa. Ac oherwydd, nid er gwaetha hynny, roedd hi'n sbesial, yn gweld gwyrthiau yn y pethau pob dydd, yn union fatha plentyn.

Ydi, mae'r 'mae' wedi mynd yn 'roedd'. Bu Dilys farw neithiwr tra oeddwn i'n telynegu amdani wrth fy nghariad newydd. Yn ddistaw yn ei chwsg, medda Wayne, y manijar, fel tasa fo'n dyfynnu o'r obíts yn y *Daily Post.*

'Ond mi roedd hi'n ffond uffernol ohonat ti, Nols. Chdi oedd yr unig un oedd yn medru'i thrin hi. Doedd hi ddim yn cymryd ei thabledi i bawb, ond mi fyddai hi'n llyncu pob ffisig dim ond er mwyn dy blesio di.'

Oedd, am ei bod hi'n meddwl mai Amy oeddwn i. Pwy bynnag oedd honno, roedd gynni hi feddwl y byd ohoni. Fu gynni hi erioed blant, medda Wayne, a chwaer yn yr Alban ydi'r unig deulu oedd gynni hi. Rhywun o'r enw Enid Young. Dyna sydd i lawr fel teulu agosa. Y necst-o-cìn. Fuo hi erioed yma'n edrych amdani chwaith, hyd y gwn i. Ella'i bod hi'n fwy hael hefo'i phres nag hefo'i hamser, o achos mae rhywun wedi bod yn talu am ei gofal hi yma, a dydi hwnnw ddim yn rhad. Ond wedyn, mae'n debyg mai'r Enid 'ma fydd yn etifeddu'r tŷ mawr oedd gin Dilys, ac os felly, mi geith ei phres yn ôl, ceith? Ddim mor hael wedi'r cyfan.

Anghofia i byth wyneb Dilys pan ddaeth y ceffyl i'r cae reit gyferbyn â'i ffenest hi. Cae Taid ydi o. Fo werthodd y tir flynyddoedd yn ôl er mwyn iddyn nhw adeiladu'r cartra gofal, ac mae o'n dal i roi anifeiliaid i bori ar y caeau sy'n weddill. Pan soniais i wrtho am Alma, oedd yn debyg i Blac Biwti, daeth rhyw olwg bell i'w llgada fo, digon tebyg i'r olwg yn llgada Dilys pan ddisgrifiodd hi'r gaseg ddu a olygai gymaint iddi, unwaith.

'Wel, aros di, Noli fach,' medda fo, yn ei lais-sortio-pob-dim, 'i weld fedran ni drefnu syrpréis bach i Dilys.'

'Be wyt ti am neud?' medda finna, yn gwbod o brofiad nad oes yna ddim dal yn ôl ambell waith ar 'syrpreisys' Taid.

'Mi gei di weld bora fory,' medda fo.

Ac mi ges.

Mae'n rhaid ei fod o wedi danfon Bren, y gaseg ddu, yno ganol nos neu blygain bore, achos pan gyrhaeddais i stafell Dilys i'w helpu i godi, roedd hi'n pori ar ganol y cae o dan y ffenest. Ei Flac Biwti fo'i hun. Y Siwprîm Tsiampion yn y Royal Welsh llynadd.

Caerela Brenhines yr Wyddfa.

DI SIONED PREIS

Mae cymdogion busneslyd yn boenau tin: i'r bobol sydd drws nesa iddyn nhw, i blant sy'n chwarae'n swnllyd tu allan, i gŵn sy'n meiddio cyfarth yn amlach nag unwaith y mis, ac i'r heddlu hefyd ar brydiau, yn enwedig pan fo'r wybodaeth maen nhw'n ei rhoi naill ai'n ffrwyth dychymyg hen bobol bôrd, neu'n ganlyniad dialgar rhyw hen gynnwrf clawdd terfyn. Ffoniwch y blydi cownsil, meddylia Sioned. Mae gen i bethau gwell i'w gwneud.

Ond nid heddiw.

Heddiw, mae Edwyn Morris, sylfaenydd a chadeirydd Cymdeithas Nebyrhwd Watsh Un Dyn Erchwyn Uchaf, wedi cynnig lîd iddyn nhw yn achos diflaniad Arawn Llynon.

Maen nhw wedi cael hyd i'r stelciwr.

Disgrifiad Edwyn o'r dyn, yn hytrach na'r ffaith bod yna rywun wedi torri i mewn ac yn byw yn nhŷ gwag Miss Dilys Murphy, Goleufryn, Erchwyn Uchaf, a dynnodd sylw Sioned yn syth. Ifanc. Tal. Hirwallt.

'Rwbath main, llwydaidd. Gwisgo sbectol fathag R. Williams Parry.'

'Un gron mae o'n feddwl,' medda Sioned wrth y cwnstabl twenti-symthing di-glem oedd wedi cymryd yr alwad, yn diolch ei bod hi'n perthyn i gyfnod pan oedd athrawon yn cael llonydd i roi gwersi Cymraeg go iawn. 'Debyg i un Gandhi,' ychwanega, cyn sylweddoli wedyn mai prin y gwyddai'r cyw plisman am fodolaeth hwnnw chwaith.

Sylwa'i fod o'n gwglo'r ddau ar ei ffôn yn barod.

'Should have gone to Specsavers,' medda fo, ei wên yn gwneud iddo fo edrych tua deuddeg oed.

Iesu, mae'n rhaid ei bod hi'n dechra mynd yn hen.

Dydi'r Bòs ddim i mewn, felly mae Sioned yn cymryd yr awenau. Mae hi'n dechra mynd yn arferiad ganddo'n ddiweddar, meddylia. Diflannu o hyd heb ddweud wrth neb. Nid bod hynny'n ei phoeni'n ormodol. Wedi'r cyfan, fo ydi'r bòs, 'de, a'r rheiny ydi'r pỳrcs. A phetai hi'n onest, mae hi'n croesawu cael mwy o gyfrifoldeb. Bob dim yn help ar gyfer y CV. Ac mae llygaid Sioned ar y bêl. Bu felly o'r cychwyn. Uchelgeisiol. Brwd, yn ymylu ar fod yn angerddol. Dringodd yn uchel mewn cyfnod byr, ac mae hi'n dal i anelu'n uwch. Yn byw ar gyfer y job. Ond dydi'i phartner hi ddim yn rhannu'r un weledigaeth.

Yr un hen gân.

Digwyddodd hynny i'r Bòs.

Ac mae o'n digwydd iddi hi.

Fel gwylio coitsh yn rowlio i lawr allt ac yn methu'i stopio hi.

'Be am briodi'r ha' nesa 'ta, Sions? Fydd hynny'n hen ddigon o amser i drefnu. Priodi'n droednoeth ar draeth yn rhywle, dim ond teulu a ffrindia agos. Tywod gwyn fatha'r Maldives, ond ella ddim cweit mor ddrud ...'

Mae Cêt yn frwdfrydig am bethau gwahanol. Isio pethau gwahanol. Mae Sioned yn caru Cêt. Yn ei ffordd ei hun. Yn ei ffansïo hi'n uffernol. Ond mae Cêt yn inténs. Wedi prysuro pethau. Fasa Sioned byth wedi sôn am briodi. Cêt ydi'r un sydd isio cynllunio'r dyfodol i gynnwys y cartra perffaith, y plant, y labrador; ynys yn y gegin a siglen yn yr ardd. A'r albwm lluniau priodas, lle fydd y ddwy ohonyn nhw'n matsio mewn les gwyn. Ac yn lle dweud dim byd, yn lle rhoi pìn yn swigan Cêt, mae Sioned wedi gadael iddi feddwl, gadael iddi freuddwydio, a throi at ei gwaith, nid am fod hynny'n ddihangfa ond am ei fod o'n bleser. Yn her. Yn siot o adrenalin bob tro mae hi'n neidio i'r car, yn ymateb i alwad, yn darganfod tystiolaeth. Dydi'r oriau hir, y shifftiau ychwanegol annisgwyl, byth yn ormod ganddi.

'Dwi'n gweithio'n hwyr heno.'

'Eto? Ond ti byth adra, Sions ...'

Tiwn gron. Record wedi sticio. Yr ystrydebau i gyd. A rhywbeth mwy. Cêt yn pwdu. Hithau'n gwylltio. Drysau'n clepian. Y glep mae hi'n ei rhoi i ddrws y car yn rhoi diwedd ar y ddadl. Mae'n rhaid iddi fynd i'w gwaith. Mae arni hi'i angen.

Mae o'n rheswm iddi godi yn y bore, a fedar hi ddim byw hebddo.

Ac erbyn hyn, dydi Sioned ddim yn hollol siŵr a fedar hi ddweud yr un peth am Cêt.

* * *

Mae hi'n gyrru iwnifforms i Erchwyn Uchaf, ac yn eu dilyn yn ei char ei hun. Wedi'r cyfan, os ydi DCI O'Shea yn picio hwnt ac yma fel fynno fo, mae'n iawn iddi hithau gael pyrcan hefyd. Ac ella ceith hi gornet hufen iâ ar lan y môr cyn mynd yn ei hôl. Sod-it. Mae hithau'n rhywun.

Mae gwynt y môr yn sgwrio'i hwyneb hi. Ddisgwyliodd hi ddim iddi fod cweit cyn oered yr adeg yma o'r flwyddyn. Ond mae fama'n noeth, yn uchel, fatha'r tŷ ei hun, sy'n sgwario i'r tywydd â'i ffenestri wedi pylu fatha llgada hen focsar. Sylwa fod blynyddoedd o heli môr di-ildio wedi gwyngalchu arwydd ERCHWYN UCHAF i adael dim ond y gair CHWYN yn weladwy. Eironig o addas, â hwnnw'n sefyll mewn nythaid o ddant y llew. Natur – 1; dynoliaeth – 0.

Mae yna hogan mewn dillad rhedeg wedi arafu i stop wrth weld car yr heddlu tu allan i dŷ Dilys Murphy. Dyma nhw'n dod i fusnesu, meddylia Sioned. Mor tipical. Mae cop-car tu allan i dŷ rhywun, ni waeth pa mor ryff na pha mor barchus ydi'r gymdogaeth, fatha'r prif atyniad mewn ffair. Ond mae yna rywbeth o gwmpas y ferch yma. Nid jyst unrhyw gymdoges fusneslyd ydi hi. Mae hi'n mentro ychydig yn nes at yr achos nag y byddai rhywun nad ydi hi ddim ond yno i sbecian. A phan ddechreua'r ferch estyn am ei ffôn o'r powtsh ar ei braich, mae Sioned yn cymryd cam tuag ati.

'Fedra i'ch helpu chi?' Mewn llais-sgin-ti'm-hawl-i-fod-yn-fama'n-busnesu.

Ond gwêl Sioned yn syth nad ydi'i thôn awdurdodol ddim wedi tarfu dim ar hon. Dydi hi ddim mor ifanc ag roedd ffitrwydd ei chorff wedi'i awgrymu; tridegau hwyr, o bosib, ond mae'i chorff athletaidd fel un hogan ugain oed, a'i chluniau a'i thin cyn llyfned â cherflun o dan sglein y leicra du. Mae'r llgada gwyrddlas o dan y swetband Adidas yn syllu'n ôl arni, bron yn heriol, a theimla Sioned ei hanadl yn cyflymu'r mymryn lleiaf. Onid ydi hi wedi arfer cymryd yr awenau bob amser, yn ei gwaith ac yn ei bywyd personol? Ond rŵan, mae dod wyneb-yn-wyneb â merch ddeniadol sy'n amlwg yr un mor bengaled â hithau, yn dipyn o dŷrn-on.

'Angharad Kiely, yr *Herald*.'

Y riportar honno. Yr un helpodd i gracio cês llofruddiaeth y gitarydd hwnnw llynedd hefo brawd y Bòs. Yr enwog Kiely ac O'Shea. Shit. Byddai'n rhaid iddi drio siarad yn lled suful hefo hon felly, oherwydd ei chysylltiadau. Roedd yna si ar led ar y pryd ei bod hi ac Aled O'Shea'n 'eitem'. Neb cweit yn siŵr chwaith. Ond roedden nhw'n ddigon agos i fod yn chwarae ditectifs hefo'i gilydd, yn doedden?

'DI Sioned Preis.' Chwifia'i cherdyn ID dan drwyn Angharad Kiely, a theimlo'n rêl twat yn syth wedi iddi wneud.

Mae Angharad wedi anwybyddu'i hymdrech drwsgwl i sefydlu'i hawdurdod ac yn edrych, gyda llawer mwy o ddiddordeb, i gyfeiriad y gŵr ifanc llwydaidd sy'n ymddangos fel petai o'n dilyn y ddau gwnstabl i'r car o'i wirfodd.

Sylwa Sioned arni'n dilyn hynt y boi at y car, ac mae rhywbeth yn pasio ar draws ei hwyneb fatha cysgod yn mynd heibio ffenest.

'Ydi hyn yn rwbath i'w wneud â diflaniad Arawn Llynon?'

Mae cwestiwn y newyddiadurwraig yn bowld ac yn annisgwyl, yn taflu Sioned oddi ar ei hechel am eiliad. Diawl o jîc, 'ta be?

'Mae arna i ofn na dydi fiw i mi ...'

'Y stelciwr ydi o, 'de?'

'Sori?' Gwna Sioned ei gorau i edrych yn ddi-glem, rhag rhoi unrhyw foddhad i hon ei bod hi yn llygad ei lle.

Sut, yn enw pob rheswm, y gŵyr Angharad Kiely fod yna rywun wedi bod yn stelcian Arawn Llynon? A be sy'n gwneud iddi gredu hefo'r fath blydi argyhoeddiad mai'r boi yma ydi o? Ond yna gwena Angharad arni'n annisgwyl.

'Na, fi ddylai ddweud "sori", yn gofyn cwestiynau na fedrwch chi mo'u hateb.'

A sylweddola Sioned mai nawddoglyd oedd y wên. Sôn am ymddiheuro ar hyd ei thin. Mae'r amwysedd bwriadol yn ymateb Angharad, yr awgrym mai'i hanwybodaeth hi, Sioned, yn hytrach na phrotocol sy'n ei rhwystro rhag goleuo dim arni, newydd godi'i gwrychyn. Rêl blydi riportar. Chwarae hefo geiriau ydi'i bywoliaeth hi, 'de? Gresyn na wneith hi ddim ond jyst sticio at hynny, meddylia, yn lle busnesu yn fama fatha Miss Marple mewn leicra. A gresyn na fyddai'i bòs hi'i hun yn cymryd yr un faint o ddiddordeb yn y cês.

Ac nad ydi DCI Liam O'Shea'n ateb ei ffôn pan fo arni'i angen o.

OSH

'Dwi'n poeni amdano fo, Ner.'

Bu Osh a'i chwaer-yng-nghyfraith yn ffrindiau pennaf o'r cychwyn. Mae hi wedi bod yn gefnogol iddo erioed, hyd yn oed ar yr adegau hynny pan fyddai'i frawd ei hun yn colli mynadd hefo fo. Ac er gwaetha'r ffaith bod affêr Nerys llynedd wedi arwain bellach ati hi a Liam yn gwahanu, dydi Osh ddim yn ei dal hi'n gyfrifol am bopeth ddigwyddodd. Mae dwy ochor i bob stori, fel y gŵyr yntau'n rhy dda.

'Dwi'n synnu dy fod ti isio siarad hefo fi,' medda hi.

Edrycha Osh heibio iddi'n hytrach nag arni hi, ar frigau'r goeden fain tu allan i ffenest y gegin yn plygu yn yr awel, ac yn cau am ei gilydd fel bysedd mewn maneg. Teimla'n euog am ddod yma o gwbwl; mae ganddo feddwl y byd o'i frawd yn ogystal. Ac onid dyna'i reswm am ddod yn y lle cynta?

'Nid arna i wnest ti jîtio, naci?' A sylweddola'n syth fod trio swnio'n smala wedi swnio'n debycach i slap. 'Sori. Nid fel'na roedd o i fod i ddod allan.'

'Fel hyn fyddan ni rŵan. Troedio'n orofalus rhag ofn i'r un o'r ddau ohonan ni ddeud y peth rong.' Mae'i hwyneb hi fel ochenaid.

Peryg ei bod hi'n iawn, meddylia yntau. Mae'r

seibiannau yn y sgwrs yn ddigon hir iddo fo sylwi bod yna gloc yn tician yn uchel, a bod y ffrij yn gwneud sŵn fel cath yn tisian. Gwthia'i fŷg tuag ati ar draws y bwrdd.

'Tsians am dop-ỳp?'

Am Liam mae arno fo isio siarad, ond mae'n amlwg fod Nerys yn benderfynol o gyfadda'i phechodau wrtho, fel petai hynny'n mynd i'w llnau hi'n lân.

'Mi ôn i wedi meddwl y basa hi ar ben arna i a Marian lot cynt, cofia. Yn enwedig ar ôl i Anji Kiely'n dal ni'n dwy hefo'n gilydd. Wedi'r cyfan, roedd y ddwy ohonyn nhw'n ffrindia gorau, yn doedden, tan hynny ... ?'

Tic-toc. Tish-tishian. Mae sŵn y ffycin peiriannau cegin 'ma'n mynd ar ei nyrfs o rŵan.

'Anji?'

'Wel, ia. Ôn i'n cymryd y basa hi wedi deud wrthat ti heb sychu'i cheg, ac na fasa'r jyngl-dryms ddim cachiad wedyn yn cyrraedd Liam. Ond rôn i'n rong. Fi ddudodd wrtho fo yn y diwedd.'

'Soniodd Anji'r un gair.'

A dydi o ddim yn siŵr rŵan p'run ai Nerys ynteu Angharad sydd wedi'i siomi fwya. Does dim blas ar ei ail banad.

'Liam ydi fy nghonsýrn i bellach, Nerys.' Dydi o byth yn ei galw hi'n Nerys. 'Mae o wedi dechra yfed.'

'Be ti'n feddwl?'

'Be ti'n feddwl dwi'n feddwl? Hitio'r blydi botal, 'de? Mi roedd gynno fo fflasg o frandi yn y car ddoe.'

Gwna hitha ystum be-ti'n-disgwyl-i-mi-neud. Ac mae o'n teimlo llinyn y berthynas rhyngddo a hi'n llacio a gollwng, fel y bydd ci wrth tsiaen yn torri'i galon a dechra chwythu'i blwc. Dydi o ddim am ysgafndroedio bellach.

'Mae o'n dad i dy genod di, ffor-ffyc-sêc.'

Erin ac Efa. Y nithoedd y mae ganddo feddwl y byd ohonyn nhw. Y ddwy ferch y bu'n dad dros dro iddynt ar sawl achlysur pan oedd Liam yn gosod ei waith uwchlaw popeth.

Gwêl fod llgada Nerys yn llenwi'n sydyn, ac mae o'n troi ar ei sawdl, yn anelu am y drws rhag iddi weld y dagrau sy'n cymylu dros y gwacter di-blant yn ei rai yntau.

GWENITH

Mae eu dêt cynta'n llyfn a llonydd yn ei chof fel llun mewn ffrâm. Diwrnod hira'r flwyddyn, a'r nos yn hofran yn ddiwahoddiad ar y cyrion, y gêtcrashyr llwyd yn nhe parti'r ha'. Roedd hi'n teimlo'n ddel y noson honno.

Rwyt ti'n gwybod bod rhywbeth yn sbesial os wyt ti'n cofio'n union be roeddet ti'n ei wisgo. Meddylia Gwenith rŵan tybed be ddigwyddodd i'r flows o Jigsaw hefo'r blodau mân pinc ac oren arni; y jîns lliw hufen a'r sodlau-cath-fach. Mae'r siaced ddenim ganddi o hyd yng nghefn ei wardrob, a'r tocynnau pictiwrs yn dal ym mhoced y frest, y darnau bychain a gadwodd o am flwyddyn gron cyn eu hanfon iddi mewn cardyn tlws. Dyna faint roedd hi'n ei olygu iddo. Er ei fod o wedi dweud y tro cynta hwnnw:

'Dwi'n rhy hen i ti, Gwen.'

Nag oedd o, wir, medda hithau wrtho'n rhy gyflym. Yn ofni'i fod o o ddifri. Yn dechra cellwair a thaflu'i gwallt o'i hwyneb, a mynnu nad oedd ganddi hi mo'r help ei bod hi'n edrych yn fengach na'i hoed.

'Fatha Julie Christie,' medda fo.

Honno oedd yn y ffilm roedden nhw newydd fod yn ei gweld. Julie Christie wedi heneiddio, yn chwarae rhan gwraig yn colli'i chof oherwydd dementia. Mae eironi'r atgof yn pwyso'n drwm arni rŵan, ac mae hi'n crafangu drwyddo, drwy bopeth ddaeth i'w rhan wedyn, dim ond i ddal gafael yn y noson honno.

Hi ddaru eu dreifio nhw adra, nid oherwydd ei fod o wedi yfed, ond oherwydd ei bod hi'n well dreifar. Dydi o'n fawr gwell rŵan chwaith. Meddylia am ôl y paent sydd ar y cilbost gwyn wedi iddo droi i mewn yn rhy siarp a bachu'i gar. Dim ond llyfiad o wyngalch sydd isio i'w guddio a'i llnau o'n lân, ond wneith hi ddim. Mae'n well ganddi'i adael o, yn staen angerddol fel lipstic ar goler crys.

Yn un o'r pethau bychain sy'n ei chynnal hi.

Yn rhoi sicrwydd ei fod o yna iddi.

Tad ei phlentyn.

Mae'i nosweithiau'n wag hebddo fo. Yn enwedig rŵan. Wrth dynnu'r llenni hufennog trymion at ei gilydd, deil adlewyrchiad sydyn ohoni hi'i hun yn nüwch y ffenest. Mae hi fel rhith. Fel Morwyn y Llyn. Fe'i trawyd unwaith yn ormod.

'Fan hyn wyt ti, Mam?'

Yn union fel petai arni ofn i Gwenith ei gadael hefyd. Mae hi'n naturiol bod nerfusrwydd Ffion wedi cynyddu yn ystod y dyddiau diwetha, ond wrth i Gwenith edrych ar ei merch rŵan, mae'r tebygrwydd rhyngddi a'i thad yn ei tharo fwyfwy. A'r gwirionedd yn ei tharo'n galetach fyth. Mae'r cyfan yn gymaint o lanast erbyn hyn, ond mae hi yn ei ganol o bellach, heb unrhyw ddewis ond gwthio drwyddo. Mi ddaw pethau'n well. Mi fydd yn rhaid iddyn nhw. Daw'r unig ddyn mae hi wedi'i garu erioed, tad ei merch, yn ôl at ei hochor eto.

Teimla'n drist dros Ffion, ac yn falch drosti'i hun, nad Arawn Llynon ydi hwnnw.

DCI LIAM O'SHEA

Mae Sioned Preis newydd arestio boi o'r enw Mei Wyn am dorri i mewn i dŷ gwag. Hyd yn hyn, mae Liam wedi llwyddo i anwybyddu'i galwadau. Be ydi'r big-dîl hefo hyn, beth bynnag? Pam bod rhaid iddi fod yn swnian cymaint arno am rywbeth mor ddiflas â dal rhywun yn sgwatio? Blydi hel, fedar holi rhywun digartref pam roedd o'n chwilio am rywle sych i roi'i ben i lawr am noson neu ddwy ddim bod mor blydi cymhleth â hynny iddi, debyg? Mae'r cur yn ei ben yn dechra ymestyn yn raddol i gyrraedd ei wegil a'i sgwydda. Meddylia am y botel fodca yn nrôr isa'i ddesg. Dydi'r jòch roddodd o gynnau yn llygad ei banad ddim hyd yn oed wedi cyffwrdd yr ymylon. Fel mae o'n dechra meddwl na fedar o ddim cwffio'r awydd i gymryd swìg arall o'r botel, daw cnoc ar ei ddrws, ac mae Sioned wedi brathu'i phen i mewn cyn iddo gael cyfle i ymateb.

'Bòs! Dach chi'n ôl?'

Mae o'n un o'r cwestiynau anffodus o ddwl hynny sy'n gwahodd mymryn o goegni o leia, ond does ganddo mo'r mynadd.

'Dach chi'n iawn, syr? Chafoch chi mo 'nhecst dwytha i, felly?'

Mae'n rhaid bod o'n edrych yr un mor uffernol ag y teimla i boeni digon arni iddi'i alw'n 'syr'. Naill ai hynny neu mae o newydd wneud diawl o wyneb tin.

'Sioned. Bangar o gur pen, dyna i gyd.' Gobeithia Liam fod ei lais o'n garedicach na'i olwg. 'Be sy gin ti?'

Ac estynna am y paced polo-mints ar ei ddesg er mwyn esgus cynnig un iddi hithau. Er gwaetha'r hyn maen nhw'n ei ddweud nad ydi fodca'n gadael ogla ar wynt, dydi o ddim yn bwriadu cymryd tsiansys. Callia rŵan, Liam, wir Dduw, a chym dy goffi nesa'n ddu fel inc â dim byd cryfach na siwgwr ynddo.

'Y boi 'ma oedd yn y tŷ yn Erchwyn. Nid torri i mewn wnaeth o. Mae gynno fo oriad.'

Fedar Liam ddim credu'i bod hi wedi dod i'w swyddfa'n unswydd hefo'r wybodaeth fwya boring a dibwys yn y byd. Roedd gan y boi hawl gyfreithlon i fod yno felly. Dim trosedd wedi'i chyflawni. Hale-ffycin-liwia, agorwch y siampên! Gwastraff llwyr o amser ac adnoddau, diolch i gymydog busneslyd. Yr uffar hwnnw ddyla gael ei daflu i gell dros nos. Ceisia ailosod ei wyneb rhag ofn ei fod o'n edrych yn rhy pisd-off. Ond y gwir ydi'i fod o'n gweld Sioned hefyd yn dipyn o niwsans heddiw, yn tin-droi yn nrws ei swyddfa hefo newyddion hollol iwsles.

'Cês-clôsd felly, Sioned.' Ac mae o'n strejio'i geg i wneud siâp clên, yn boenus o ymwybodol ei fod o'n debycach i Alsesion ar miwt yn dangos ei ddannedd.

'Wel, naci, Bòs. I'r gwrthwyneb. Dyma lle mae pethau'n dechra mynd yn ddiddorol.' Ei thro hi rŵan i ddynwared cath hunanfoddhaus. Bu ond y dim iddi lyfu'i gwefus wrth gychwyn arni. 'Hwn ydi'r boi gafodd ei gyhuddo o stelcian Arawn Llynon. A – wêt-ffor-it, Bòs – mae o'n honni mai celwydd ydi hynny, a'i fod o ac Arawn yn gariadon. Ac i goroni'r cyfan, mae'r Mei Wyn 'ma'n deud ei fod o'n gwbod be ddigwyddodd iddo fo.'

'Be ti'n feddwl "be ddigwyddodd"? Ma'r boi ar goll, dydi? Ti'n trio deud bod hwn yn gwbod lle mae o?'

Oeda Sioned.

'Dydi hi ddim mor hawdd â hynny, Bòs.'

Dechreua Liam grensian polo arall o'r pacad, ei flas ddim hanner digon cry i fodloni'i angen y munud yma.

'Mae o naill ai'n gwbod lle ma' Llynon, neu dydi o ddim, Sioned.'

'Yn ôl Mei Wyn, mae Arawn Llynon wedi gneud amdano'i hun.'

Sylweddola Liam nad ydi'r niwl yn ei ben yn helpu dim arno. Mae arno angen coffi rŵan hyn, y cryfa sydd gan y peiriant i'w gynnig.

'Lle mae o gynnoch chi i mi gael siarad hefo fo?'

'Dydi o ddim yma, Bòs. Mi adawon ni iddo fo fynd yn y diwedd ...'

Blydi hel. Sôn am fod isio gras.

'Eglura, Sioned.' Reit handi, meddylia, cyn i mi gnocio fy mhen yn erbyn y wal 'ma.

'Mi ddudodd fod gynno fo ac Arawn ddealltwriaeth. Hynny ydi, roedd y ddau wedi bwriadu mynd hefo'i gilydd. Cyflawni hunanladdiad dwbwl. Rhyw fath o siwisaid-pact.'

'Yr Iesu a wylodd ...'

'Ond dim ond Arawn ddaru neidio.'

'Neidio o le, er mwyn Duw?'

Prysura Sioned Preis i ailadrodd, o'i nodiadau, union gyfarwyddiadau Mei Wyn ar sut i gyrraedd y silff o graig ar begwn eithaf Trwyn Erchwyn; dyna lle safon nhw law yn llaw gyda'r bwriad o neidio i'r môr hefo'i gilydd.

'Butch Cassidy a Sundance, myn uffar i.' Ond dydi Liam ddim yn agos at fod yn cellwair. Mae hyn yn troi'n fwy uffernol wrth y funud.

'Y peth oedd,' medda Sioned, 'mi lithrodd llaw Mei o afael Arawn jyst cyn i hwnnw fynd drosodd, medda fo.'

'Do, mwn! Arglwydd Mawr, Sioned ...'

'Arhoswch eiliad, Bòs, cyn i chi gael woblar. Mi jecion ni'r lle allan pnawn 'ma, a dydi stori Mei ddim yn dal dŵr. Mi fuo yna dirlithriad reit hegar yn Nhrwyn Erchwyn fis Tachwedd llynedd. Canlyniad erydu, meddan nhw. Mae yna waith codi morglawdd wedi cychwyn yno ers cyn Dolig a fedar neb fynd heibio'r rhwystrau at y Trwyn, hynny ohono sy'n weddill. Dydi'r silff o graig lle mae Mei'n honni iddyn nhw sefyll arni ddim yno bellach. Mae hi wedi mynd yn llwyr. A pheth arall, mae o'n taeru ddu'n wyn mai'r wythfed o Fawrth oedd y dyddiad. Pen blwydd Arawn, medda fo. Mi jecion ni hynny hefyd, ac yn Awst mae pen blwydd hwnnw. Mae gynnon ni dystiolaeth erbyn hyn fod Arawn Llynon yn fyw ac yn iach ar ôl y diwrnod hwnnw, a hynny cyn i'w wraig riportio'i fod o wedi diflannu. Roedd ganddo apwyntiad ysbyty ddechra Ebrill. Mae'r dderbynwraig a'r nyrs yn y clinig wedi cadarnhau hefyd ei fod o yno ar y diwrnod.'

Mae Sioned wedi bod yn drylwyr, chwarae teg iddi. Cywilyddia Liam. Dros ei agwedd. Ei dymer flin. A thros y botel fodca yn y drôr.

'Nais-won, Sioned. Blydi hel. Dach chi wedi bod wrthi'n ...'

'Mae yna fwy.' Mae hi'n ei mwynhau'i hun rŵan, yn gwybod na fedr hi ddim rhoi troed allan o le. Browni-points, Sioned. 'Mi wnaethon ni dipyn o dyllu i gefndir Mei Wyn. Ei enw iawn o ydi Meical Wyndham. A gwrandwch ar hyn: mam Meical, Amy Wyndham, ydi'r un a daflodd ei hun o ben Trwyn Erchwyn, a hynny rai blynyddoedd yn ôl erbyn hyn. Ei phen blwydd hi oedd yr wythfed o Fawrth. Doedd yr hogyn yn ddim ond deg oed ar y pryd. Roedd hi wedi mynd â fo i fyny yno hefo hi; dyna un o'r pethau mwya erchyll am yr holl drasiedi. Hi a'i mab oedd i fod i neidio hefo'i gilydd. Yn ôl yr hyn ddudodd cyn-reolwr y cartra plant lle bu Mei'n byw wedyn, mi fuo fo'n diodda hefo rhyw fath o greisus iechyd meddwl.'

'Dwi'm yn synnu.' Mae ias yn cerdded Liam. Mae ganddo uffar o le i ddiolch, meddylia. Fedr o ddim dychmygu rhoi Erin ac Efa drwy'r fath hunllef. 'Felly mae hi'n amlwg fod y creadur yn dal i gael cyfnodau seicotig byth oddi ar hynny.'

'Mae'r cyfan yn ei ben o, Bòs. Ond mae yna rwbath yn ei gysylltu o ag Arawn Llynon, ar wahân i'r crysh gafodd o arno fo a drodd yn obsesiwn, a fedra i ddim mo'i weld o eto.'

'Ac mae yna rwbath yn ei gysylltu hefo Dilys Murphy, Goleufryn, Erchwyn Uchaf hefyd. Gest ti ryw sens am hynny? Pam roedd o yn ei thŷ hi?'

'Ffrind i'w fam ydi hi, medda fo. Wel, *oedd* hi. Newydd farw mae hi, mewn cartra gofal. Ei cho' hi wedi mynd, gryduras. Felly mae hi'n amlwg na chafodd o ganiatâd i aros yn ei thŷ hi'n ddiweddar.'

'Be oedd o'n ei neud yno, 'ta?'

'Atgofion yn ei dynnu'n ôl i Erchwyn, medda fo. Fedra i ddim dallt hynny fy hun chwaith, 'de. Erchwyn fasa'r lle ola' faswn i isio bod ynddo fo petawn i wedi cael profiad mor erchyll ag a gafodd o'n blentyn yno. Dilys wedi deud o'r dechra bod croeso iddo fo bob amser.'

'Dydi o ddim yn ddigartref, felly?'

'Nacdi. Ac mi roddodd y goriad yn ei ôl i mi'n ddigon di-lol. Ond dwi'n iawn yn deud nad oes gynnon ni'm rheswm i'w gadw fo yma, dydw, Bòs?'

'Wyt, Sioned.' Llynca gegiad rhy fawr o goffi rhy boeth.

Mae hi'n berffaith iawn, fel arfer.

Ond dydi hynny ddim yn golygu na fasa fo, Liam, wedi lecio cael cyfle i groesholi rhyw fymryn ar y boi hefyd, pe na bai hynny'n ddim ond i gael ei fesur o drosto'i hun. Mae o'n cytuno hefo Sioned: Amy Wyndham, Mei, Dilys ac Arawn Llynon. Fedar yntau chwaith ddim rhoi'i fys ar be ydi o, y llinyn bron yn anweledig sy'n eu clymu nhw ynghyd. Mae Sioned Preis yn dditectif ardderchog, yn byw i'r job. Mae yntau'i hun yn medru meddwl yn ddigon chwim pan fydd o'n tynnu'i ben o'i din.

Ond ambell waith, mae angen rhywun i edrych ar bethau o'r tu allan. Llygad ffresh dros bob dim. Bron cyn i Sioned gael cyfle i droi ar ei sawdl, mae Liam yn estyn am ei ffôn.

'Peint heno, Osh?'

Cyn dreifio adra mae o'n estyn i boced ei gôt am y botel hanner o fodca a dynnodd o'r drôr cyn dod allan, yn dadsgriwio'i thop ac yn gwagio'i chynnwys i'r gwter sy'n cydredeg â'r car.

Rhag ofn i mi landio yna fy hun, meddylia.

Mae yna rwymyn pinc yn gwaedu i'r awyr tu ôl i'r stesion a thros bennau toeau'r adeiladau gyferbyn, yn argoeli y bydd fory'n well diwrnod.

MONO

Os ydi anlwc yn dod mewn trioedd, mae gin i ofn meddwl be fydd y Trydydd Digwyddiad Shait ar gyfer heddiw. Dwi newydd bicio i mewn i'r garej bore 'ma (mae'r banad foreol cyn cyrraedd swyddfa'r *Herald* yn ddefod nad oes fiw i mi'i hepgor bellach) mewn pryd i weld Rich yn cyrraedd hefo jar bridd â chaead arni o dan ei gesail.

'Llwch yr hen gi,' medda Osh, a dyna'r tro cynta erioed i mi'i glywed o'n sibrwd. 'Mae o am fynd i ben y Lôn Wen heno 'ma ar ei ffordd adra er mwyn ei chwalu o.'

Mae yna rimyn aur fatha coler gweinidog am wddw'r jar, a dwi'n cael teimlad rhyfedd, rhyw fath o *ddéjà-vu*, fel taswn i wedi gweld un debyg iawn yn rhywle o'r blaen, er nad oes gin i ddim co' o weld pot yn dal llwch neb erioed. Wrn. Lot neisiach nag arch yn fy meddwl i. Mi fasa'n well gin inna gael fy llosgi hefyd. Mae eirch yn fy atgoffa o ffilmiau Draciwla. Ond mi fydd raid i mi sbio ar un pnawn 'ma, bydd? Sy'n dod â fi at Ddigwyddiad Shait Rhif Dau. Cnebrwn Dilys Murphy, Goleufryn.

Mae Anji eisoes wedi fy 'ngoleuo' fi ynglŷn â Goleufryn. Ia, sori, fedrwn i ddim maddau i hynna rŵan. Dyna mae chwarae hefo penawdau drwy'r dydd yn ei neud i ti. Ti'n eu llunio nhw yn dy gwsg, ar oto-peilot geiriol fatha prentis *Talwrn y Beirdd*.

'Chdi oedd yn iawn, Mono, ynglŷn â gweld rhywun tu ôl i'r cyrtans,' medda hi ar ôl i'r cops fod yn nhŷ Dilys yn arestio Mei Wyn. 'Mi wnawn ni dditectif ohonot ti eto.'

Ond doedd dim angen bod yn un o'r rheiny i mi allu dyfalu pwy oedd y 'ni' 'ma chwaith, nag oedd? Mae Anji'n bywiogi drwyddi wrth sôn am unrhyw beth sy'n gysylltiedig ag Osh, ac mae hi'n amlwg eu bod nhw'n ailddechra closio wrth roi'u trwyna i mewn i Gês yr Actor Coll. Doedd dim rhaid i Gwenith Llynon ofyn ddwywaith iddyn nhw am eu help – ffri-pàs i fusnesu os buo 'na erioed – yn enwedig rŵan bod Dirgelwch Stelciwr Arawn Llynon yn cuddio yn Nhŷ Dilys wedi'i daflu i mewn i'r mics.

Doedd hi'n ddim syndod gin i pan ddudodd Anji'i bod hi'n mynd i gnebrwn Dilys 'yn rhinwedd fy rôl fel cymdoges, wrth gwrs'. Ia, reit. A fasa dim angen gofyn pwy fydda'r plỳs-wan chwaith. Roedd yn rhaid i mi gyfadda wedyn, doedd, fy mod inna'n mynd hefyd. A chyn iddi ddechra holi a stilio, mi benderfynais gael y blaen arni, gan wbod y basa'n rhaid i mi sefyll yn nannedd y tynnu coes oedd yn sicr o ddilyn.

'Ma' fy – ym – ffrind wedi gofyn i mi fynd hefo hi.'

Mi wnes i joban reit dda o beidio cochi, ond mi neidiodd Anji ar y ffordd rôn i wedi baglu dros fy ngeiria wrth gyfeirio at y 'ffrind'.

'Y hi, Mono? Oes yna rwbath nad wyt ti'n ei ddeud wrthan ni?'

'Newydd ddechra gweld ein gilydd ydan ni ...'

'Ydi hi'n perthyn i Dilys, 'ta?'

Riportar, ditectif – yr un sgil-set sydd gynnyn nhw i gyd, 'de? Tanio'r cwestiwn nesa cyn i'r dwytha gael cyfle i oeri.

'Hi oedd yn gofalu am Dilys yn y cartra. Y ddwy wedi mynd yn ffond iawn o'i gilydd. Er bod yr hen gryduras wedi colli'i cho', roedd hi'n ymddiried lot yn Nola.'

Wyt, mi rwyt ti wedi dallt yn iawn. Nola. Pwy feddyliaist ti oedd ei chariad newydd hi, 'ta? Ac yn union fatha chditha rŵan, roedd Anji'n sâl isio'r hanas i gyd. Y peth trista' oedd fy mod inna'n sâl isio deud. Peth fel'na ydi o, 'de? Ti'n teimlo dy fod yn dechra gwirioni am rywun, yn ofni nad ydi'r cyfan ddim cweit yn wir, na fedra rwbath mor sbesh ddim bod yn digwydd i foi mor gyffredin â chdi, felly mi rwyt ti'n dyheu am gael deud wrth bobol am y person anhygoel 'ma, yn ysu am gael rowlio'i henw dros dy wefus eto ac eto er mwyn gneud yr holl beth yn real. Yn fyw. Nola hyn. Nola'r llall. Fi a Nola a Nola a fi. Dwyt ti ddim yn sylweddoli bod peryg i chdi ddechra swnio'n dipyn o dwat, yn bôr, bod pobol yn gneud llgada tu ôl i dy gefn di: ma' hwn wedi'i chael hi'n ddrwg y tro yma.

Ond doedd Anji ddim yn edrach yn bôrd. I'r gwrthwyneb. Waw, Mono. Go iawn? Ei thaid hi'n dod â cheffyl i'r cae i godi calon Dilys? Be ydi enw dwytha Nola felly? O, Gruffydd, ia? Fatha'i thaid?

A finna'n rhannu a rhannu. Heb feddwl. Heb wneud y cysylltiad. Esgob, ia; dim ond gan Nola roedd yr hen wraig yn fodlon cymryd ei thabledi. Nola, Nola, Nola. Rhyfedd, hefyd, medda fi, fod Dilys yn meddwl o hyd mai rhywun arall oedd hi: yn mynnu'i galw hi'n Amy o hyd ...

Does yna fawr o flas ar y coffi boreol yn y garej heddiw 'ma. Mae Rich yn syllu i lygad y sbanar yn ei law fel tasa gynno fo mo'r syniad lleia be i'w neud hefo fo, ac mae Dwynwen wedi ista drwy'r bore'n syllu ar yr wrn. Ac mi dduda i o eto. Mae o'n wir be maen nhw'n ei ddeud, 'de: *mae* cŵn yn blydi dallt pob dim.

'Ffwcia hyn, latsh,' medda Osh ymhen hir a hwyr pan drodd y distawrwydd yn ddigon o niwl i ti allu sgwennu dy enw ynddo fo, 'dan ni'n cau am y diwrnod. Rich, dos adra, mêt. Thâl hi ddim fel hyn. Ti angen brêc. Ac ma' gynnon ninna gnebrwn i fynd iddo fo pnawn 'ma, does, Mono?'

Mi feddyliet fod gin y ddau ohonon ni rannau allweddol yn y gwasanaeth hwnnw – cario'r arch, o leia – yn ôl y brys yn ei eiriau a'r ffordd mae o'n perswadio Rich i hel ei bac a chymryd 'dê-off a *chill*'. Oes, mae gynno fo uffar o bechod dros Rich yn ei brofedigaeth, ond dydi o ddim yn twyllo'r un ohonon ni: mae cnebrwn Dilys yn gyfle arall i glosio at Anji, siŵr Dduw, yn ogystal â chael ei drwyn i mewn i fusnes Goleufryn a'r stelciwr. Dydi camddarllen meddyliau pobol ddim yn un o wendidau Aled O'Shea fel arfer, ond mae o'n gneud diawl o fistêc os ydi o'n meddwl bod Rich a fi'n hollol wirion.

Er ein bod ni'n dau'n mynd i'r un cnebrwn, fyddan ni ddim yn cyrraedd hefo'n gilydd: beth bynnag ydi trefniadau Osh, fy mhlania fi, wrth gwrs, ydi mynd hefo Nola. *Ddoi di hefo fi, gwnei, Mono?* Neu fel arall, faswn i ddim yn mynd o gwbwl, naf'swn? Gas gin i gnebryna fatha pawb call, ond mae o'n gyfle i dreulio amser hefo Nola, dydi? Ac erbyn meddwl, dydi hynny ddim yn fy ngneud i'n wahanol i Osh, taswn i'n onest. Pan wyt ti'n nỳts am rywun, mi ei di hefo nhw i unrhyw le. Wel, o fewn rheswm, 'de. Dwi'n fodlon dilyn Nola i lefydd reit bell, ond nid tasa rhaid i mi fflio chwaith. Mae hyd yn oed dringo i ben step-ladyr yn gneud i fy stumog i roi tro.

Dwi wedi cael ordors i'w chodi hi tu allan i'r cartra lle mae hi'n gweithio. Wayne wedi rhoi'r pnawn i ffwrdd iddi. Amgylchiadau arbennig, medda fo, gan ei bod hi a Dilys mor agos. Mae hi mewn du i gyd, ond dydi hynny ddim yn gneud iddi edrach fatha deryn corff chwaith. Mewn du mae hi bron bob amser, oni bai'i bod hi'n gwisgo'i dillad gwaith. Dim ond unwaith dwi wedi'i gweld hi yn ei hofyrôl las, ond hyd yn oed bryd hynny roedd hi'n llwyddo i gadw'i hunaniaeth hefo'i lipstic nefi-blw a'r fodrwy fechan honno sydd ganddi yn ei thrwyn. Mae hi'n drawiadol yn ei ffrog les â'i godre hancesiog, yn dylwyth tegaidd er mai mewn lliwiau gwrach mae hi. Tan rŵan, does yna'r un ferch wedi gallu disodli fy mreuddwydion am Cat Llywarch: mae o'n fy nychryn i bellach pa mor anwadal mae fy nghalon i fy hun yn gallu bod.

Mae Anji ac Osh wedi cyrraedd o'n blaenau ni, yn edrach fatha cwpwl go iawn; heblaw amdanyn nhw a Nola a fi, a dwy wraig arall sy'n ista ar wahân, mae'r capel yn wag.

'Ddoth Wayne, dy fòs di, ddim?' medda fi, yn gofyn y peth amlwg ac yn difaru'n syth.

'Tasa fo'n mynd i gnebryna pawb ohonyn nhw, fasa fo byth yn ei waith, medda fo.' Mae hi'n gwenu'n gam arna i, yn methu cweit â chyfleu nad oedd Wayne wedi bwriadu swnio'n gymaint o fasdad.

Roeddwn i wedi disgwyl gweld yr Edwyn Morris hwnnw mae Anji'n sôn amdano fo o hyd, y cymydog sy'n byw reit gyferbyn â Goleufryn, ond does 'na ddim golwg ohono fo. Mae'n debyg na fedar o ddim gadael ei wraig ar ei phen ei hun. Syndod hefyd na fasa rhywun mor fusneslyd â fo wedi gneud yr ymdrech. Mae'r fwya disylw o'r ddwy wraig – un o ferched y gegin yn y cartra, yn ôl Nola – wedi estyn ei ffunen, ond mae'r pwl o disian mae hi'n ei gael wedyn yn fwy o arwydd clefyd y gwair nag o unrhyw lifeiriant o emosiwn. Mae'r llall yn ista fel delw mewn siwt lwyd hefo breichiau tri chwartar sy'n dangos fod ganddi freichled lydan, dynn am un o'i garddyrnau. A chan fod ganddi rwbath am ei phen hefyd sy'n cynnwys plu o'r un lliw â'r siwt, mae hi'n dechra gneud i mi feddwl am gloman rasio. Un ddrud. Dwi'n dallt y nesa peth i ddim am ddillad merched, ond mae ogla pres ar hon o bell. Fel petai hi wedi darllen fy meddyliau, mae Nola'n sibrwd yn fy nghlust:

'Y chwaer o'r Alban, 'swn i'n feddwl. Enid Young. Dwi bron yn saff mai honno ydi hi.'

Mae'r gwasanaeth yn fyr, a does yna ddim emynau. Dwi'n diolch i Dduw am hynny. Hefo cynulleidfa mor denau, mi fasa hi fatha gorfod canu unawd. Un peth ydi canu focals hefo bacing-trac pan wyt ti'n rhan o fand lle mae yna brif leisydd, dryms, dwy gitâr a phiano; peth hollol wahanol ydi bod mewn cynulleidfa o hanner dwsin, yn rhygnu ar emyn na chlywist ti erioed mohoni o'r blaen i gyfeiliant harmoniwm sy'n gwichian fatha brest fy nhaid erstalwm.

'Ti'n ocê, Mono?'

'Meddwl am Taid,' medda finna, ac mae hi'n plethu'i bysedd drwy fy rhai i ac yn gwasgu'n dynn.

Dwi'n mwynhau'r eiliad; dydi Nola ddim i wbod mai cofio am sŵn ei fronceitus o rôn i.

Rydan ni'n sefyll. Mae'r ymgymerwyr yn rowlio arch Dilys allan ar droli. Nid ei marwolaeth hi ydi'r peth tristaf am hyn i gyd, ond y ffaith nad oes ots gan neb, mewn gwirionedd. Wel, ar wahân i Nola, ella. Ond mi fydd hitha, hyd yn oed, yn dychwelyd i'w gwaith fory ac yn rhoi'i gofal eto i rywun arall tebyg iawn i Dilys. Dim ond gobeithio y ceith y creadur neu'r gryduras honno well send-off. Dwi'n teimlo'n uffernol o diprésd mwya sydyn yng nghanol y tywyllwch a'r seddi gweigion, tan ein bod ni'n camu allan i haul y pnawn, ac mae o fel cyrraedd yn ein holau o Annwfn.

Dydan ni ddim yn hir ar lan y bedd: ficer diarth ydi o sy'n cael ei dalu yn ôl hyd ei ddarlleniad a'i weddi. Saith munud mae o'n gymryd i off-lodio enaid 'ein hannwyl chwaer, Dilys' ar Yr Hen Foi Yn Y Cwmwl. Bish-bash-bosh. Y peth mwya dwys ynglŷn â'r holl wasanaeth ydi Nola'n taflu rhosyn gwyn ar yr arch. A dwi'n gwbod heb flewyn o amheuaeth y bydd Dewi'r ci'n cael mwy o barch a dagrau heno wrth i Rich T chwalu'i lwch o ar awelon y Lôn Wen.

Iesu, mi fedrwn i fwrdro peint.

Mae Anji'n dod tuag aton ni ar yr union adeg ag y mae Osh yn gneud bi-lein am Y Gloman Rasio. Mae'r ffordd maen nhw'n gwahanu ac yn hedio i wahanol gyfeiriadau ar yr un pryd fel coreograffi mewn dawns: yn gwbwl mewn sync heb orfod yngan gair, hefo'i gilydd ond ar wahân. Bwriad Osh, yn amlwg, ydi cael mwy o hanes Dilys gan ei chwaer, yr Enid Young 'ma. Ac er ei bod hi gymaint yn hŷn na'i henw, mae'r bluen ar ei ffasinetor yn chwifio ac yn bownsio fatha rwbath byw wrth iddi gymryd ei thynnu i mewn i'w sgwrs. Mae'r O'Shea majic yn cael effaith yn syth, a dwi'n sylweddoli fy mod i'n gwylio'r meistr ar seboni wrth ei waith.

'Nola, ia?' Dydi Anji'n gwastraffu dim amser chwaith yn estyn ei llaw i Nola hefo'i dwi-'di-clywed-lot-amdanat-ti ac mae'i sgwrs hi'n nodweddiadol o fyrlymus er mwyn trio peidio gneud i Nola deimlo'n ocwyrd. Un o'i thriciau cyfweld: siarad digon ei hun ar y dechra er mwyn tynnu'r pwysa. Ond fi sy'n nerfus: dwi'n gwbod bod holi pobol yn dwll yn ail natur iddi, dydw?

'Roedd gin Dilys feddwl mawr o Nola,' medda fi, yn synhwyro rhywfaint o chwithdod; does dim syndod ei bod hi'n fwy tawedog nag arfer.

'Roedd Mono'n deud pa mor ffeind roeddet ti hefo hi. A bod dy daid wedi rhoi ceffyl i bori'r cae o flaen ei ffenest er mwyn codi'i chalon hi. Chwarae teg, wir. Mae dy daid yn ddyn ceffylau felly, ydi, Nola?'

'Ydi tad,' medda Nola, yn methu celu'r balchder yn ei llais wrth sôn amdano fo. 'Mae o wedi bridio ceffylau erioed. Wedi ennill mewn sioeau hefo nhw. Ella'ch bod chi wedi clywed amdano fo? Jonas Gruffydd, Caer Ela.'

Mae yna ryw ias oer yn pigo ar hyd fy ngwegil i er ein bod ni'n sefyll yn llygad yr haul. Sut na faswn i wedi'i weld o? Nola *Gruffydd*. Taid a'i geffylau. Os ydi Nola'n wyres i Jonas, mae hi'n nith i Gwenith Llynon, ac yn gyfnither i Ffion. Mae hi'n perthyn i deulu'r actor diflanedig. Dwi'n sylwi ar Anji'n trio dal fy llygad i, ond fedra i ddim sbio'n ôl arni.

Ac ella fy mod i'n rong, 'de, ond mae gin i deimlad ym mêr fy esgyrn, hen deimlad poetshlyd, afiach fatha weipar car yn mynd drwy gachu deryn, mai hwn fydd y Trydydd Digwyddiad Shait ar gyfer heddiw.

ANJI

Maen nhw'n cyfarfod tu allan i'r capel. Y peth sy'n ei tharo'n gyntaf ydi'r normalrwydd arferol – dim ceir, dim pobol. Dim byd. Yr unig arwydd fod yno weithgarwch o unrhyw fath heddiw ydi'r ffaith bod y drysau'n agored.

'Ti'n iawn, Kiely?'

'Jyst teimlo chydig yn fflat, dyna i gyd. Bod yna neb yn gweld ei cholli hi.'

'Ella mai ni sy'n gynnar.'

Mae hi'n gwybod nad ydi Osh yn credu hynny am funud. Ac mae'r ffaith ei fod o'n uniaethu hefo'i mŵd hi, yn ceisio lleddfu rhywfaint bach ar ei siom ynglŷn â difaterwch pawb am farwolaeth Dilys, yn gwneud iddi ddyheu am gydio yn ei law. Ond mae hi'n colli'r foment wrth iddo chwilio drwy'i bocedi am bacad o jiwing-gỳm.

'Adegau fel hyn sy'n gwneud i mi hiraethu am y dyddia pan fyddwn i'n cael smôc,' medda fo, ac mae hi'n diolch na fuo hi ddim yn ddigon byrbwyll i roi'i theimladau ar y lein.

'Awn ni i mewn, 'ta, ia?' medda hitha, yn teimlo'n wirion, neu'n drist, neu'n gyfuniad o'r ddau, ac isio cael ei llyncu gan dywyllwch oer yr adeilad o'i blaen am fod yr haul yn rhy braf.

Mi ddylai dewis sedd mewn capel gwag fod yn hawdd, meddylia Angharad, ond pendroni'n chwithig y maen nhw, fel dau ddieithryn â'r naill yn rhy swil i benderfynu dros y llall.

'Neith fama,' medda hi o'r diwedd, yn llithro'i phen-ôl ar hyd y coedyn sgleiniog i wneud lle iddo fynta ar y sedd i ddau, ac mae'r cwestiwn mae hi'n gwybod y bydd o'n ei ofyn yn dawnsio rhyngddyn nhw ac yn baglu, fatha'r haul yn bownsio'n ôl oddi ar y ffenestri gwydr lliw.

'Pam na fedrat ti ddeud wrtha i, 'ta?'

Ac mae braw'r olygfa honno a welodd drwy ddrws agored llofft Marian y llynedd yn trochi'i hymennydd drachefn: ei ffrind gorau yn y gwely hefo gwraig Liam O'Shea. Doedd bradychu Marian ddim yn opsiwn, er iddi'i theimlo'i hun yn closio at Osh. Nid ei chyfrinach hi oedd hi i'w rhannu, naci? Dydi'r rhesymeg honno ddim wedi'i rhwystro rhag teimlo'n euog chwaith wrth gelu'r cyfan oddi wrth Osh, ond heddiw does ganddi mo'r egni na'r awydd i ailbobi'r holl lanast. Mae hi wedi gorfod byw'n ddigon hir hefo'i galanastra hi'i hun. Daw gwres sydyn, hunanamddiffynnol drosti:

'Wnest ti ddim aros o gwmpas yn ddigon hir, naddo?'

Dyna fo eto, y bwgan yn y wledd; daw'r atgof o'r unig noson a gysgon nhw hefo'i gilydd i dynnu arnyn nhw eto ym mrath ei hymateb. A'r munud mae hi'n yngan y geiriau, mae arni isio'u llyncu nhw'n ôl, o achos nad arno fo roedd y bai am hynny chwaith. Mae'r saib sy'n dilyn fel blwch agored, yn disgwyl iddo fo'i lenwi hefo'i brotest gyfiawn: chdi, Anji Kiely, drodd dy gefn arna i. Ond dydi o'n dweud dim byd, ac mae hynny'n waeth, yn sgytio drwyddi hi fel ochenaid. Gŵyr mai'i lle hi ydi cymodi. Dydi o ddim wedi symud gewyn; maen nhw'n ista'n glòs, yn dynn wrth ei gilydd yn y sedd fechan ddwbwl, a theimla Angharad wres ei glun yn erbyn ei hun hitha. A rŵan, mae'r foment yn aros, yn crogi yno'n llonydd, yn cynnig ail gyfle.

Rŵan, mae hi'n cyffwrdd cefn ei law, a deil yntau i syllu'n syth o'i flaen.

'Dwi mor sori, Osh. Am bob dim.'

Ac o'r eiliad hwnnw, mae o'n plethu'i fysedd drwy'i rhai hi a chydio'n dynn, heb ollwng, drwy gydol gwasanaeth cnebrwn Dilys Murphy.

OSH

Wedi iddo anfon tecst-ti'n-ocê? i Rich T, a oedd, fel y digwyddodd hi, yn amlwg yn barotach am fwy o sgwrs, dydi Osh ddim yn hollol siŵr pa un ohonyn nhw gafodd y syniad o fynd am beint, ond yma maen nhw rŵan ar wal yr Anglesey – mae Rich wedi dod â Dwynwen, wrth reswm pawb – yn gwylio wyneb yr afon yn tonni'n aflonydd fatha tarpôlin â'r gwynt yn codi odano fo.

'Ti wedi sortio petha 'ta? Hefo Anj?'

'A finna'n meddwl mai peint er cof am Dewi oedd hwn.'

'Ti erioed yn meddwl dy fod ti am gael getawê hefo treulio pnawn cyfa hefo Anji heb i minna dy holi di'n dwll, nag wyt? Ti'n edrach fel tasat ti'n ysgafnach dy galon nag y buost ti ers tro byd, ag ystyried dy fod ti newydd fod mewn angladd.'

'Wel, a chditha, os nad wyt ti'n meindio i mi ddeud.'

'Mae'r hen gi'n perthyn i'r pedwar gwynt rŵan,' medda Rich. Mae golwg annaturiol o freuddwydiol arno fo. 'Mae o'n rhan o'r cylch diddiwedd sy'n fwy na fo'i hun.'

'Fasa hi ddim yn well i ti ffeirio dy wasgod ledar am

blancad a sbectol a phâr o fflip-fflops, dwa? Mi roddet ti ddau dro am un i'r Dalai Lama hwnnw, myn uffar i.'

Yr hyn nad ydi o ddim yn ei ychwanegu ydi y byddai Rich T wedi gwneud gwell job i Dilys hefyd na'r ficer dwy-a-dima hwnnw'r pnawn 'ma â'i gloc o'n tician fatha mîtar Ted Tacsi. Mae Rich yn drachtio'n hir o'i beint ffresh, yn sychu'r ffroth oddi ar ei fwstásh hefo cefn ei law, ac yn cyhoeddi hefo doethineb tawel y Bwda'i hun:

'Ti'n trio troi'r stori rŵan.'

Ac mae'r diawl cyfrwys yn gadael saib, tudalen wag i Osh ei llenwi, cyn plygu i fwytho clustiau Dwynwen.

'Dan ni'n ocê rŵan.'

'Be? Jyst fel'na?'

'Cymryd petha fel maen nhw'n dod, 'de?'

'Deud ti.'

Gŵyr Osh na wneith o ddim pwyso arno; poen mwya Rich ydi y bydd o'n codi pac eto a'i adael i ofalu am y busnes os eith hi'n flêr. Felly mae Osh yn penderfynu rhoi sicrwydd iddo. Un peth ydi rhoi'i galon ar y lein i Angharad Kiely. Mater arall ydi cysuro Rich T, a does ganddo ddim ond un peth arall y medar o'i gynnig i hwnnw a fydd yn ddigon mawr i newid cyfeiriad ei feddwl a'i sgwrs y munud hwn:

'Ti ffansi dod yn bartnars hefo fi, Rich? Yn y busnes dwi'n ei olygu, wrth gwrs, rhag ofn i ti feddwl fy mod i'n gofyn am dy law mewn glân briodas.'

Mae'r cynnig yn crogi uwch eu pennau am bwcs, yn clecian yng ngwynt yr afon fatha baner ar fast.

'Hefo be, Osh? Cerrig glan môr? Dwi'n gwerthfawrogi dy gynnig di, mêt, a ti'n gwbod y baswn i wrth fy modd, ond ti'n gwbod na fedra i ddim fforddio prynu i mewn. Does gen i'm dwy geiniog, 'chan.'

'Wel, ma' hynna'n glwydda noeth i ddechra.'

'Nac'di tad. Ti'n gwbod na dwi'm yn ...'

'Gwagia dy bocedi.'

'Be ti'n ei falu ...?'

'Jyst gwranda arna i, wnei di, tra 'mod i'n dal yn fòs arnat ti.'

A chydag ochenaid, mae Rich yn ei hiwmro fo, ac yn gwagio cynnwys ei bocedi – goriadau'r fan, dau drît ci, a'r newid o'r tenar roddodd o gynna wrth godi dau beint: dwybunt a dau bishyn dwy geiniog. Neidia Osh ar un o'r rheiny fel gwylan ar tsipsan.

'Dyna fo, yli. Mi ddudish i dy fod ti'n eu palu nhw. Mi wneith un o'r rhain yn iawn.' Ac mae o'n pocedu'r ddwy geiniog tra'n estyn am ei wydryn peint hefo'i law rydd.

'Wyddost ti be, Osh? Rôn i'n meddwl mai'r hen wreigan y buost ti yn ei chnebrwn hi heddiw gafodd gnoc ar ei phen. Ti'n gall, dwa?'

'Nac'dw. Ond ti'n gwbod hynny'n barod. Dwi'n hapus iawn i dderbyn y ddwy geiniog yma'n gyfnewid am dy siâr di ym musnes Beiciau Osh. Felly, fel twrna, dwi'n deud wrthat ti'i fod o'n gytundeb hollol gyfreithlon. Mi wna i'r dogfennau'n barod fory tra byddi di'n rhoi syrfus i Suzuki Breian Bildar yli.' A thra mae Rich T'n dal i syllu arno'n gegrwth, ychwanega: 'Gwranda, Rich – chdi ydi'r un sy'n ysgwyddo'r rhan fwya o'r baich ers i ti ddechra gweithio i mi. Rydan ni'n dau'n gwbod na fasa na ddim busnes ohoni'r ffordd dwi wedi ymddwyn yn ystod y misoedd diwetha 'ma. A rŵan fy mod i'n dechra ystyried posibiliadau eraill ...'

'O na, mêt, no-we. Dwi ddim yn cytuno i ddim byd os wyt ti'n bwriadu cymryd y goes eto, 'de ...'

'Dim o'r fath beth, Rich. Trystia fi. Meddwl rhedeg ail fusnes oddi ar safle'r garej dwi, a bod yn fwy o "slîping-partnar" 'lly.'

'O, dim newid felly, 'ta,' medda Rich. 'Fi'n grafftio, a chditha'n gneud ffyc-ôl.'

Cymer Osh arno fod geiriau Rich yn ei glwyfo i'r byw, tra'n sylweddoli ar yr un pryd fod y dyn mawr yn gwenu i'w beint dan gysgod ei locsyn cringoch. Casgla'r gwydrau gweigion a chodi gyda'r bwriad o ddychwelyd at y bar.

'Falch na chdi sy'n cael hon,' medda Rich yn smala, 'gan na fedra i'm fforddio mwy na hanner o lemonêd rŵan ar ôl prynu siârs mewn garej.'

'Ti am ysgwyd arni felly, 'ta?'

Wrth i law Rich lapio fel maneg am ei law yntau, mae Osh yn arogli'i phersawr cyn iddi yngan gair o'r tu ôl iddo:

'Wel, beth bynnag dach chi'n ei ddathlu, sbritser bach gymra i, plis. Mae'r tywydd yma'n rhy boeth i jin.'

'Anji. Mi ddoist ti, 'ta?'

'Edrach yn debyg, dydi?'

Mae plania newydd Osh am ei seidlein ddiweddara'n mynd yn angof, ynghyd â phob gair arall yn ei ben, wrth iddo weld bod Angharad wedi ffeirio'i dillad duon am ffrog ha' fohemaidd, liwgar sy'n cyrraedd hyd at ei fferau. Sylwa pa mor ifanc mae hi'n edrych a'i gwallt yn rhydd dros y clustdlysau cylchog, ac ar y ffordd mae'i breichledau'n tincial wrth iddi ymestyn i gyfarch Rich gyda choflaid o gydymdeimlad.

'Mi rydach chitha'ch dau wedi cael pnawn go ddwys, Rich,' medda hi, gan blygu i fwytho clustiau'r ast goch. 'Mi fydd rhaid i ti edrach ar ôl Dad rŵan, yn bydd, Dwni Dwns?'

Felly mae hi'n gwybod mai dyna mae Rich yn galw Dwynwen, meddylia Osh yn sydyn, ac mae Dwynwen yn amlwg yn adnabod Angharad. Fasa neb yn ei iawn bwyll yn mentro cosi clustiau ci mor anferth ac yn rhoi sws ar dop ei ben ar y cyfarfyddiad cynta. Daw'n amlwg iddo rŵan pa mor bwysig i Angharad oedd cyfeillgarwch Rich yn ystod y misoedd diwetha 'ma, a pha mor bwysig iddi hithau oedd gallu holi'i hynt a'i helynt heb i neb arall fod yn gwybod: Rich T oedd yr unig ddolen gyswllt rhyngddi ac yntau. Mi fasa hi wedi medru troi'i chefn ar y garej ac ar bawb a phopeth ynghlwm â fo, ond dewisodd beidio. Mae'r sylweddoliad yn rhoi hyder iddo.

'Heb fod i fyny yn ochra Rhosgadfan ers sbel, tan heddiw,' medda Rich. 'Mi fyddwn i'n arfar mynd â Mam am dro i fyny'r ffordd honno erstalwm i gael picnic bach.'

Mae hwn wastad yn llwyddo i fy synnu fi, meddylia Osh, wrth ddychmygu Hells Angel barfog a hen wreigan fach fusgrell yn telynegu uwchben eu sandwijis ham am yr olygfa o dop y Lôn Wen.

'Dest ti ddim â hi yno ar gefn yr Harley, gobeithio.'

Rhyw dagiad o chwerthiniad o ganol y blewiach ar ei wyneb ydi unig ateb Rich i hynny. Mae o'n gostwng ei lais cyn troi at Angharad:

'Nid y fi ydi'r unig un sy'n lecio mynd am sgowt y ffordd honno chwaith, yn ôl pob golwg. Mi basiais i dy fòs di'n gyrru i fyny yna tra rôn i ar fy ffordd i lawr.'

'Pwy, Eic?'

'Ia. Fo a'i wraig. Gwallt golau gynni hi. Y transit oedd gin i, 'de, am fod Dwns hefo fi. Ti'n uwch i fyny mewn fan, yn sbio i lawr ar bawb yn eu ceir.'

'Ti wedi camgymryd, Rich. Nid Eic welaist ti. Dydi'i wraig o ddim yn bryd golau.'

'Wel, mi roedd hi'n wraig i rywun,' medda Rich, 'ond hefo Eic roedd hi pnawn 'ma, pwy bynnag oedd y flondan 'ma. Fo oedd o, Anj. Yn yr hen Volvo lliw chŵd 'na sydd gynno fo. A ma' hwnnw'n rhy hyll i neb arall fod isio'i ddwyn o, garantîd.'

Ar hynny, mae Dwynwen yn codi'i thraed blaen ar ben y wal yn sydyn, ac yn dechra udo i gyfeiliant seiren ambiwlans yn rhywle yn y pellter, er mawr ddifyrrwch i bawb sydd o gwmpas. Ciw Osh o'r diwedd i symud ei din at y bar. Pan ddaw'n ôl atyn nhw hefo'r diodydd ar hambwrdd, mae Rich a'i gi'n chwarae i'r galeri ac mae'r awyrgylch yn chwerthinog, braf. Mae'r cyfan yn ollyngdod ar ôl pnawn mor dipresing, ond serch hynny, sylwa Osh fod Angharad yn fwy tawedog nag yr oedd hi gynna. Golwg bell arni. Cyffyrdda'i braich yn ysgafn a chael ei gysuro gan y winc fach sydyn – ynghyd â'r olwg-nid-chdi-'dio – mae hi'n ei thaflu i'w gyfeiriad. Mi geith wybod ganddi yn y man, meddylia, cyn gwlychu'i big yn ei beint.

Mae hi'n dechra nosi'n dyner, ac mae Aled O'Shea'n trochi'i wyneb yng ngwres yr haul isel, yn dechra caniatáu iddo fo'i hun gredu o'r diwedd fod petha ar i fyny.

Does ganddo mo'r syniad lleia fod Angharad newydd oeri drwyddi.

DCI LIAM O'SHEA

Fo ydi'r boi sy'n hitio'r *gym* pan fydd petha'n mynd yn drech nag o: dyrnu'r pynsh-bag, hamro'r wêts, powndio'r tredmil. A fo ydi'r cynta i argymell i bawb arall wneud yr un fath. Chwysu'r cythreuliaid allan. Ac ydi, mae hynny'n gwneud y tric, yn clirio'i ben o fel arfer. Yr endorffins yn ddigon i gwblhau'r job. Ond rhyddhad dros dro ydi hynny erbyn hyn. Dydi'r ffics ddim yn para. Dyna pam y dechreuodd o hitio'r botel, wisgi bach cyn clwydo gyda'r nos yn mynd yn ddau ac yn dri. A'r dyheu amdano'n cynyddu nes ei fod o'n tywallt ei wydryn cynta'r munud y cyrhaeddai adra o'i waith.

Roedd o'n ddigon call i sylweddoli nad alcohol oedd yr ateb i'w broblemau bryd hynny, hyd yn oed cyn i Osh fod ar ei gês o'n bygwth a swnian a doethinebu. Dydi o'n ddim oll i'w wneud â synnwyr cyffredin, meddylia. Mae yna well pobol na fo wedi cael eu dal yn y fagl, yn credu na wnâi un bach arall ddim drwg. Un peth ydi cael cynnig totyn o frandi dros dy galon ar ôl cael dy achub oddi ar ben mynydd yn dy sandals, a dy fôls di fatha dwy bysan; peth arall ydi ista hefo'r botel gyfan nes rwyt ti'n medru gweld ei thin hi trwy'i cheg hi.

Dydi o ddim cweit yn deall pam ei fod o mor gyndyn o gael ei ddal yn mynd i weld therapydd. Onid oes gan bawb un o'r rheiny'r dyddiau hyn, beth bynnag? Ti'n henffasiwn ac yn boring os nad oes gen ti un. Dydi o erioed wedi bod yn un i siarad am deimladau ac ati: rhywbeth i ferched oedd hynny, yn ei dyb o. Wel, tan rŵan. Tan heddiw, ac yntau wedi penderfynu plymio i'r dwfn o'r diwedd. Serch hynny, mae meddwl go iawn am orfod agor ei galon i rywun arall, therapydd neu beidio, yn peri iddo din-droi'n fwriadol yn y maes parcio wrth roi ticad ar y car, rhag ofn iddo gyrraedd yn rhy fuan ac edrych yn bathetig o orawyddus i rannu'i shit i gyd.

Rŵan ei fod o wedi cyrraedd, ac yn cychwyn ar ei daith ar hyd y stryd fawr, mae'i draed o'n drwm: teimla fel pe bai o'n cerdded trwy driog.

Byddai'r lle'n eitha tebyg i siop, hefo'i ffenest flaen fawr, oni bai na fedri di ddim gweld i mewn drwy honno: mae'r gwydr yn chwaethus o niwlog a'r sgwennu cwafrog arni'n cynnig y fath restr o ddulliau iacháu amgen fel bod o'n dwys ystyried ailfeddwl mynd drwy'r drws. Cael rhywun yn sticio pinnau ym modiau'i draed ydi un o'r petha ola' ar y blaned y byddai o'n dymuno'i gael, a does ganddo mo'r syniad lleia be ydi *reiki*. Diolch i Dduw mai dim ond siarad mae o'n mynd i'w wneud (er ei fod o'n ofni mai ail yn unig i'r sticio pinnau fydd hynny hefyd).

Mae'r ogla diarth yn ei daro'r munud y cerdda drwy'r drws. Dydi o ddim yn annymunol, ond fasa fo ddim isio'i glywed o bob dydd chwaith. Sylwa mai o'r gannwyll fawr ar y cownter mae o'n dod, ogla melys, bron yn berlysieuol, yn dew yn ei ffroenau fatha wîd.

'*Patchouli*,' medda'r ddynas ganol oed hefo'r clustdlysau eliffant, wrth iddi'i weld o'n sawru'r aer o'i gwmpas fatha sbanial mewn êrport.

Mae o'n adnabod ei chrygni Bonnie Tyler fel y llais a atebodd y ffôn iddo dridiau'n ôl. Ond gwallt tywyll, cwta sydd gan hon, â chroen wedi cael gormod o haul sy'n gwneud iddi edrych yn hŷn na'i hoed. Mae'i breichledau arian yn canu trwy'i gilydd fel llwya te mewn basgiad wrth iddi estyn llaw i'w gyfarch.

'Croeso, Liam. Rita ydw i. Mae Gwen yn barod amdanat ti.'

Mae hi'n amlwg mai enwau cynta a chdi-a-chditha o'r cychwyn ydi'r norm fan hyn. Nid bod ganddo wrthwynebiad, ond mae'r cyfan yn teimlo braidd yn chwithig: pan wyt ti'n Jîff Insbector, ti jyst yn cymryd yn ganiataol y bydd pawb yn gweiddi 'chi' arnat ti. Dyna'r effaith mae blynyddoedd o gael pobol yn dy alw di'n 'Bòs' yn ei chael, meddylia: mae gormod o barch yn medru rhoi hang-ỳps i ti hefyd weithiau. Ond ŵyr y rhain yn y fan hyn ddim ei fod o'n gopar, heb sôn am fod yn DCI. Ymlacia wrth sylweddoli bod hynny'n deimlad reit braf. Dim ond i hon beidio mynnu'i fod o'n tynnu'i sgidia a'u gadael nhw wrth y drws, mae o'n fodlon trio mynd hefo'r lli.

Mae Gwen yn wahanol iawn i Rita, dim breichledau boho, dim eliffantod: ar wahân i'w modrwy briodas, ei hunig addurn ydi'r ddau ddiemwnt sydd ganddi yn ei chlustiau. Gwisga ryw fath o siwt ysgafn sy'n atgoffa Liam o byjamas – trowsus llydan a chrys i fatsho, a'r cyfan mewn defnydd sidanaidd â'r patrymau blodeuog arno'n debyg i'r lluniau sy'n addurno sgriniau a ffaniau Siapaneaidd. Roedd gan Nerys ddresing-gown erstalwm mewn defnydd felly, rhyw fath o gimono ...

'Liam? Fi ydi Gwen. Croeso.' Mae'i bysedd hirion hi'n oer ac yn wyn.

Sudda Liam i gadair ffa ry gyfforddus a rhy wirion o isel. Mae hi'n ei mowldio'i hun am ei gorff fatha rhywbeth byw yr eiliad mae o'n disgyn yn drwsgwl i'w hafflau. Cofia orfod ista ar rywbeth tebyg yng Nghaffi Maes B erstalwm pan oedd y genod yn fengach, ac yn mynnu iddo fynd hefo nhw i wrando ar nadau un o gewri diweddara'r sîn Gymraeg: mab rhyw gyfryngi neu'i gilydd yn nillad ei nain, a oedd wedi gweld yn dda i siafio hanner ei ben er mwyn ychwanegu at gyffro'i gynulleidfa. Teimlai bryd hynny hefyd fel pe bai o'n cael ei lyncu gan slefran fôr.

'Be fasat ti'n lecio'i gael o'r sesiwn yma, Liam?'

Mae'i chwestiwn cynta hi'n ei daflu oddi ar ei echel braidd, a dydi'r ffaith mai fo ydi'r un sydd wedi arfer holi pobol yn dwll ddim yn helpu. Nid y gadair ffa'n unig sy'n gwneud iddo deimlo dan anfantais.

'Rôn i'n meddwl mai chi oedd i fod i ddeud hynny wrtha i.' Mae o'n glynu'n bengaled at y 'chi', yn benderfynol o beidio ildio'r cyfan.

'Dwyt ti ddim wedi derbyn unrhyw fath o gwnsela o'r blaen, felly?'

Mae o isio gofyn a ydi ymweliad annisgwyl gan boen-yn-din o frawd bach hefo ffôr-pac o Gorona dan ei gesail yn cyfri fel cwnsela. Ond roedd o'n amddiffynnol hefo Osh hefyd, yn doedd? Mae o'n difaru bod mor bigog hefo hwnnw rŵan. Mae Osh wedi colli mynadd hefo fo erbyn hyn, a dydi o ddim yn ei feio. Tasa fo ddim ond wedi gwrando, am unwaith. Ond dyna ydi'i ddrwg o erioed, ofn cyfadda bod rhywbeth yn ei boeni rhag dangos gwendid. Mae o'n tin-droi ar y ffa, yn disgwyl i Gwen lenwi'r gwacter eto, ond gwêl ei fod wedi taro ar ei fatsh: mae hi'n chwarae'r un gêm. Felly mae o'n rhoi rhywbeth bach iddi, gan ei fod o wedi talu. Wneith o ddim aros yma'n hir.

'Dwi'n ei chael hi'n anodd siarad am fy nheimlada,' medda fo, a difaru'n syth.

'Wyt ti wedi bod felly erioed? Ers dy blentyndod?'

Dyma ni, meddylia. Jolihóet ar hyd llwybrau ddoe fydd hi rŵan. Malu cachu amdano fo'i hun yn blentyn. Mae llgada'r Gwen 'ma'n wydrog, yn sgleinio fel pe bai ganddi ddagrau ynddyn nhw na fedar hi mo'u crio.

'Fy ysgariad i ydi'r broblem, nid fy mhlentyndod i.'

Sylweddola'i fod o'n swta, a chlirio'i wddw'n gyndyn cyn rhoi braslun iddi: affêr ei wraig, ond nid hefo pwy; pwysau'i waith ond nid pa waith. Yr yfed.

'Wyt ti wedi ystyried pa mor bwysig ydi gallu maddau er mwyn symud ymlaen, Liam?'

'Nid arni hi roedd y bai ...' Hyd yn oed rŵan, mae o'n amddiffyn Nerys yn reddfol.

'Maddau i ti dy hun roeddwn i'n ei feddwl.' Mae'i

geiriau hi'n annisgwyl o empathetig. 'Dyna un o'r pethau anodda. Dwi fy hun yn gwbod hynny. Doedd fy ngŵr i ddim yn un hawdd byw hefo fo, ond roedd gynno fo'r ddawn ryfeddol honno o wneud i mi gredu mai arna i roedd y bai bob tro. Coffi, Liam?'

Ar amrantiad, fatha troi car i wynebu'r ffordd arall er mwyn dianc ar frys, mae deinamig y sgwrs wedi newid. Diolcha Liam ei bod hi wedi troi'i chefn arno wrth fynd i estyn cwpanau er mwyn iddo allu codi'n dindrwm o'r gadair ffa felltith heb iddi'i weld.

'Sori,' medda hi. 'Roeddwn i ar fai rŵan. Rhannu gormod. Dydw i ddim yn arfer bod mor agored am fy mywyd personol.'

Mae'n amlwg fod ei hamhroffesiynoldeb sydyn yn peri embaras iddi. Er ei fod o'n teimlo braidd yn euog, penderfyna fanteisio ar ei hanesmwythyd er mwyn dod â'r sesiwn i ben. Dydi o ddim yn gyfforddus yn gwneud hyn eniwe. Ond o leia mi fedar roi'i law ar ei galon rŵan a dweud ei fod o wedi rhoi cynnig arni. Mi fydd o'n ocê, meddylia, ac yntau wedi bwriadu cael trefn ar ei yfed. Mae ganddo fwy o fwganod na mynwent Hirdre ar Galan Gaeaf, ond dim un na fedar cymodi hefo Osh a rhedeg pum milltir cyn brecwast mo'i yrru allan.

'Mi drefna i ad-daliad i ti am y sesiwn, Liam.'

Mae'r ogla coffi sydd bellach yn llenwi'r stafell yn swyno'i ffroenau ar ôl ymosodiad y *patchouli* gynnau, ond beth bynnag ydi Liam O'Shea, mae blynyddoedd yn y ffôrs wedi'i ddysgu i beidio aros yn nunlla eiliad yn hwy na sydd raid. Mi fydd o'n hepgor y banad.

Dydi o ddim yn siŵr be ydi o – greddf copar ynteu'i hang-ŷps emosiynol o'i hun – ond mae rhywbeth yn ei ddarbwyllo i beidio dweud gormod o'i hanes wrth Gwen. Tybed ai dyna pam mae o'n ei chael hi mor anodd ei galw hi'n 'chdi'?

'Anghofiwch amdano fo. Wir. Dwi'n bell o fod yn gleient delfrydol i therapydd, beth bynnag.'

Mae'n amlwg o'r ffordd y mae hi'n codi'i haeliau'n awgrymog arno nad ydi hi'n credu hynny am funud, ond mae Liam eisoes wedi cau'r drws ar ei ôl ac yn brasgamu drwy sentiach hipïaidd y ddynas clustia eliffant, ac allan. Fuo ffiwms egsôst y stryd ac ogla tarmac poeth erioed mor bersawrus. Mae'n cymryd eiliad neu ddau iddo sylweddoli'i fod o wedi mynd allan trwy'r drws anghywir, a'i fod o yn y maes parcio bychan yng nghefn yr adeilad yn hytrach nag ar y pafin yn y ffrynt. Dau gar sydd yno – neu'n hytrach, hen gampar VW yn sticeri drosto ac Audi Q8 llwyd tywyll ffresh uffernol. Mae hi'n amlwg mai Clustia Eliffant pia'r fan Achubwch y Panda, ac mai Gwen pia'r SUV ag ogla pres arno fo. Un sticer dwyieithog sydd ar hwnnw, yng nghornel chwith isa'r ffenest ôl: Cobiau Cymreig Caerela Welsh Cobs. Hysbýs i fridfa'r teulu reit siŵr. A'r rhif yn hysbýs iddi hi'i hun: LLY2 NON.

Diolcha Liam nid am y tro cynta'r diwrnod hwnnw nad oedd o'n gwisgo'i sgidia plisman, nac wedi defnyddio'i enw llawn yn y lle 'na rŵan.

Oherwydd mai Gwen â'i llgada-gneud-penyd ydi Gwenith Llynon.

OSH

'Therapi? Chdi? Ti'n cymryd y *piss*?'

'Nesh i'm aros yno, naddo? Eniwe, ôn i'n meddwl y basat ti'n gefnogol o shit fel'na, hefo dy ddulliau "amgen" o neud pob blydi dim.'

'Wrth gwrs fy mod i'n gefnogol.' Sylweddola Osh fod peryg iddo daro nerf. Cyllell a fforc amdani eto fyth. 'Wyddwn i ddim y basat ti'n foi am beth felly, dyna'r cyfan.'

'Dydw i ddim, nac'dw? Wel, ddim fel rheol. Meddwl y basa fo'n help i sortio 'mhen i, 'de?'

Dydi o erioed wedi clywed ei frawd mawr yn cyfadda o'r blaen fod arno angen sortio dim byd, yn enwedig ei ben. Liam ydi'r clasic dim-blydi-lol o foi. In-tjârj. Cryfach na chry. Ac eto, meddylia, fo hefyd ydi'r dderwen yn y storm. Yn gwrthod – neu'n methu – plygu. Ia, Liam ddaeth i'r adwy pan fuo yntau'n mynd drwy'r felin, ond fo oedd yn rheoli, 'de? Yn harthio arno fatha sarjiant-mejor i symud ei din am y *gym*, a'i hel o wedyn i olchi llestri hefo Nerys er mwyn iddi hi'i roi o ar ben y ffordd hefo'r stwff embarasing i gyd: y tor-calon a'r edifeirwch a'r hunanfflangellu. Y blydi teimladau, mewn geiriau eraill. Y stwff peryglus, anweledig sy'n dy nôl di yn dy gwsg fatha carbon monocseid. Fedrai Liam erioed ddelio hefo hynny, fyth ers pan oedden nhw'n blant.

Dydi hogia mawr ddim yn crio.

Ond mae o'n crio rŵan, heb wneud sŵn, yn gadael i'r dagrau anghynefin bowlio a diferu oddi ar ei ên ac ar ei grys am nad ydi o, go iawn, yn gwybod be i'w wneud hefo nhw.

'Dwi wedi bod yn rêl cont hefo chdi, Osh.'

'Wel, wyt, siŵr Dduw. I be fasat ti'n newid arfar oes, 'de?' Ac mae Osh yn tyllu trwy'i bocedi, yn cynnig tisiw iddo.

'Be ffwc 'di hwnna?'

'Kleenex, 'de?'

'Ma' gin i ofn gofyn be arall ti wedi'i sychu hefo fo.'

'Duw, dydi o'm byd 'mond mymryn o stwff llnau disgia brêcs. Laddith o mohonat ti.'

''Mond 'y nallu fi, ia?'

'Dwi'n cymryd nad oedd hon ddim yn plesio, felly?'

'Pwy?'

'Y therapydd 'ma, 'de? Maen nhw'n deud bod yn rhaid i rywun drio mwy nag un er mwyn cael hyd i'r un iawn. Fatha rhoi test-dreif i foto-beic.'

'Hidia befo moto-beic. Tria Audi Q8.'

'Rêl blydi copar, yn nodi manylion ei char hi. Mi gest ti'r rhif hefyd, ma' siŵr Dduw, do?'

'Biti na faswn i'n gwbod hwnnw cyn i mi fynd i mewn. Mynd allan drwy'r cefn wnes i, mewn camgymeriad.'

'Deud ti.'

Uffar busneslyd fuo'i frawd erioed, meddylia Osh. Dyna sydd wedi'i wneud o'n gystal plisman. I mewn trwy'r drws ffrynt ac allan trwy'r cefn. Dyna un peth sydd gan gopars a lladron – a mellt – yn gyffredin. Camgymeriad o ddiawl. Er mwyn cyfiawnhau'i weithred ymhellach, ychwanega Liam:

'Lwcus uffernol 'mod i wedi mynd allan trwy'r cefn, dallta, neu faswn i ddim callach pwy oedd y Gwen honno, naf'swn? Mi fuo bron i mi gael ffit pan welish i'r rhif.'

Mae Osh yn ei brysuro'i hun hefo'r mygiau te, yn palfalu yn nhùn bisgedi'i frawd, yn datod Kit Kat a dechra crensian drwyddo heb ofyn dim. Gwna hyn yn fwriadol dim ond i weindio Liam gan fod hwnnw'n amlwg yn chwarae'r un gêm: hel dail wrth adrodd ei stori, yn credu'i fod o'n creu rhyw fath o sysbéns. Ploncar. Mae Osh yn rhoi cynnig go lew ar lyncu'i wên hefo'i sgedan, o achos ei bod hi'n amlwg fod ei frawd yn sâl isio dweud.

'Wel? Ti ddim am ofyn, 'ta?'

'Rhy boléit i dorri ar dy draws di dwi, 'de?'

'Be wnei di o'r rhif LLY2 NON, 'ta? A'r sticer Cobiau Cymreig Caerela ar y ffenast ôl?'

Eiliad mae hi'n ei gymryd i Osh brosesu'r wybodaeth.

'Ti'n deud wrtha i mai Gwenith Llynon oedd Gwen y therapydd? Coc y gath go iawn.'

'Dydw i erioed wedi cyfarfod y ddynas, naddo? Sioned Preis aeth i'w gweld hi.' Ond er ei fod o'n brysio i'w amddiffyn ei hun, mae o'n edrych braidd yn swat, fel ci wedi cael cerydd. 'Wyddai hi ddim pwy oeddwn i, beth bynnag.'

'Ti'n gobeithio.'

'Neu fasa hi ddim wedi deud be ddudodd hi.'

'Sef?'

'Bod ei gŵr hi'n un anodd byw hefo fo.'

'Be? Ddudodd hi hynny am Arawn?'

'Wel, ddaru hi mo'i enwi o, naddo? Ond be oedd yn ddiddorol oedd ei bod hi wedi cyfeirio ato fo fel tasa fo yn y gorffennol, 'lly. "*Doedd* fy ngŵr i ddim yn un hawdd byw hefo fo." Dyna ddudodd hi. "Doedd", nid "dydi". "Dydi o ddim" fasat ti'n ei ddeud, 'de, tasa rhywun yn dal hefo chdi?'

'Neu'n dal yn fyw. Iesu, ella mai hi sydd wedi'i ladd o. Dan ni'n gwbod bellach nad aeth o ddim dros Drwyn Erchwyn, dydan? Wedi'r cwbwl, mae yna lofrudd ym mhawb o dan amgylchiadau amhosib, meddan nhw.'

'Oedd rhaid i ti ddeud hynna rŵan hefo llond cetl o ddŵr berwedig yn dy law?'

'Ond fasa hynny'n syndod i ti, Liam?'

'Does 'na ddim llawer o ddim byd ynglŷn â'r hyn mae pobol yn ei wneud i'w gilydd yn fy synnu i bellach, Osh bach, gwaetha'r modd.'

Sylwa Osh fod y felan yn bygwth amgylchynu'i frawd eto, fatha cwmwl o chwiws yn bygwth difetha gyda'r nos braf yn yr ha'. Gŵyr mai'r ffordd orau i'w dynnu'n ôl oddi ar erchwyn pa bynnag bydew mae o ar fin disgyn iddo eto ydi ffeirio'r wybodaeth mae o newydd ei chael am rywbeth yr un mor ogleisiol.

'Mi ges i goffi hefo chwaer Dilys Murphy bore 'ma,' medda fo'n gyfrwys, a sylwi bron yn syth ar y cwmwl chwiws yn cilio. 'Cyn iddi gychwyn yn ei hôl am yr Alban. Mi ddaru ni daro ar ein gilydd yn y cnebrwn.'

A chyda sglein yn ei lygad, mae Osh yn mynd â'i banad at y bwrdd ac yn dechra tynnu'r papur oddi ar ei ail Git Kat.

ENID YOUNG

Dydi Enid ddim wedi torri gair hefo'i chwaer ers dros ddeugain mlynedd, a ddoe mi ddaeth adra i'w chladdu. Degawdau wedi pasio heibio iddi, megis chwinciad chwannen. Blynyddoedd o bwdu gwag, a'r cyfan oherwydd pobol eraill. Mae Enid wedi treulio'i hoes yn plesio pawb ond hi'i hun. Tan rŵan. Rŵan, pan fo popeth yn rhy hwyr. Paid â disgwyl i mi dy ddreifio di'r holl ffordd i Ogledd Cymru oedd ymateb Alec. Fo ddaru'i pherswadio i roi'r gorau i ddreifio ar ôl ei llawdriniaeth hysterectomi. Roedd hynny bron i oes gyfan yn ôl, a hithau'n glynu wrth ei eiriau, ei gŵr clyfar, parchus a oedd wedi mynnu'i lapio mewn papur sidan o'r cychwyn cynta.

A hithau bryd hynny'n dal yn ddigon diniwed i gamgymryd rheolaeth lwyr am ofal tyner.

Yr ystrydeb o affêr a gafodd Alec hefo'i ysgrifenyddes benfelen a ddeffrôdd Enid o'i thrwmgwsg. A fuo hi mor wirioneddol ddall erioed i'w ragrith a'i ego, ynteu ai dewis peidio gweld a wnaeth hi oherwydd fod bywyd yn brafiach ac yn llawer haws wrth iddi adael i Alec wneud y penderfyniadau i gyd? Wedi iddo ymddeol, a dechra mynd o dan draed bob dydd, daeth ei wendidau'n amlycach iddi, fel rhoi cocrotsien dan chwyddwydr. Gan iddi ddechra sylwi fwyfwy ar y bwyd rhwng ei ddannedd a'r cryndod yn ei law wrth iddo rofio'r siwgwr i'w de, daeth yn haws iddi ddal ei thir: roedd o'n wannach dyn yn ei slipars nag yn ei siwt.

Er iddi fwcio tacsi ar adeg pan oedd Alec wedi picio allan o'r tŷ i nôl ei bapur boreol, roedd stumog Enid yn corddi wrth iddi ffonio i wneud y trefniadau. Fo oedd wedi gwneud y pethau hyn erioed; ei swydd hi oedd cadw tŷ – sef gosod bwyd parod o Marks ar blatiau crand a goruchwylio'r ddynas llnau rhwng apwyntiadau gwinadd a gwallt. Fedrai Enid ddim gwadu na chafodd hi fywyd moethus tu hwnt, ond gwyddai'i bod hi hefyd yn derbyn y cyfan fel gwobr gysur am y ffaith nad oedd hi wedi gallu cael plant. Flynyddoedd yn ddiweddarach y daeth i sylweddoli'i bod hi wedi cario'r baich am y diffyg hwn am y rheswm syml mai dim ond y hi a gafodd y profion. Ond erbyn hynny, roedd hi'n rhy hwyr iddi hithau.

'You're going, then?'

Doedd o ddim wedi disgwyl iddi bacio'i bag y diwrnod hwnnw a mynd hefo trên.

'To my own sister's funeral? I'd say that's pretty much a given!'

Gallai fforddio'r coegni, a'r awyr iach yn dod dros y rhiniog tuag ati'n gwneud iddi feddwl am ganeri'n meddwl tsiansio'i adenydd wrth weld drws ei gatsh yn agored. Dim ond wedyn, yn sŵn ochneidiau'r trên yn gadael y platfform, y sylweddolodd yn sydyn pa mor falch roedd hi nad oedd Alec erioed wedi'i hannog i gael ffôn symudol. Y gwir oedd ei fod o wedi llwyddo i'w pherswadio na fyddai arni byth angen y fath beth. Onid oedd ganddo fo un, beth bynnag? I be ar wyneb y ddaear fyddai arnyn nhw angen dau fobeil, a hithau byth yn mynd i nunlla heb ei gŵr? Mi fedrai fynd i unrhyw le heddiw – Llundain, John O'Groats, yr Eil o' Man hyd yn oed – a fasa gan y diawl ddim syniad lle roedd hi.

Dydi hi ddim wedi codi unrhyw fath o ffôn ar Alec ers iddi gyrraedd yma. Trwy ffenest fawr y gwesty, gwêl Afon Menai drilliw'n ymestyn fel carthen wlân bigog rhwng pier Biwmares a'r tir mawr. Sham oedd y cyfan rhyngddi hi ac Alec, y 'ddau fel un' 'ma. Y ffordd roedd o'n cymryd arno i'w hamddiffyn rhag annifyrrwch y byd. Pe na bai hi wedi bod mor blydi llywaeth yn peidio mynnu dysgu sut i ddefnyddio ffôn symudol, mae'n debyg y byddai hi wedi deall yn llawer iawn cynt ei fod o'n shagio Denise, yr ast ddauwynebog honno oedd yn archebu'r blodau pen blwydd iddi gan Alec ers y diwrnod y cychwynnodd weithio iddo. Ond does ar Denise mo'i isio fo erbyn hyn chwaith, rŵan ei fod o adra yn ei slipars a'i fol o'n dod dros ei drowsus.

Mae'n rhaid ei bod hi wedi bod mewn cariad hefo Alec unwaith, meddylia rŵan, wrth iddi adael i feddalwch y soffa doddi amdani a'i chofleidio. Ar y dechra, roedd o'n dod â hi'n rheolaidd am benwythnosau rhamantus i lefydd fel hyn, siocledi drud ar gobenyddion a phetalau rhwng cynfasau. Cynigiodd iddi freuddwyd: bywyd oedd yn ei galluogi i dreulio'i dyddiau yn ei dillad gorau heb orfod poeni am lawer o ddim heblaw ded-hedio'r coed rhosys hefo basged ar ei braich fatha dynas grand mewn drama deledu. Credai hithau am flynyddoedd yn ei stori dylwyth teg ei hun; oni fyddai'r rhan fwya o ferched wedi lladd er mwyn cael bywyd fel ei un hi?

Rhywbeth graddol oedd deffro o'i breuddwyd ychydig bach cynt bob tro, dim ond i sylweddoli bod ei chegin newydd, sgleiniog yn edrych braidd yn foel ac oeraidd, neu fod y dillad a wisgai braidd yn ffurfiol ac anghyfforddus i fod ynddyn nhw drwy'r dydd, yn enwedig ar y dyddiau pan nad oedd hi'n gweld neb. Llaciodd ei safonau – a lastig ei throwsus – a synnu'i bod hi wedi caniatáu iddi hi'i hun fod mor gaeth i ddisgwyliadau'i gŵr. Ond y syndod mwya oedd nad oedd Alec, erbyn hynny, wedi cymryd llawer o sylw o'r hyn a wisgai beth bynnag. O edrych yn ôl, daeth yn amlwg i Enid mai hwnnw oedd cyfnod ei ffling hefo Denise. Sylweddola rŵan, yn ogla'r coffi ffresh, a'r olygfa o'r môr yn rowlio'n rhydd o flaen y ffenest, mai bendith, mewn gwirionedd, oedd affêr Alec. Y wybodaeth honno a shifftiodd y pŵer yn eu perthynas o'r diwedd. Nid ei phampro a'i hamddiffyn roedd o wedi'i wneud drwy gydol eu priodas, ond ei rheoli'n dyner, troi tudalennau'i dyddiau hefo'i fenig gwynion.

Ond dyna ddrwg menig, meddylia Enid: fedri di ddim teimlo dim byd drwyddyn nhw.

'Mrs Young? Ddrwg calon gen i! Dwi ar ei hôl hi, braidd ...'

Mae o'r math o foi sy'n peri i ferched fatha hi ddyheu am gael bod ddeugain mlynedd yn iau.

'Mr O'Shea.'

'Osh, plis.'

Mae'i law o'n gynnes, gadarn. Wrth i Enid sylwi ar blethen o freichled yn nythu o dan ei lawes ledar, caiff yr un teimlad yn union ag y mae hi'n ei gael ar drothwy'r tymhorau'n troi – rhyw hiraeth powdrog, brau, fatha gwaddod hen botal sent yn cael ei ollwng dros gyfleoedd wedi'u colli.

'Dim ond newydd gyrraedd mae'r coffi, Osian. Helpwch eich hun.'

'Nid Osian.' Mae'i llgada fo'n ei hatgoffa hi o gyflath yn codi i ferwi. 'Aled ydi fy enw cynta i. O'r O'Shea mae'r Osh yn dod. Bach yn anarferol, dwi'n gwbod.'

Wrth gwrs, meddylia Enid. Fasa 'na ddim byd yn arferol ynglŷn â dyn fel hwn. Dychmyga pe bai ganddi'r dasg o droi drama *Blodeuwedd* yn ffilm gyfoes, Aled O'Shea yn ei ledr du a'i freichled gnotiog fyddai'i Gronw hi, ag egsôst ei anghenfil o foto-beic yn mygu fel draig tu allan i borth y castell. Mae o'n ei hatgoffa o ddyn arall hefo'r un llgada tywyll, tawdd, o Enid arall, Enid Murphy dorcalonnus, drasig cyn i Albanwr golygus o'r enw Alec Young ddod ar ei wyliau i Gymru a'i hachub hi. Neu dyna a feddyliodd hi ar y pryd. Fo oedd ei phasbort i fywyd roedd hi'n ei haeddu. Rhyfedd fel mae pethau'n troi allan ...

'Mae gen i ymddiheuriad i chi, Osh. Diolch i chi am gynnig fy nanfon i i stesion Bangor heddiw ond ...'

'Fedrwn i ddim gadael i chi orfod cymryd tacsi eto, siŵr iawn. Nid ar ôl i mi ddallt eich sefyllfa chi ddoe, a chitha wedi dod yr holl ffordd hefo trên, ac ar eich pen eich hun hefyd.'

'Ymddiheuro ydw i oherwydd fy mod i wedi drysu amser y trên. Nid hwyr ydach chi, ond awr yn gynnar, mae arna i ofn.'

Gwenu mae o, nid gwneud gwynab tin fel y basa Alec wedi'i wneud. Mae blynyddoedd o fyw hefo hwnnw wedi peri iddi feddwl y bydd pob dyn yn ymateb yn yr un ffordd biwis i'w chamgymeriadau, felly mae hynawsedd Osh yn gysur annisgwyl. Fel ei eiriau nesa:

'Digon o amser i ni droi'r coffi'n frynsh, felly. Dach chi wedi cael brecwast yn gynnar, dwi'n cymryd?'

'A dweud y gwir, dwi ddim wedi bwyta brecwast o gwbwl.'

'Perffaith.'

'Cyfreithiwr ydach chi, felly, Osh?' Gobeithia Enid nad ydi hi'n amlwg iddo'i bod hi'n syllu mewn lled-anghrediniaeth ar y stybl ffasiynol a'r lledar moto-beic: mae o'n debycach i ffrynt-man mewn band roc nag i dwrna.

'Dyna oeddwn i. Wedi arallgyfeirio bellach i gychwyn busnes moto-beics. Ac yn rhyw ddablo mewn ymchwiliadau preifat hefyd erbyn hyn.' Pasia'r fwydlen fach grand iddi ar draws y bwrdd isel. 'Dowch,

Enid. Fy nhrît i. Maen nhw'n gneud wya posh yma hefo holandês am eu penna nhw.'

Gwna iddi wenu, ac mae'i winc fach ddireidus yn bygwth agor fflodiat ei gorffennol. Mae arni angen bwrw'i bol wrth rywun, ac mae Aled O'Shea a'i gynnig o frecwast moethus yn fwy na pharod i wrando.

ANJI

'Be? Est ti â hi i Fangor at y trên yn fan Rich T?'

'Wel, fedrwn i ddim mynd â hi'n hawdd iawn ar gefn y beic, na fedrwn?'

Meddylia Angharad mewn difri am y wraig yn y cnebrwn a oedd yn debycach, hefo'i siwt ddrud a'i ffasinetor a'i gwefusau llachar, i chwaer Joan Collins nag i chwaer Dilys Murphy, yn codi'i sgert 'dat ei chlunia i ddringo i dransit Rich. Mae'r darlun yn ei meddwl yn hilêr. Fedar hi ddim maddau:

'Roedd hi â'i llygad arnat ti, garantîd.'

'Rhag ofn nad oeddat ti wedi sylwi, Kiely, ma'r ddynas yn ei saithdega.'

'Cwgar, 'de?'

'Ti isio'r hanas, 'ta be?'

'W, mae 'na "hanas"?'

'Callia.'

Mae'r haul yn drwm ar ffenest y gegin, yn ei chnesu fel cyfrinach. Yr hyn mae hi isio'i wneud y munud yma ydi llusgo Osh yn ei ôl i'r gwely, ond maen nhw wedi trefnu mynd i weld Gwenith Llynon cyn diwedd y pnawn, ac mae hi'n sâl isio gwybod be ydi'r stori na chafodd flaenoriaeth ganddyn nhw ers iddo gyrraedd gynnau.

'Ocê 'ta, tân dani, O'Shea. Mi gei di ddeud wrtha i ar y ffordd.'

Teimla Angharad am y tro cynta ei bod hi ac Osh bellach yn dîm mewn mwy na dim ond chwarae ditectifs. Mae yna ramant rhyfedd yn y brys i adael hefo'i gilydd, yn y gwely sy'n flêr o hyd ar eu holau, ac yn y teimlad 'fel un' hwnnw, yr agosatrwydd nad ydi o ddim ond yn dod ar ôl i ti garu hefo rhywun sy'n cyfri. Hi sy'n dreifio. Mae hi'n ymwybodol ei fod o'n edrych arni, a hithau dan yr anfantais o orfod cadw'i llgada ar y lôn. Disgwylia glywed y sylwadau secsist crafog y mae'r rhan fwya o ddynion yn sedd y teithiwr yn ei wneud pan fo merch wrth y llyw, ond caiff ei siomi o'r ochor ora.

'Ti'n ddel pan ti'n canolbwyntio, Kiely.'

Mae arni isio chwerthin yn wirion: am ei bod hi'n hapus; am ei fod o'n ddoniol. Am eu bod nhw hefo'i gilydd. Am fod yna haul. Ond cuddia'i llawenydd-hogan-ysgol tu ôl i'w sbectol dywyll am y tro: mae hi'n ddyddiau cynnar, Anj. Rên-it-in, ia? Felly medda hi'n hytrach:

'Wel, ty'd 'laen, 'ta. Pa ddirgelion ddaru Enid Young eu datgelu i ti?'

'Cyfrinach fawr Dilys Murphy'n un peth. Mi gafodd blentyn, merch fach, a'i rhoi i'w mabwysiadu. Mi gadwodd ei rhieni newydd, Walt a Jane Wyndham, yr enw roddodd Dilys arni. Amy. Ar ôl ei mam ei hun.'

'Amy?' Mae'r haul ar wyneb Angharad; Osh wrth ei hymyl, ar ei meddwl. *Fedar* hi ddim meddwl …

'Amy Wyndham,' medda Osh. 'Mam Meical Wyndham? Ydi hynny'n canu cloch? Torra'i enw fo'n fyrrach ...'

'Blydi hel!' Ac mae hi'n stolio'r car cyn troi allan i'r lôn bost.

'Hollol.'

Tyn Angharad y car i'r ochor, agor y ffenest, cael ei gwynt ati.

'Felly'n hytrach na'r hen wraig garedig gymrodd drugaredd ar Amy Wyndham druenus, Dilys oedd ei mam fiolegol? Mae hynny'n ei gwneud hi'n nain i Mei Wyn, stelciwr Arawn Llynon.'

'Deg allan o ddeg. Gwitsia i mi ddeud wrthat ti pwy ydi'i daid o, 'ta.'

'Ma'n dda gin i 'mod i wedi tynnu'r car i un ochor. Mwy o syrpreisys fel'na ac mi fasan ni yn y ffos.'

'Ydi, Kiely, ma' hi'n dda ddiawledig dy fod ti wedi stopio'r car.'

Ac mae o'n closio ati, yn tynnu'i sbectol haul hi'n dyner ac yn cwpanu'i hwyneb yn ei ddwylo, a dydi hynny'n ddim syndod iddi: mae hi wedi dyheu am ei gyffyrddiad ers iddyn nhw adael y tŷ, ac yn toddi i'w gusan rŵan hyn gan wybod ei fod yntau'n teimlo'n union yr un fath.

Yr hyn sy'n ei synnu fwya ydi'i bod hi'n fodlon pwyso pôs ar weddill y sgŵp a gafodd Osh gan Enid Young a rhoi trefn ar ei blaenoriaethau o'r diwedd.

Wel, am y munudau nesa, o leia.

NOLA

'Ti'n rhy glên, Nols. Ac yn haeddu cael y diwrnod cyfan fel ddaru o addo i ti. Deud "na" wrth y diawl hafing! Wnaeth o ddim trafferthu dangos ei wyneb ei hun yn angladd Dilys, naddo?'

Dyna oedd ymateb Mono pan ddudish i fod Wayne newydd decstio. Rwbath wedi digwydd i'r cyfrifiadur yn ei swyddfa, medda fo. Y printar yn gwrthod cysylltu ac ati. Pob math o banics. A fi ydi'i 'go-tŵ' fo pan fydd y glitshys technolegol 'ma'n digwydd. Mi fydda i'n meddwl weithia mai dyna pam bod fy job i mor saff – fi ydi'r unig un yno sy'n dallt compiwtars.

'Fedra i ddim deud "na" wrth fy mòs, Mono. Ac eniwe, ma' Wayne yn ocê, 'sti, go iawn, bechod. A doedd 'na'm bai arno fo am fethu dod i'r cnebrwn. Siort-staffd. Dwy o'r genod i ffwr' yn sâl, a neb yn ddigon tebol i ofalu am y cartra tasa fo ddim yno.'

'Deud wrth yr uffar gwirion am dynnu'r plwg o'r wal.'

Mi chwyrnodd fy ffôn i wedyn ar y gair, a fedrwn i ddim peidio chwerthin.

'Be sy mor ddoniol?' medda Mono, sy'n amlwg wedi cael trafferth gweld dim byd yn ddoniol yn Wayne ers y tro cynta i mi sôn amdano fo erioed.

Dangosais y tecst iddo fo: *switsh off ac on ddim yn gweithio!*

'Ty'd hefo fi, Mono. Fydd o ddim yn disgwyl i mi aros tan ddiwedd y shifft. Dim ond sortio'r cyfrifiadur iddo fo.'

Mi fedrwn i weld nad oedd o ddim yn cîn: wedi'r cwbwl, dydi cartrefi hen bobol ddim i bawb, nac'dyn? Wel, os nad wyt ti'n hen dy hun â neb i edrach ar d'ôl di. Ond maen nhw'n llefydd anodd i fod ynddyn nhw os nad oes gen ti'r meddylfryd iawn. Nid fy mod i'n deud bod yna ddim byd yn bod ar y ffordd mae meddwl Mono'n gweithio; i'r gwrthwyneb. Mae o'n ddeallus a sensitif; yn rhy sensitif weithia. Croendena. Ella mai dyna pam ei fod o cystal sgwennwr. A sôn am sgwennu:

'Pam oedd dy fêt di yn y cnebrwn heddiw, 'ta?' medda fi. 'Y riportar 'na. Doedd hi erioed yn meddwl basa yna stori werth ei chael yn angladd rhyw hen wreigan nad oedd fawr o ots gin neb amdani, debyg? Y munud y cyflwynodd ei hun, mi wyddwn i wedyn pwy oedd y boi oedd hefo hi. Yr enwog Kiely ac O'Shea wedi dod i gladdu Dilys Murphy druan. Oes yna rwbath nad wyt ti'n ei ddeud wrtha i, Mono?'

Mi gymylodd ei wyneb o wedyn, rhyw gysgod nerfus para-dim, fel ailosod pig cap. Dyma fo'n dechra deud rhyw stori goc am ddyn diarth yn stelcian o gwmpas tŷ gwag Dilys, a bod Anji Kiely wedi cymryd diddordeb yn y peth am ei bod hi bellach wedi symud i fyw i'r cyffinia, i bentra Erchwyn. Wnes i ddim pwyso mwy arno fo, o achos fy mod i'n ei nabod o erbyn hyn; roedd o'n dechra cau i lawr, fel tasa rhywun newydd dynnu'r plwg arno fynta.

'Ella gneith hi beint yn rwla wedyn, 'ta, ar ôl i ni sortio printar y Wayne 'ma?' oedd y cyfan ddudodd o.

Doedd Mono ddim yn fo'i hun, 'de. Roedd o'n bigog, a hynny fel pe bai arno fo ofn cyfadda pob dim oedd ar ei feddwl o: bron fel pe bai o'n amau bod rwbath yn doji ynglŷn â fi ...

'O na, Mono! Dwyt ti erioed yn meddwl bod yna rwbath yn mynd ymlaen rhwng Wayne a fi ...'

'Callia.'

'Pam ti fel hyn 'ta?'

'Nols, dwi'n iawn, ocê? Dwi ddim yn flin, dwi ddim yn jelys. 'Mond isio peint a *chill,* felly cynta'n byd awn ni, cynta'n byd y gorffennwn ni, ia?'

Doeddwn i erioed wedi'i weld o fel hyn o'r blaen, felly wnes i ddim dal arno fo. Bron na ddudwn i ei fod o'n edrach yn euog am rwbath neu'i gilydd. Ella mai teimlo'n anghyfforddus roedd o ynglŷn â Kiely ac O'Shea'n rocio i fyny yn y cnebrwn fatha Mulder a Scully. Achos mae yna rwbath mwy na phartneriaeth broffesiynol rhwng y ddau yna, garantîd. Mi fasa'n rhaid i ti fod yn ddall i beidio'i weld o. Ond doeddwn i ddim yn mynd i jansio ffrae rhwng Mono a fi, felly penderfynais roi'r pods yn fy nghlustia a deud dim byd drwy gydol y daith yn ôl i'r cartra.

Teimlad rhyfedd oedd cerdded yn ôl i mewn i'r lle a gwbod nad oedd Dilys yno. Pan wyt ti'n gweithio bob dydd mewn lle fel hyn, rwyt ti'n arfer hefo'r gwres yn dy daro di fatha cyffur y munud mae'r drws ffrynt yn cau ar dy ôl di, ond doedd Mono ddim yn barod amdano fo. Roedd hynny'n amlwg o'r ffordd y tynnodd o'i gôt cyn i ni fynd ddau gam drwy'r cyntedd. Ti'n arfer hefo ogla'r lle hefyd: coctel o ogla piso a Pledge a – dibynnu pa adeg o'r dydd ydi hi – rwbath tebyg i lobsgows yn berwi. Ond fatha pob dim arall rwyt ti'n gorfod dysgu byw hefo fo, mae o'n mynd yn ddigon cyfarwydd i ti allu cogio nad ydi o ddim yn bod.

Doedd Wayne ddim yn ei swyddfa. Roedd o wedi gadael post-it ar sgrin y cyfrifiadur a'r gair HELP! arno fo.

'Prat,' medda Mono.

'Roedd o'n deud y gwir, beth bynnag,' medda fi. 'Sbia, mae o wedi tynnu'r plwg.'

'Jiniys 'ta be?'

'Yli, Mono, os ti'n mynnu nad oes yna ddim byd yn bod arnat ti, jyst paid â bod mor mŵdi, ia?'

'Mae angan ail-bŵtio'r blydi lot i roi tsians iddo fo weithio.' Rêl tacteg boi'n osgoi ateb. Ac eto, er mai am yr offer cyfrifiadurol roedd Mono'n sôn, tybed allai sylw fel'na fod yn cyfeirio at ein perthynas ninna hefyd?

Er mai fy joban i oedd hon, sefais i un ochor a gadael i Mono ddatgysylltu'r printar a diffodd y rŵtar yn ogystal. Dim ond am eiliad bychan, bach, roedd o'n deimlad braf jyst cymryd cam yn ôl a gadael i ddyn gymryd yr awenau. Roedd yna rwbath reit secsi yn y cyfan.

'Rown ni bum munud iddi,' medda fo. 'Ma' rhywun yn gorfod gneud hyn bob hannar awr yn swyddfa'r *Herald.*'

'Dipyn o Glark Kent, yn dwyt?' medda finna. 'Pryd wyt ti am newid i dy gêp, 'ta?'

Gwd-côl, Nola.

Roedd ei wên fach gam yn ei hôl, a chyn i mi gael cyfle i ragweld y mŵf nesa, roedd o wedi fy lapio mewn cusan hir.

'I fyny'n erbyn y llungopïwr hefyd, Mons. Gwreiddiol 'ta be?'

Cafodd y cyfrifiadur bum munud go hael. Erbyn i ni roi'r plygiau i gyd yn eu holau a switsh-on i'r cwbwl, roedden ni'n ocê eto a'r cwmwl wedi pasio. Doeddwn i jyst ddim yn disgwyl i'r nesa ddod i oedi uwch ein pennau ni cweit mor sydyn.

Tra oeddwn i'n sodro post-it arall ar y sgrin i Wayne yn deud SORTUD, daeth y printar o farw'n fyw hefo chwyrniad hir a gwich cyn chwydu'i gynnwys. Anfoneb o ryw fath.

'Pasia hwnna i mi, Mono. Mi ro' i o ar y ddesg iddo fo, yli.'

Nid busnesu oedd fy mwriad i, wir yr. Ond mae yna rai pethau na fedri di ddim peidio'u gweld, does?

'Nols? Be sy?'

Doeddwn i ddim yn ymwybodol fy mod i wedi gwelwi. 'Run lliw â desgliad o uwd, medda Mono wedyn. Ond mi wyddwn fod fy llaw i'n crynu o achos na fedrwn i ddim dal y papur yn llonydd. Bil oedd o.

Y bil am ofal Dilys Murphy dros yr wythnosa dwytha 'ma. Ac ar yr ail dudalen roedd crynodeb o daliadau'r chwe mis cynt. Enw a chyfeiriad y derbynnydd – y sawl a fu'n gwneud yr holl daliadau – oedd ar y top: Jonas Gruffydd, Caer Ela.

Taid.

ENID YOUNG

Y direidi yn llgada chwerthinog Aled O'Shea sydd yn ei hatgoffa o Jonas yn ddyn fengach: tebol, golygus, anodd dweud 'na' wrtho. Freuddwydiodd Enid erioed y byddai hi mor barod i neidio i fan dransit hefo dyn nad oedd hi brin yn ei nabod.

'Does dim isio i chi boeni. Mae hi'n reit lân tu mewn, a dwi wedi hongian êr-ffreshnar newydd cyn i mi ddod draw yma. Mi fasech chi'n taeru na fuo yna erioed gi ynddi hi.'

A barnu wrth y bocs bagia-codi-pw XL ym mhoced y drws, a'r Jumbone yr anghofiwyd amdano yn y ffwtwel ar ei hochor hi, dydi'r ci, beth bynnag ydi o, ddim yn jiwawa o bell ffordd. Meddylia mai'r peth poléit fyddai dangos diddordeb, yn enwedig â'r Osh 'ma'n bod mor gymwynasgar (er nad ydi hi chwaith yn ddigon gwirion i gredu mai gweithred gwbwl anhunanol ar ei ran ydi cynnig mynd â hi i Fangor at y trên).

'Sut gi sy gynnoch chi?'

'O, nid fy nghi i ydi o. Neu hi, ddylwn i ddeud. Na fy fan i chwaith. Rich, fy mhartner busnes i, pia'r ddwy. Ei fabi o ydi Dwynwen.'

'Dwi'n cymryd nad ci rhech ydi hi.'

Dydi hynny mo'r peth doniolaf yn y byd i'w ddweud, ond mae o'n ddigon i beri i'r llgada drwg 'na ailwreichioni.

'Welsoch chi'r ffilm *Turner & Hooch* erioed? Wel, Dwynwen ydi Hooch.'

Mae ganddi brin gof o Tom Hanks a rhyw anghenfil glafoeriog ar drywydd dihirod dro byd yn ôl, ond doedd hi mo'r math o ffilm a fyddai'n apelio at ei gŵr. Meddylia mewn difri ei bod hi wedi cymryd mynd am dro mewn fan hefo dyn diarth flynyddoedd yn ddiweddarach iddi sylweddoli mai Alec oedd y rheswm na welodd hi erioed ddiwedd y ffilm honno, na diwedd sawl un arall. Mae hi'n syndod faint mae hogio remôt y teledu am oes gyfan yn ei ddweud wrthat ti am rywun, unwaith rwyt ti'n dechra meddwl o ddifri am y peth.

Welodd hi erioed ddiwedd yr un ffilm iddi ddechra'i gwylio hefo Jonas chwaith, ond am resymau gwahanol, wrth gwrs. Yn y pictiwrs roedd hynny, a nhwtha'n ddau gariad, yn gwneud yr hyn roedd cariadon yn ei wneud. Dim ond bod Jonas yn gwneud yr un pethau tu ôl i'w chefn hefo Buddug Siop Newydd hefyd. A Buddug aeth i ddisgwyl babi. Felly Buddug ddaru Jonas ei phriodi, nid y hi. Felly roedd petha'r adeg honno. Hogia o deuluoedd 'da' yn cael eu gorfodi i wneud y peth iawn. Meddylia Enid hyd heddiw sut y byddai popeth wedi troi allan pe bai hi wedi beichiogi yn lle Buddug. Mae un peth yn sicr: hyd yn oed pe bai hi wedi cael Jonas, fyddai hi ddim wedi cael gŵr ffyddlon. O achos ei fod o wedi dod wedyn i chwilio amdani, yn ddyn priod a chanddo dri o blant erbyn hynny, hefo'i gelwydd melog a'i swnian.

'Doedd gen i ddim dewis, En. Cael fy nal wnes i, 'de? Ond amdanat ti dwi'n meddwl, ddydd a nos, dallta. Yn gneud y gora ohoni hefo'r hogan rong.'

A'r noson honno yng nghanol smwclaw, a'r lamp ar dalcian becws Rhos Isa'n cyfri'r sêr ar sgwydda'i gôt o, yn gwneud iddo fo edrych fatha Richard Burton yn y tywyllwch, mi ddisgynnodd Enid eto i freichiau Jonas Gruffydd. Mor hawdd oedd anghofio'i fod o wedi'i thwyllo hi hefo Buddug, ac wedi llwyddo'n braf i wneud dau blentyn arall hefo'r 'hogan rong'.

Dilys, ei chwaer, ddywedodd wrthi am gallio, ac nad oedd Jonas damaid gwell na'r stalwyn yn stablau'i dad. Dilys gododd gywilydd arni, a'i stwffio i gyfeiriad yr Albanwr glandeg ddaeth i aros am bythefnos o wyliau yn Sea View hefo'i fam. Mi ddylai hynny fod wedi'i rhybuddio i beidio gweld Alec Young fel ei hachubiaeth yr adeg honno. Ond mae'r ego'n beth bregus, a'r awydd i dalu'r pwyth yn ôl i'r sawl sy'n dy frifo di'n cymylu rheswm. Dangos i Jonas fod ganddi rywun arall, gwell oedd bwriad Enid, heb allu sylweddoli ar y pryd nad oedd Jonas Gruffydd, Caer Ela'n malio'r un ffeuen amdani.

Ei chwaer hi roedd ar Jonas ei hisio.

Roedd Aled O'Shea'n gegrwth pan ddywedodd hi hynny wrtho fo dros frecwast y bore 'ma. Fedar hi ddim meddwl amdano fo fel 'Osh'. Hen enw gwirion. Mae Aled yn gweddu'n llawer gwell iddo fo.

'Dilys yn cael affêr hefo Jonas Caer Ela? Ar ôl gweld bai arnach chi'n cael perthynas hefo fo?' A hyd yn oed ar ôl yr holl flynyddoedd 'ma, roedd yr anghredinedd yn ei lais yn gysur iddi: doedd hi ddim am i neb feddwl ei bod hi, Enid, yn wynnach na gwyn bryd hynny, ond roedd hyd yn oed y boi anfeirniadol yma fel pe bai o'n credu mai Dilys oedd y bitsh fwya o'r ddwy.

'Roedd Dil yn wyllt am geffylau. Yn reidar fach dda. A dyna oedd ei phasbort i fyd Jonas. Heb yn wybod i mi, roedd ei llgada hi arno fo ers tro. Ac roedd hi'n amlwg ymhen dipyn ei fod yntau'n dechra syrthio amdani hithau. Doedd hynny'n fawr o syndod, wrth gwrs, merchetwr fatha fo. Pan wariodd Dil ei chynilion i gyd ar gaseg gob ddu o'r enw Alma, cynigiodd Jonas iddi'i stablu hi yng Nghaer Ela. A dyna'r esgus perffaith i'r ddau ohonyn nhw, 'de? Roedd Dil yn byw a bod yno bob gwyliau.'

'Gwyliau?'

'Athrawes oedd hi. Cael mwy o wyliau na phawb arall, hyd yn oed bryd hynny.' Gwyddai na allod gadw'r tinc chwerw o'i llais, a chydiodd Aled – Osh – ar hynny'n syth:

'Dwi'n cymryd mai carwriaeth eich chwaer a Jonas sydd wedi dod rhyngoch chi'r holl flynyddoedd 'ma?'

'Eu haffêr fach fudur 'dach chi'n feddwl? Ia.'

Roedd yn hen bryd iddi ymadael â'r gwenwyn 'ma oedd yn dal i'w chnoi o'r tu mewn. Mae Dil yn ei bedd. Ac mi drodd hithau, Enid, ei chefn ar ei chwaer pan fu arni fwya'i hangen. Oni chafodd Dil ei chosbi ddigon yn y pen draw? Pan edrychodd ar Osh drachefn, roedd ei llais yn feddalach:

'Ma' ddrwg gin i, Aled. Ond mae cenfigen yn medru gwreiddio ynoch chi, cyrraedd pob man. Ac oeddwn, roeddwn i mor genfigennus o Dil a Jonas fel bod hynny'n fy ninistrio i. Mi fedrwch chi ddallt, medrwch? Dach chi'n caru rhywun gymaint, ac isio iddyn nhw eich caru chi'n ôl, ond yn eich calon dach chi'n gwbod bod yna rywun arall sy'n bwysicach iddyn nhw.'

Ddywedodd O'Shea ddim byd, dim ond rhoi nòd fach i gyfeiriad ei gwpan goffi. Tybiodd hithau fod hynny i fod i siarad cyfrolau. Penderfynodd wthio yn ei blaen. Roedd hi'n anodd iddi, fel codi corff.

'Dil oedd yr un i Jonas. Nid fi. Nid Buddug. Roedd be gawson nhw hefo'i gilydd, yn ei gilydd ... roedd o'n gariad-unwaith-mewn-oes. Yn sbesial.' Roedd dweud y geiriau hynny'n ei brifo'n gorfforol, fel pe bai hi'n rhwygo darnau ohoni hi'i hun ac yn eu poeri allan. 'Dwi'n meddwl ella basa fo wedi mynd ati yn y diwedd. Gadael popeth. Ond doedd Dil ddim isio chwalu teulu. Ac roedd hi'n ferch annibynnol. Wedi bod felly erioed. Torri'i chwys ei hun.' Ond yr hyn a ddigwyddodd wedyn oedd wedi troi'i heiddigedd o'i chwaer yn rhywbeth mwy na hi'i hun, yn rhywbeth na fyddai hi byth yn gallu'i faddau i Dilys. Doedd Aled O'Shea ddim yn mynd i gael hynny ganddi'n syth. 'Roedd yn well gan Dil barhau â'r garwriaeth yn y dirgel rhag brifo neb. Dipyn o santes, yn y pen draw, yn doedd?' Brath yr un hen wenwyn eto, er ei gwaetha, yn gwneud siswrn o'i thafod.

'Be wnewch chi hefo'r tŷ rŵan, Enid? Gwerthu? Mae o mewn lle braf.'

Beth bynnag oedd Aled O'Shea, meddyliodd hithau, roedd ganddo ddawn ryfeddol o wybod sut i synhwyro anesmwythyd pobol, a sut i lywio sgwrs i dir meddalach dan draed. Tynnu'r pwysau. Pe bai hi wedi'i nabod o'n well, byddai'n gwybod mai dyna'i ffordd o'i chael i ymddiried ynddo, fel y byddai hi, ymhen hir a hwyr, yn torri'i bol isio rhannu ei henaid. Roedd o wedi holi am dŷ Dilys ac archebu potiad o goffi ffresh ar yr un gwynt.

'O, nid i mi fydd tŷ Dil yn dod, Aled.' Pam na fedar hi'i alw fo'n Osh, fel y cynigiodd o iddi'i wneud? Efallai bod blynyddoedd o fyw hefo hang-ỳps cadw-pawb-hyd-braich Alec wedi'i gwneud hi'n swil. Neu'n oeraidd. Neu'n gyfuniad gwynab-tin o'r ddau. Mae llacio'i llais yn ymdrech, fatha strejo hosan wlân sydd wedi bod trwy olch rhy boeth: 'Dwi ddim yn credu bod neb arall yn gwybod hyn, ond Jonas Gruffydd pia Goleufryn.'

Sylweddolodd Enid ei bod hi'n dechra dysgu darllen ei wyneb o. Sylwodd fod y coffi'n oeri yn ei gwpan, a dechreuodd fwynhau effaith pob manylyn o'i stori arno. Am y tro cynta ers amser hir, roedd yna rywun yn gwrando gyda diddordeb yn yr hyn roedd ganddi i'w ddweud, ac roedd o'n deimlad da. Ond os oedd hi'n disgwyl iddo holi ymhellach, cafodd ei siomi pan ddywedodd y dylen nhw wneud siâp arni rhag bod yn hwyr ar gyfer y trên.

Mae'r fan yn uwch oddi ar y lôn na char. Syndod na fyddai Alec wedi meddwl cael un, synfyfyria Enid, ac yntau wedi treulio oes yn mwynhau sbio i lawr ar bobol. Mae hi'n dwyn rhyw gipolwg slei ar y dyn mae hi'n ei ystyried yn ddyn ifanc, ac edmygu'i allu i fyw'n braf yn ei groen ei hun. Efallai, pe bai hi wedi cael rhywun fel hyn erstalwm ... Gwena yntau ar y lôn o'i flaen, yn ymwybodol o wres ei hedrychiad. Mae hi'n meddwl am y ferch oedd hefo fo yn angladd Dilys, hefo hyder yn ei gwên a hiraeth yn ei llgada. Roedden nhw'n gweddu i'w gilydd. Ac eto ...

'Mae'ch gwraig chi'n lwcus iawn i gael rhywun mor feddylgar, Aled.'

Pishyn, medda hi yn ei meddwl. Diolcha Enid mai lle cudd ydi fanno. Gwena'n fewnol, tra'n cwffio'r gwrid sydyn sy'n ei phigo drosti. Pe gwyddai cymdeithas pa mor aml mae merched hŷn fatha fi'n lystio ar ôl dynion hanner ein hoed, meddylia, mi fasen nhw'n ein rhoi ni i gyd o dan glo a'n bwydo ni hefo diazepam.

'Dan ni ddim yn briod,' medda fo.

'Mi ddylech chi fod,' medda hitha, rhyw gywilydd anhaeddiannol yn ei meddiannu'n sydyn. 'Dach chi i'ch gweld yn berffaith hefo'ch gilydd.'

'Wel, mae hi'n berffaith, beth bynnag.'

Mae'i ateb dwys, annisgwyl yn awgrymu'i bod hi wedi cyffwrdd â nerf, ac yn gwneud iddi deimlo'n euog. A'r euogrwydd hwnnw, yn ei dro, sy'n ei chymell i wneud iawn trwy gynnig llenwi'r bylchau a adawodd yn ei stori'i hun gynnau. Bylchau sy'n cynnwys Dilys yn rhoi genedigaeth i blentyn Jonas, hithau'n cynnig mabwysiadu'r eneth fach, a Dilys yn dweud y byddai hynny'n rhy agos, yn gwrando ar Jonas yn mynnu y byddai'n well i'r babi fynd at rywun diarth, heb sylweddoli mai edrych ar ei ôl ei hun roedd o. Yr hyn a'i brifodd hi, Enid, yn fwy na dim oedd bod Dilys yn ymwybodol iawn o'r ffaith ei bod hi ac Alec wedi cael trafferth beichiogi. Efallai y byddai'i phriodas hi wedi bod yn dra gwahanol, meddylia, pe bai hi wedi cael plant.

'Mae'n debyg eich bod chi wedi pendroni ynglŷn â pham na fuo yna ddim Cymraeg rhwng Dil a fi ers yr holl flynyddoedd. Wel, dach chi'n gwbod rŵan. Ac ella mai bendith oedd i ni beidio cael y ferch fach yn y pen draw, yn enwedig â'r problemau oedd ganddi.'

Mae hi'n chwarae'i gêm o rŵan, yn dysgu dod â phethau'n ôl ar y gwastad trwy droi'r stori i ddyfroedd difyrrach, os nad tawelach. Maen nhw newydd droi i mewn i'r orsaf, a theimla Enid yn falch o ddiflaniad sydyn yr haul sydd fel petai o wedi toddi'n gyfan ar hyd windsgrin y fan fel caws ar blât.

'Wel, ma' gynnon ni bron i hanner awr, erbyn gweld, cyn daw eich trên chi i mewn. Be am i mi bicio i nôl panad i ni?'

A dyna mae o'n ei wneud, ar ôl parcio yn y cysgod. Maen nhw'n yfed eu coffi, a rhannu pacad o Faltesers fel dau hen ffrind.

Ac mae hi'n dweud wrtho fo am Amy.

OSH

Dydi Osh ddim yn adnabod y rhif ddaw i fyny ar ei ffôn. Fodd bynnag, ac yntau â'i fys mewn sawl briwas erbyn hyn, fedar o ddim fforddio anwybyddu'r alwad. Mae hi'n gwbwl bosib mai sgamar yn gwisgo het yr HMRC sydd yno, neu ryw jansar yn gofyn am ei fanylion banc er mwyn talu iawndal am ddamwain na chafodd o erioed mohoni, ond mae'n rhaid iddo gymryd y risg.

'Mr O'Shea? Ma' ddrwg gin i'ch ffonio chi'n ddirybudd fel hyn. Llion Glasfor ydi f'enw i.'

Esu, tsiênj. Sgamar Cymraeg. Ac un hefo manyrs. Teimla Osh ei hun yn cnesu tuag at ei gwrteisi ar ei waetha, pe na bai hynny'n ddim ond am y rheswm calonogol uffernol fod y boi'n medru treiglo.

'Ia?' Dim gwadu na chadarnhau, dim ond rhoi digon o raff iddo.

'Fi ydi mab Victor Hargreaves.'

Osh yn gadael saib arall. Am ennyd, dydi o ddim callach.

'Vic Chips?'

Mae'r bylb ym mhenglog Osh yn switsio ymlaen. Siŵr Dduw. Wedi'i dallt hi roedd yr hogyn, 'de, a thybio y basa fo'n mynd yn bellach drwy ddwyn enw bwthyn ei nain na chadw enw'i dad. Hefo pobol fel Arawn Llynon roedd o'n gweithio, wedi'r cyfan.

'Wrth gwrs. Chdi ydi'r boi camera.'

'Sain.'

Reit.

'Be fedra i'i neud i ti, Llion?'

'Dad ddudodd eich bod chi ar gês diflaniad Arawn.'

Enwa cynta hefo'r sêr mawr. 'Ta trio swnio'n bwysig mae o? Mae hi'n amlwg yn syth nad ydi hiwmor ei dad ddim ganddo, beth bynnag. Gresyn. Mae pobol yn rhy barod i ddibrisio'r 'coman-tŷtsh', meddylia Osh. Dydi o ddim yn siŵr pa mor cîn ydi o ar y boi 'ma erbyn hyn. Dim ond dau air mae hi'n ei gymryd ambell waith er mwyn nabod rhywun.

'Rhyw gymryd diddordeb, dyna i gyd.' Mae Osh yn gyndyn o gyfadda bod ei ran yn yr ymchwiliadau ychydig yn fwy sylweddol na 'dim ond diddordeb', ac yn sicr, dydi o ddim am ddatgelu bod Gwenith Llynon wedi gofyn yn benodol am ei help o ac Angharad.

'Dwi'n gwbod bod Dad wedi sôn wrthach chi fy mod i'n gweithio hefo Mei Wyn.'

Mae Osh yn moeli'i glustia.

'A dwi'n gwbod bod yr heddlu wedi'i holi o ar gownt Arawn. Ylwch, Mr O'Shea, dwi ddim isio i'r hyn dwi'n mynd i'w ddeud wrthach chi fynd ddim pellach. Faswn i ddim isio i Dad wbod. Ond a chitha'ch dau'n ffrindia ...'

Gan bwyll, meddylia Osh. Mae yna fêts a mêts.

'Gwerthu ambell Americano i mi fydd o, Llion,

os bydda i'n digwydd bod yng nghyffina'i fan o, nid gwrando ar fy nghyffes i.'

Gŵyr ei fod o wedi ymateb yn annodweddiadol o hallt, ond mae'r awgrym y gallai fod yn llac ei dafod yn ei bigo. Er bod gan Osh ei wendidau, dydi bradychu cyfrinachau ddim yn un ohonyn nhw. Ond mae o'n chwilfrydig rŵan. Be sy mor ofnadwy nad ydi Llion am i'w dad wybod amdano?

'Doedd Mei ac Arawn ddim yn cael affêr, Mr O'Shea.'

Dwi'n eitha sicr o hynny'n barod, meddylia Osh. Byw yn ei ben mae Mei Wyn. Dwed rywbeth newydd wrtha i. Yn lle hynny, mae o'n aros, yn cyfri'r eiliadau nes bod y saib yn mynd yn ormod i Llion Glasfor:

'Palu clwydda mae Mei. Doedd yna ddim byd yn mynd ymlaen rhyngddyn nhw. Oherwydd mai hefo fi roedd Arawn yn cael perthynas.'

Diolcha Osh mai Angharad sy'n dreifio. Dyma dro annisgwyl yng nghynffon petha. A grêt, rŵan maen nhw'n gyrru drwy bant yn y lôn heibio i fferm Bryn Padell. A fasa waeth i mi fod mewn padell ddim, meddylia, un â chaead arni, gan fod y signal mor drychinebus. Dim ond ambell i ebwch mae o'n ei gael o'i ffôn nes iddyn nhw ddringo'r allt yn eu holau. Erbyn hynny, mae Llion Glasfor yn cael ei alw'n ôl at ei waith, ac yn gofyn a fyddai'n bosib iddyn nhw allu cyfarfod am sgwrs yn hwyrach gyda'r nos. Llwydda Osh i ddeall ei neges bytiog ola' ynglŷn â thecstio amser a lle, cyn suddo drachefn i dwll du arall sydd wedi hen arfer cael hwyl am ben hud a lledrith holl fastiau ffôn y greadigaeth.

'Galwad rwystredig, O'Shea?'

'Signal ffôn yn crap ffor'ma.'

'Wel, mi ddalltish i gymaint â hynny. Ac mai Llion oedd ei enw fo. A dy fod ti wedi deud wrtho fo dy fod ti'n prynu Americanos weithia. Cânt-wêt-ffor-ddy-necst-instôlment.'

Dydi hi ddim yn gorfod aros yn hir. Does ganddo ddim llawer i'w ailadrodd, ond mae'r briwsion yn ogleisiol.

'Heblaw am y signal cachu, mi faswn i wedi cael mwy gynno fo. Mi fasa wedi bod yn handi cael mwy o'r hanes cyn i ni landio hefo Gwenith Llynon. Meddylia. Roedd Arawn yn cael affêr wedi'r cyfan, ond hefo'r boi sain, sef mab Vic Chips. Ac roedd hwnnw'n swp sâl rhag ofn i'w dad ddod i wbod.'

'Be, am yr affêr hefo dyn priod enwog 'ta am ei fod o'n hoyw?'

'Y ddau, am wn i. Wyddwn i ddim y basa Vic yn gymaint o homoffôb. Phryna i'r un banad arall gin y basdad.'

'Wyddost ti mo hynny, cofia. Ddim heb gael y stori'n iawn.'

Mae Angharad yn dawel am sbel, yn amlwg yn cnoi cil ar yr hyn mae o newydd ei ddweud wrthi.

'Wn i ddim amdanat ti, O'Shea, ond mae jyst gwbod bod Jonas Gruffydd, Caer Ela'n dad i Amy Wyndham, ac felly'n daid i Mei Wyn y stelciwr, yn cymhlethu petha i ddechra. Yn ychwanegu at y dirgelwch. Yn enwedig â Jonas yn dad-yng-nghyfraith i Arawn Llynon. A rŵan, hyn. Ac wedi i Liam ddeud wrthat ti fod Gwenith wedi cyfeirio at ei gŵr fel petai o'n rhan o'r gorffennol, mae o'n gneud i ti feddwl, dydi?'

'Be, nad ydi o ddim jyst wedi diflannu, ac mai hi sy wedi'i ladd o am ei fod o'n cael affêr? Dipyn yn eithafol, Kiely.'

'Wel, nid ei ladd o, 'ta, ond ella'i bod hi'n gwbod ei fod o wedi marw?'

'Pam gofyn am ein help ni i gael hyd iddo fo, felly?'

Mae Angharad yn cael osgoi'r cwestiwn nad oes ateb iddo wrth i'w ffôn hithau, sydd wedi'i gysylltu i system Bluetooth ei char, dynnu sylw'r ddau ohonyn nhw at enw Mono'n fflachio ar y dash.

'Helô, Miss ...ym ... Anji.' Mae o'n ymwybodol o injan y car yn y cefndir. 'Sori. Dach chi'n dreifio, yndach?'

'Dim problem, Mono. Gyda llaw, mae O'Shea hefo fi, a ti'n dod dros y sbîcar. Rhag ofn i ti ddechra deud faint o ddiawl annifyr ydi o!'

Chwerthiniad bach nerfus, dim ond i ddangos ei fod o wedi deall y jôc. Ei lais yn ymlacio chydig ar ôl cael gwybod fod Osh yno hefyd.

'O, aidial. A reit handi, deud y gwir, eich bod chi'ch dau'n clywed. Iawn, Osh?'

'Be sgin ti, Mono?'

'Mi dorra i'r stori'n fyr am rŵan. Ond y brêcing-niws

ydi mai Jonas Gruffydd oedd yn talu'r bilia i gyd am ofal Dilys Murphy.'

Os oedd Mono'n disgwyl ebychiadau o anghredinedd a chegrythdod, caiff ei siomi. Fo sy'n cael y syndod mwya pan ddywed Osh fod hynny'n gwneud synnwyr rŵan ar ôl yr holl wybodaeth a gafodd gan Enid, chwaer Dilys.

'Jonas ydi perchennog Goleufryn hefyd, Mono. A gwranda ar hyn: roedd o a Dilys yn gariadon. Canlyniad yr affêr oedd babi. Mi benderfynon nhw roi'r plentyn i'w fabwysiadu. Jonas oedd hynny, 'de. Isio osgoi gneud gwaith siarad i bobol ac yntau'n ddyn priod.'

'Ond mi enwodd Dilys y ferch fach ar ôl ei mam ei hun,' medda Angharad. 'Ac mi gadwyd yr enw gan ei rhieni mabwysiedig.' Mae hi'n stopio am effaith, yn ogystal â chanolbwyntio ar arafu er mwyn i ddafad ddi-glem benderfynu a oedd hi am groesi o'u blaenau ai peidio.

'Rho'r hogyn allan o'i boen, Kiely.' Ailgydia Osh yn yr awenau. 'Amy oedd enw'r plentyn.'

Mae yna ddistawrwydd wrth i Mono brosesu hyn, ac yna, medda fo'n dawel:

'Ma' hynny'n egluro pam fod Dilys wedi mynnu galw Nola'n Amy, felly.'

'Yn enwedig os oes yna debygrwydd teuluol,' ychwanega Angharad, rŵan bod y ddafad wedi penderfynu aros lle roedd hi a stwffio'i hun yn ei hôl i'r cae y dihangodd ohono trwy fwlch yn y clawdd. 'Jonas yn dad i Amy ac yn daid i Nola. Ma' hynny'n gneud Amy Wyndham yn fodryb i Nola, dydi?'

'Wyndham?'

'Ia. Rŵan ti'n ei chael hi, Mono? Meical Wyndham, mab Amy, ydi Mei Wyn. Felly ma' Jonas Gruffydd yn daid i Mei Wyn yn ogystal.'

Mae Osh yn gadael i Mono wneud y cysylltiad rhwng Mei Wyn a Nola, yn hollol ymwybodol o'r ffaith bod diflaniad Arawn Llynon yn beryglus o agos at fwrw ansicrwydd dros berthynas Mono a'i gariad newydd. Er nad oes blewyn o fai ar Osh yn bersonol, teimla'n boenus o euog fod bywyd personol yr hogyn yn cael ei lusgo i mewn i'r potas yma. Mae'r saib yn hir rhyngddyn nhw. Tyn Angharad ei golygon oddi ar y lôn o'i blaen am ennyd fer er mwyn dal ei lygad. Mae'n amlwg ei bod hithau hefyd yn teimlo'r un fath.

'Paid â meddwl bod yn rhaid i hyn effeithio ar dy berthynas di a Nola,' medda hi, yn rhwystredig eu bod nhw'n cael sgwrs fel hyn dros ffôn yn y car ar y ffordd i gyfarfod Gwenith Llynon, o bawb. 'Does dim rhaid i ti gymryd rhan yn yr ymchwiliadau os wyt ti'n teimlo'n rhy agos at betha.'

Saib.

Eto.

Hirach.

'Dwi isio helpu, Anji.'

'Os ti'n siŵr.'

'Mi roedd Nola'n gytud pan sylweddolodd fod ei thaid wedi'i thwyllo ar gownt Dilys. Cymryd arno nad oedd o'n nabod dim arni, ac yn annog Nola i rannu'i straeon amdani. Hyd yn oed yn mynd â'r gaseg ddu honno i'r cae o dan ffenast Dilys er mwyn codi'i chalon hi. Wn i ddim sut bydd hi'n ymateb pan glywith hi hyn, 'de ...'

Does gan Osh fawr o ddewis rŵan.

'Paid â deud wrthi, Mono. Cadw hyn o dan dy het am rŵan, ocê?'

'Ia, ond ...'

'Ma' Osh yn iawn, Mono. Dal arni am dipyn, boi. Gwbod ei bod hi'n anodd.'

Dydi hi ddim yn cyfeirio ato fo'n aml fel 'Osh'. Y bantar 'Kiely ac O'Shea' hwnnw y llithron nhw iddo o'r dechra y maen nhw'n ei ddefnyddio er mwyn cyfarch ei gilydd. Y tynnu coes yn haws ar y dechra, yn rhywbeth i guddio'u teimladau tu ôl iddo. Ac erbyn hyn, mae o'n arferiad ganddyn nhw. Serch hynny, mae'i chlywed hi'n dweud 'ma' Osh yn iawn' yn gwneud iddo deimlo'n hunanol o hapus. Dydi hynny ddim yn deg chwaith, meddylia, ac yntau newydd landio Mono ynddi hi. Gŵyr cystal ag unrhyw un pa mor ddinistriol ydi cadw cyfrinachau oddi wrth y sawl sydd agosaf atat ti.

Cytuna Mono i gadw'r gyfrinach, ond swnia'n anghyffredin o anfoddog wrth orffen yr alwad. Am y tro cynta ers iddo ddechra dod i'w nabod o'n iawn, caiff Osh gip ar yr hen Fono styfnig, fymryn yn bolshi hwnnw y daeth ar ei draws yn y ddalfa dro byd yn ôl.

Gobeithia na fydd hyn yn rhoi tolc yn y cyfeillgarwch sydd wedi tyfu rhyngddyn nhw oddi ar hynny.

Sy'n ei atgoffa fod ganddo rywbeth i'w dynnu ar dro hefo Angharad. Mae rŵan cystal cyfle â'r un arall geith o, cyn iddyn nhw gyrraedd lle'r Llynons, i wyntyllu'i frên-wef:

'Dwi'n ystyried cychwyn busnes PI.' Ac yn y saib a ddilynodd, 'Ditectif preifat.'

'Dwi'n gwbod be ydi PI, O'Shea.'

'Wel? Be amdani? Chdi a fi. A Mono fel ymchwilydd ecstra.'

'Os bydd o'n dal i siarad hefo chdi, ia?'

'Gwranda, Kiely. Dwi wedi sgwario petha hefo Rich. Mi fydda i'n dal yn bartnars hefo fo yn y garej. Ond rwbath arall fydd hwn lle medra i ddefnyddio fy sgilia twrna. Dan ni'n gneud gwaith ditectif yn barod, dydan? Waeth i ni neud busnes allan ohono fo ddim.'

'Ni?'

'Ty'd 'laen. Y drîm-tîm. Kiely ac O'Shea. Chdi ddudodd bryd hynny'n bod ni'n swnio fel cwmni ditectifs.'

'O? Felly ti'n glynu wrth bob gair dwi wedi'i ddeud erioed, wyt?'

'Wrth bob anadliad, Kiely.'

'Fasat ti'n gallu talu'r un cyflog i mi ag y mae'r *Herald* yn ei neud, basat?'

Mae'r ffaith ei bod hi'n tynnu arno'n ei wneud o'n fwy penderfynol y bydd o'n ei gorfodi i'w gymryd o ddifri.

'Ti wedi camddallt. Nid y fi fasa dy fòs di, naci? Partnars fasan ni, 'de?'

O'r saib sy'n dilyn, mae Osh yn eitha sicr fod Angharad newydd deimlo'r un cyhwfan pili pala sydyn ym mhwll ei stumog wrth glywed y gair 'partnars' ag y cafodd yntau'n ei ddweud o. Ond dydi o ddim yn cael y cadarnhad y byddai wedi hoffi'i glywed ganddi gan ei bod hi bellach yn rhoi'i sylw i gyd i lywio'n ofalus rhwng y cilbostiau.

'Hen le cas i droi i mewn iddo,' medda hi, gan bwyso botymau i dynnu'r wing-mirors i mewn fatha peilot yn paratoi i godi i fflio. 'Dwi'n cofio gorfod cymryd mwy o bwyll nag arfer y tro dwytha y des i yma hefo Mono.'

'Mi gymrist fwy o bwyll na'r boi dwytha i fynd o'ma'n amlwg,' medda fynta, yn ôl ei graffter arferol, wrth i sgrech o baent lliw digon piblyd dynnu'i sylw ar y cilbost gwyn i'w ochor chwith.

'Cachu deryn ydi o.'

'Naci, siŵr Dduw, Kiely. Mae o'n mynd y ffor' rong. Welist ti erioed dderyn yn cachu mewn llinella syth o'r chwith i'r dde, naddo?'

'Be ti'n ei fwydro?'

'Ar hytraws neu'n syth i lawr mae olion cachu adar yn glanio, 'de? Ôl paent ydi hwnna lle mae rwbath wedi rhwbio'n erbyn y cilbost, a hynny ar dipyn o frys hefyd. Mi fydd 'na grafiad go ffresh ar gar rhywun heddiw, ddudwn i.'

Mini Cooper coch sy'n sefyll ar y tarmac o flaen

y tŷ, a dim golwg o gwbwl ei fod o wedi cyffwrdd unrhyw fath o gilbost. Mae paent newydd hwnnw'n llachar, galed yn erbyn gwynder y waliau tu cefn iddo, fel gwaed wedi dod trwy rwymyn.

'Volcanic Red,' medda Osh, arbenigwr y ri-sbre.

'Gwell na Sigyl Ecsblosion, dydi?'

Eiliad mae o'n ei gael i werthfawrogi hiwmor Angharad cyn i ferch Gwenith ateb y drws. Mae hi'n llwydaidd, bryd golau fel ei mam, dim ond bod gwallt Ffion Llynon yn llen hir hyd at hanner ei chefn.

'Ma' Mam wedi gorfod picio allan. Fydd hi ddim yn hir.'

Mae hi'n eu gwahodd i mewn hefo'r ffordd ddidaro honno sy'n nodweddu mwy a mwy o arddegwyr heddiw, meddylia Osh, gan iddi roi llawer mwy o sylw i'r ffôn yn ei llaw nag iddyn nhw tra'n eu harwain i'r stafell fyw. Try ar ei sawdl heb air pellach, a'r peth nesa maen nhw'n ei glywed ydi clep ar y drws ffrynt cyn i sŵn injan y Mini coch ddechra refio. Mae Angharad yn codi'i haeliau arno:

'Croeso cynnes, 'ta be? Dydi hi erioed wedi'n gadael ni yma ar ein pennau'n hunain, debyg?'

Dydi Osh ddim yn siŵr, ond os ydi hi, mae o'n benderfynol o wneud yn fawr o'r cyfle.

GWENITH

'Lle ma' Ffion?'

'Yn ei stafell, hefo pods yn ei chlustia. Ti'n gwbod amdani. Ond mae hi'n waeth ers ... '

'Mi bashith hyn, Gwen. Dim ond cadw'n penna i lawr am dipyn. Does yna ddim byd i neb gael hyd iddo fo. Cadw'n cŵl.'

'Nid amdanon ni dwi'n poeni, ond am Ffion. Mae hyn yn mynd i adael ei effaith arni am weddill ei hoes.'

Fedar o ddim dadlau hefo hynny. Fedar neb, meddylia Gwenith. Edrycha arno, ar y gofid y mae hi wedi'i roi yn ei llgada fo, a'i chasáu'i hun. Fo ydi'r un mwya dieuog yn hyn i gyd. Ei unig gamwedd oedd gwrando arni, bod yn gefn iddi. A thrwy adael iddo wneud hynny, gadawodd hithau iddo'i gyfaddawdu'i hun: mae'i chefnogi hi'n golygu bod yn rhaid iddo yntau gadw'r gyfrinach tra bydd o byw.

'Dwi'n meddwl weithia y basa mynd i'r jêl yn haws,' medda hi.

'Paid â dechra siarad yn wirion.'

Sylwa Gwenith ei fod o mewn mwy o boen heddiw, yn cael trafferth codi o'r gadair. *Dwi'n rhy hen i ti, Gwen.* Yr olwg yn ei llgada fo bryd hynny, yn hanner cellwair, hanner o ddifri. Yr ofn y basa hi'n cytuno hefo fo. Fo oedd yn iawn, ond roedd yr erstalwm o haf hwnnw'n fwy o swyn nag o synnwyr, a'r holl resymau o blaid ac yn erbyn eu carwriaeth yn toddi i'w gilydd fel 'Codiad Haul' Monet.

Ac ydi, mae o'n edrych yn hen heddiw. Dim ond wrth iddyn nhw gusanu mae hi wedi sylwi ar hynny o'r blaen, pan fyddan nhw wyneb yn wyneb a hithau'n tsiansio agor ei llgada i syllu ar ei rai caead yntau: mor fregus rŵan ydi'i amrannau'n agos, a chymaint dyfnach a llwytach ydi'r llinellau ar ei wyneb. Erstalwm, roedd y ffaith ei fod o'n hŷn yn rhoi rhyw sicrwydd lloerig, anesboniadwy iddi o'i hirhoedledd hi ei hun; erbyn hyn mae arni ofn gorfod dysgu byw hebddo fo a theimla ruthr sydyn o anniddigrwydd – tuag ato fo, a thuag at bopeth:

'Be oedd ar dy ben di'n gyrru'r Angharad Kiely 'na yma, beth bynnag? Busnesu ydi enw canol honno.'

'Rhoi cyfle i ti ôn i, 'de? I gymryd rheolaeth dros betha. Cael dy big i mewn gynta hefo'r cyfweliad 'na. A be wnest ti? Gofyn iddi edrach yn ddyfnach i ddiflaniad Arawn. Gwahoddiad i fusnesu mwy. Hi ac O'Shea. Ffyc-sêc, Gwen, mae'i frawd o'n DCI.'

Ei dro yntau ydi hi rŵan i swnio'n anniddig; mae brath yn ei eiriau nid yn unig oherwydd ei deyrngarwch tuag at Anji, meddylia Gwenith, ond oherwydd ei fod o'n gwybod yn well na neb pa mor bengaled mae Kiely ac O'Shea'n gallu bod wrth wynebu her. Gŵyr ei fod o'n difaru'n syth wrth iddo dyneru'i lais drachefn:

'Ffion sy'n bwysig rŵan. Mae arni angen ei mam yn fwy nag erioed.'

'Wn i ddim am hynny. Hogan "Dad" oedd hi trwy'r cwbwl.' Prin y medar hi gadw'r chwerwedd o'i llais.

'Wel, beth bynnag arall oedd o, roedd yntau'n ei haddoli hitha.' Dywed hyn tra'n llygadu'r sgrech goch o gar sydd wedi'i barcio'n flêr o dan y ffenest.

Mae'n amlwg iddi faint mae dweud hynny'n ei frifo. Fo, wedi'r cyfan, nid Arawn, ydi'i thad biolegol hi.

'Mi fyddi ditha yma iddi hefyd, yn byddi?' Cydia yn ei law, ond mae o'n llacio'i afael.

'O, mae hi'n gwbod y medar hi ddibynnu ar Yncl Eic bob amser.'

Synhwyra Gwenith dinc desbret yn ei lais o dan y coegni anghyfarwydd. Mae hi wedi pwyso gormod arno, gofyn gormod. Roedd y cyfan wedi ymddangos fel syniad da ar y cychwyn. Gwneud synnwyr, yn doedd, i gymryd arni mai'i gŵr oedd tad ei phlentyn? O achos mai dyna'r unig ddewis os nad oedd Eic a hitha'n barod i chwalu dwy briodas. Dyna'r cyfiawnhad dros gelwydd oedd wedi bygwth chwalu pennau'r ddau ohonyn nhw ar hyd y blynyddoedd. Ond nid rŵan ydi'r amser iddyn nhw ddal pen rheswm dros benderfyniadau byrbwyll y gorffennol sy'n dychwelyd i frathu'u sodlau. Edrycha Gwenith ar y cloc.

'Mae'n rhaid i ti fynd, Eic. Rŵan. Mi fyddan nhw yma toc, Kiely ac O'Shea. Fiw iddyn nhw dy ddal di yma ...'

'Yr un hen gân, 'de, Gwen? Brysia, cyn i ni gael ein

dal. Mi fasat ti'n meddwl y baswn i wedi hen arfer â'r gorchymyn hwnnw erbyn hyn.'

'Eic, plis ...'

Ond mae o wedi mynd a gadael drws y ffrynt yn agored, fel ei bod hi'n clywed ebwch injan a gwich ei deiars wrth iddo adael ar frys. Gweddïa Gwenith mai o'r cyfeiriad arall y daw ei hymwelwyr. A sylwi'n sydyn fod Eic wedi gadael ei ffôn ar fraich y gadair. Os nad ydi hwnnw ganddo, fydd ganddi ddim ffordd ddiogel o gysylltu hefo fo. Does ganddi ddim dewis heblaw gyrru ar ei ôl. Gobeithia'n gynta na ddaw hi ddim i wyneb Kiely ac O'Shea ar y lôn, ac yn ail, y bydd hi'n llwyddo i ddychwelyd adra cyn iddyn nhw gyrraedd.

Mae ganddi lai na deng munud i daflu'r llwch i'w llgada nhw.

OSH

Mae Llion Glasfor yn hwyr. Roedd Osh wedi amau hynny – yn ôl ei brofiad o, dydi clocia pobol y cyfrynga byth yn cadw'r un amser â rhai meidrolion – a dyna pam y penderfynodd ar y Swan. Ei fwrdd bach crwn ei hun yn y gornel dywyllaf. Dylai gerfio'i enw arno, meddylia. Mae o ar ei batsh ei hun, yn gyfforddus hefo'i beint a'i feddyliau, a Duw a ŵyr fod ganddo ddigon o'r rheiny i gnoi cil arnyn nhw nes daw hogyn Vic Chips i'r golwg.

Os oedd hi'n syndod gweld nad oedd Gwenith Llynon adra i'w croesawu pan landion nhw heddiw yn Llety Cam, roedd hi'n fwy byth o syndod cael eu gadael yn y tŷ ar eu pennau'u hunain gan ei merch ddi-serch; fedrai o ddim llai na meddwl, wrth i Ffion droi ar ei sawdl a'u hanwybyddu ar ôl eu hanfon i ddisgwyl am Gwenith yn y stafell fyw, y byddai gan fwrdd smwddio fwy o bersonoliaeth. Wedi dweud hynny, mae o'n werthfawrogol iawn nid yn unig o'r ffaith bod gan Ffion Llynon gyn lleied o ddiddordeb yn ymwelwyr ei mam, ond hefyd ei bod hi'n eu trystio nhw ddigon i'w gadael ar eu pennau eu hunain yn y tŷ, pe na bai hynny'n ddim ond am ddeng munud go lew.

Ond yn achos Kiely ac O'Shea, efallai bod deng

munud wedi bod yn fwy na digon. Mae o'n byseddu'r pecyn plastig ddaru o'i sodro ar frys ym mhoced ei gôt â rhyw ias o groen gŵydd yn ei gerdded, yn gymaint oherwydd iddo'i ddwyn o ag oherwydd fod yr hyn mae o'n ei dybio sydd ynddo'n bygwth codi cyfog arno.

'Mr O'Shea?'

Mae taldra Llion Glasfor yn peri iddo daflu cysgod hir. Yn ychwanegol at hynny, mae o'n fain, ac mae'r ffaith bod ei ddillad llac yn edrych fel petaen nhw'n perthyn i rywun arall yn awgrymu y bu unwaith yn drymach boi nag ydi o rŵan. Ac efallai'n iachach nag y mae'i wyneb gwelw'n ei dystio iddo heno. Dydi o'n sicr ddim yn helpu dim arno'i hun chwaith drwy fod mewn du i gyd. Fel arfer, byddai Osh wedi'i ateb hefo: 'Galw fi'n Osh.' Ond y tro hwn, dilyna'i reddf. Dydi bod yn rhy ffamiliar yn rhy fuan hefo hwn ddim yn mynd i deimlo'n iawn, rywsut. Penderfyna ar hyd-braich-o-gyfeillgar:

'Peint?'

'Dwi ddim yn aros.'

Sylwa Osh ar y botel ddŵr Ffynnon Badrig yn sticio allan o boced ei gôt. Mae yna rai rhatach i'w cael.

Mae ganddo ryw dwitsh ysbeidiol yn ei ysgwydd sy'n argyhoeddi Osh fod yna rywbeth mwy na nerfusrwydd yn bod arno. Gwyra dros y bwrdd bychan fel petai o'n barod i rannu un o gyfrinachau mawr y bydysawd.

''Mond isio i chi wbod mai bolocs llwyr ydi'r stori mae Mei Wyn wedi bod yn ei lledaenu amdano fo ac

Arawn.' Mae ogla melys fêpio ar ei wynt o, rhywbeth tebyg i ogla mefus.

'Pam fasa fo'n deud clwydda, Llion?' Osh yn cadw'i gardiau i fyny'i lawes, fel arfer.

'Ma'r boi'n sâl, dydi?'

'Sâl?' Er bod Osh yn deall yn iawn.

'Roedd o dipyn yn od yn yr ysgol erstalwm ...'

'Roeddech chi yn yr ysgol hefo'ch gilydd?'

'Doedden ni ddim yn ffrindia, dim ond yn yr un flwyddyn. Dipyn o lonar oedd o. Cael ei fwlio lot. Mi roedd gin i bechod drosto fo.'

Ond wnest ti ddim codi bys i'w helpu o, chwaith, meddylia Osh. Mae rhywbeth fel euogrwydd yn baeddu gruddiau Llion Glasfor am ennyd, canlyniad naill ai telepathi neu bigiad cydwybod.

'Mi ddaethon ni i nabod mwy ar ein gilydd pan landiodd Meical yn y Coleg Chweched Dosbarth hefo fi. Gwneud yr un pynciau.'

'Nid Mei oedd o'n ei alw'i hun bryd hynny, felly?'

'Nid Glasfor oeddwn inna chwaith.'

Ti erioed yn deud.

'Lot ohonan ni wedi'n hail-greu ein hunain ers dyddia ysgol, Mr O'Shea.'

Ydi, penderfyna Osh, *mae'r* basdad bach yn darllen meddyliau.

'Felly Llion Hargreaves oeddet ti yn yr ysgol?' Gwna Osh ei orau i drosglwyddo'r cymal nesa i'w gyfeiriad ar donnau ymenyddol, dim ond er mwyn testio'r signal: *Gwell na Llion Chips, beth bynnag.*

'Hari,' medda Llion Glasfor. 'Dyna roedd pawb yn fy ngalw i. O'r Hargreaves, 'de?'

Dallt, mêt. Gobeithia Osh nad ydi'r coegni'n ymddangos ar ei wyneb. Anaml y bydd o'n cael teimlad fel hyn yn ei berfedd am bobol, ond fedar o ddim cymryd at Llion Chips Hargreaves Glasfor. Rhy blydi coci o'r hanner, hefo'i botel ddŵr a'i fêps a'i llgada-drygs. Mae o'n codi'i beint at ei geg, arwydd i Llion ddal ati hefo'i stori.

'Roedden ni i gyd yn gwbod fod gan Meical broblemau. Hunanladdiad ei fam ac ati. Mi fasa rwbath fel'na'n cael effaith ar unrhyw un.' Y peth mwya cydymdeimladol mae o wedi'i ddweud hyd yn hyn. 'Roedd o'n wahanol o'r dechra oherwydd fod ei fam o'n od. Doedd hi ddim yn edrach ar ei ôl o'n iawn. Roedd o'n flêr, dim côt, dim bocs bwyd. Galw'i fam yn Amy, nid Mam fel pawb arall. Seico. Nytar. Shit fel'na roedd pobol yn ei ddeud amdani.'

Am y tro cynta, mae yna rywbeth tebyg i dosturi yn llais Llion Glasfor. Ddim yn ddrwg i gyd, felly.

'Ac mi gymraist ti Mei o dan dy aden yn y Chweched, felly?'

'Faswn i ddim cweit yn deud hynny. Roedd o'r math o foi fyddai'n dwyn llathen petaech chi'n cynnig modfedd iddo fo. Mi wnes i drio gneud mêts hefo fo am fod gin i bechod drosto fo oherwydd ei fod o ar ei ben ei hun ym mhob man. Ond mi ddaru o gamgymryd hynny am ryw fath o "gŷm-on". Meddwl fy mod i'n ei ffansïo fo. Ond fel arall roedd hi. Mi ddechreuodd fy nilyn i. Pob man roeddwn i'n mynd iddo fo, dyna lle'r oedd o. Yn ista ar fainc gyferbyn, yn pwyso ar wal yn sbio arna i, yn llercian mewn drysau siopa yn disgwyl i mi ddod allan. Wedyn, mi ddechreuodd adael rhyw anrhegion bach i mi – yn fy locer i, neu wedi'u stwffio nhw i fy mag i. Petha gwirion i ddechra, fatha pacedi o jiwing-gŷm a bariau siocled. Aethon nhw'n ddrutach ymhen ychydig – CDs, poteli afftyrsiêf. Roeddwn i'n eu rhoi nhw'n ôl iddo fo, ond doedd hynny'n gwneud dim gwahaniaeth. Mi ges i lond bol, deud wrtho fo'n strêt, "*Piss off*, Meical. Ti'n embarasio fi." 'Mond mêts ydan ni. Ond erbyn hynny, doeddwn i ddim hyd yn oed isio hynny.'

'Weithiodd o?'

'Wel, mi ddechreuodd o grio, deud "sori" a bagio oddi wrtha i. Roeddwn i'n meddwl ei fod o wedi cael y neges o'r diwedd. Ond erbyn y diwrnod wedyn, roedd petha'n saith gwaeth. Roedd o wedi sgwennu'n henwau ni ym mhobman, ar ddrysau loceri a byrddau a llyfrau: Meical a Hari a lluniau calonnau. Aeth y stori ar led ein bod ni'n gariadon. Mi wnes i ei cholli hi. Mi fasa Dad wedi mynd yn êpshit tasa fo'n gwbod fy mod i … fy mod i'n …'

Ac yna mae'r gwirionedd yn gliriach na hoelan ar bostyn: mae greddf Osh yn sbot-on ynglŷn â chulni a rhagfarn Victor. Naill ai does ganddo ddim syniad fod ei fab yn hoyw, neu mae o'n gwadu'r peth yn llwyr. Caiff Osh ei hun yn teimlo dros yr hogyn am y tro cynta, a dechra'i ddwrdio'i hun am fod mor barod i'w feirniadu cyn cael y ffeithiau i gyd. Ac mae o wedi cael cadarnhad o rywbeth arall yn ogystal, sef tueddiadau stelcio Mei Wyn. Mae o wedi gwneud hyn o'r blaen. Ac wedi i Meical fynd yn Mei ac i Hari fynd yn Llion Glasfor, croesodd eu llwybrau'n ddiweddarach ar sèt ffilmio, lle sylwodd Mei fod y boi a 'dorrodd ei galon' yn y Chweched Dosbarth yn cael affêr hefo actor enwog a phrofiadol.

'Roedd o'n dy flacmelio di felly, Llion?'

'Wn i ddim fedrwch chi'i alw fo'n hynny.' Y twitsh 'na yn ei ysgwydd eto. 'Mi roedd o jyst wedi'i feddiannu hefo cenfigen. Dwi'n gwbod bod hyn yn swnio'n hunanol, ond nid y ffaith ei fod o'n bygwth deud wrth Gwenith Llynon am ein perthynas oedd yn fy mhoeni, ond ...'

'Y ffaith ei fod o'n mynd i ddeud wrth dy dad?'

Unig ateb Llion Glasfor oedd syllu i wagle.

'Ond roedd o isio rwbath gynnoch chi, siawns? Yn gyfnewid am gadw'n ddistaw?'

'Does gin Mei ddim gafael ar realiti, Mr O'Shea. Roedd gynno fo'r paranoia 'ma fod pawb yn ei erbyn o, yn siarad amdano fo, y fi'n fwy na neb, a hynny'n amlwg oherwydd ein hanes ni. Ac roedd o'n llwyr gredu mai hefo fo roedd Arawn isio bod, dim ond fy mod i wedi'i hudo fo oddi wrtho fo. Fi oedd yr un nad oedd Mei'n ei drystio, ac arna i roedd o isio dial. Ond roedd yna rwbath arall ddudodd Mei wrtha i am Arawn, cyn i ni orffen ffilmio. Rwbath reit boncyrs, a deud y gwir, am ddigwyddiad sbwci mewn mynwent.

Ac yn digwydd bod, dyna'r diwrnod y penderfynodd Arawn ddweud wrthan ni i gyd nad oedd o'n bwriadu derbyn unrhyw waith am sbel, ei fod o newydd benderfynu cymryd brêc oddi wrth actio am resymau personol. Y diwrnod y dywedodd o wrtha inna'i fod o'n dod â'n perthynas ni i ben.'

'Sioc i ti, siŵr o fod.'

Ac ar ei waetha, llifa amheuon i feddwl Osh rŵan ynglŷn â rhan Llion yn niflaniad Arawn Llynon. Byddai'r cymhelliad ganddo i wneud rhywbeth byrbwyll. Wedi'r cwbwl, mae tor-calon a dicter a chenfigen wedi gwneud llofrudd o sawl un cryfach a doethach na Llion Glasfor. Nes iddo roi ateb annisgwyl, ac ynddo oddefgarwch un sydd wedi gorfod byw am sbel hefo newyddion trist.

'Nac oedd, o achos roedd Arawn wedi ymddiried ynof fi ers dipyn ynglŷn â'i gyflwr.'

'Yr yfed?'

A dyna hi eto, y wên oddefol honno.

'Dyna adawodd o i bawb gredu.'

Meddylia Osh am yr holl straeon am ymddygiad croes-i-gymeriad Arawn Llynon: annibynadwy, methu dysgu llinellau, gwylltio'n afresymol dros betha dibwys.

'Drysau'r co'n cau'n annhymig.'

'Sori? Deud eto, Llion.' Mae'r ymadrodd telynegol yn taflu Osh oddi ar ei echel. Ella'i fod o yng nghwmni bardd, wedi'r cyfan.

'Early-Onset Alzheimer's, Mr O'Shea.'

Teimla Osh fel petai popeth o'i gwmpas yn llonyddu am ennyd. Ac mae o'n dechra laru rŵan ar y 'Mr O'Shea' 'ma. Gwnaeth gam â Llion Glasfor.

'Rhaid i mi ddeud bod dy ddisgrifiad di'n swnio'n dynerach.'

Maen nhw'n ista'n dawel am rai eiliadau, un â'i ben yn ei beint a'r llall â'i ben yn ei blu. Oni bai eu bod nhw mewn tafarn, ac nad oes unrhyw ffurf ar grefydd yn agos at y naill ddyn na'r llall, gallaset daeru bod y ddau ohonyn nhw newydd ymuno hefo'i gilydd mewn gweddi.

'Dwi'n gwbod erstalwm,' medda Llion ar ôl dipyn. 'Mi ddaru o ymddiried ynof fi o'r eiliad y sylweddolon ni fod ein teimladau ni'n troi'n rwbath dyfnach. Roeddwn i'n gwbod o'r cychwyn na fasan ni ddim yn para – oherwydd y salwch, ein hamgylchiadau. Ond roedd yr amser byr gawson ni'n well na dim amser o gwbwl.'

Fatha bod y ffilm honno y bu Arawn ynddi'n ei hailadrodd ei hun, meddylia Osh. Yn ôl disgrifiad Angharad ohoni, byddai Hollywood wedi rhoi Oscar iddo am berfformiad mor galonrwygol. Gwylia hi, O'Shea, i ti gael dysgu rhwbath.

Ella gneith o, rŵan.

Ac yn raddol bach, mae rhai o'r darnau'n disgyn i'w lle, gan gynnwys y Donepezil a welodd Mono yn y bathrwm yn Llety Cam, a'r hyn a gafodd Angharad a fo hyd iddo yn nrôr y gegin cyn i Gwenith Llynon ddychwelyd. Meddylia'n sobor rŵan am y post-its bach melyn wedi eu stwffio rhwng y cyllyll a'r ffyrc – FFRIJ, MEICRO, CETL, MENYN, BARA, HALAN, SIWGWR. Labeli bach i'w rhoi ar bopeth i helpu'r cof. Ond yn y drôr roedden nhw erbyn hyn, nid ar y cypyrddau. Yn union fel pe na byddai neb eu hangen mwyach.

Yn union fel pe bai rhywun yn gwybod na fyddai Arawn Llynon byth yn dod yn ei ôl.

Ac mae'r pecyn yn ei boced yn teimlo'n drymach nag erioed.

'O, gyda llaw,' medda fo, cyn i Llion hel ei bac, a chyn iddo yntau roi'i sylw i gyd i bum misd-côl Anji Kiely, 'be oedd y peth "boncyrs" hwnnw ddudodd Mei am Arawn Llynon?'

ANJI

Mae yna rywbeth yn ffisian drwy feddwl Angharad na fedar hi ddim cweit cael gafael arno, fel pry ffenast yn chwarae mig rhwng gwydr a bleinds. Er bod gwyntyllu popeth yng nghwmni Osh wedi helpu i roi trefn ar yr holl ddatblygiadau diweddar, mae hi'n haws weithia iddi allu meddwl yn gliriach pan fydd hi'n cael llonydd ar ei phen ei hun. Mae hi newydd ollwng Osh yn y garej – mae o'n cyfarfod Llion Glasfor yn nes ymlaen – felly penderfyna bicio i mewn i swyddfa'r *Herald* ac wedyn ei throi hi am adra cyn i'r bont ddechra prysuro. Roedd yna ryw ogla diarth yn stafell fyw Gwenith gynnau; nid cannwyll na phetalau sychion. Roedd o'n debycach i stwff llnau, ac eto nid dyna roedd o chwaith. Roedd o'n debycach i fenthol neu licrish. Mae hi'n ei nabod o, nabod yr ogla, ond yn ei byw fedar hi ddim cofio lle clywodd hi o o'r blaen.

Meddylia am Osh yn mynd trwy gypyrddau cegin y Llynons fatha dos-o-solts, a phocedu rhywbeth yn sydyn o'r cwpwrdd dan y sinc wrth glywed sŵn car Gwenith yn cyrraedd at y tŷ. Sylweddola Angharad fod hynny wedi mynd yn angof gan y ddau ohonyn nhw tan rŵan yng nghanol yr holl frys. Rhyfedd nad oedd o ddim wedi cofio sôn am beth bynnag ddwynodd o. Er syndod iddi, roedd o wedi dewis gwisgo côt Barbour werdd yn hytrach na'i siaced ledar arferol y tro hwn. Trio gwneud argraff ffafriol ar Gwenith, efallai, trwy edrych fel petai o'i hun yn berchen ar geffyl neu ddau. Neu'i fod o wedi rhagweld yr angen am bocedi go ddyfnion heddiw.

Yr hyn a dynnodd ei sylw hi oedd y goeden rosys fechan mewn pot tu mewn i'r drws cefn, yn amlwg newydd gael ei phrynu ar gyfer ei phlannu oherwydd fod y pris a'r label yn dal arni: *Rosa 'Ffion' – patio rose*. Melyn tywyll, fel melynwy iâr rydd. Wyddai Angharad ddim tan hynny am fodolaeth rhosyn o'r enw Ffion. Tybed ar ba achlysur roedd Gwenith yn bwriadu plannu coeden rosys i'w merch benfelen? A pham roedd Osh wedyn yn cymryd cymaint o ddiddordeb yn y llun o Ffion yn derbyn rosét coch mewn sioe ar gefn merlen fach wen? Y llun na chymrodd hi fawr o sylw ohono'r tro cynta hwnnw. Llun â'r geiriau *Ffion a Lloergan – Primin Môn 2014*. Ond roedd Osh yn frwd. Esgob, gafodd hi'r wobr gynta, felly? Da, 'te? Ac enw bach del ar y ferlen. 2014? Mae hi'n dipyn o oed erbyn hyn felly?

Meddylia Angharad am ateb llyfn Gwenith:

'Mi fasa hi, tasa hi'n fyw heddiw. Roedd Lloergan tua deunaw oed yn y llun 'na. Yr oed perffaith i blentyn ei marchogaeth. Llonydd fel delw ar gae sioe. Ma'r gryduras wedi'i chladdu bellach.'

'Ddrwg gin i glywed.'

'Un gwynt sydd gynnon ni i gyd, Mr O'Shea.' Y

gwastadrwydd hwnnw eto yn ei llais hi, bron yn undonog; llais â sglein arno, fatha cyllell newydd.

Mwya sydyn, megis ar amrantiad, teimla Angharad ei bod wedi ymlâdd. Mae hi fel petai hi newydd actio mewn drama hefo Gwenith Llynon yn chwarae rhan Margaret Thatcher, a hithau'r forwyn oedd yn chwysu i gofio'i llinellau tra'n llywio'i throli panad i gornel. Fedar hi ddim coelio'i bod hi ac Osh wedi chwalu a chwilio trwy'i droriau a'i chypyrddau hi. Meddylia am gynnig Osh i ymuno hefo fo yn y fenter ditectifs preifat. Ond ella nad ydi hi'n cỳt-owt ar gyfer joban fel hyn. Petai Gwenith wedi cerdded i mewn bryd hynny ...

Mae cur yn morthwylio'n rhythmig tu ôl i'w llgada hi wrth iddi droi i mewn i faes parcio'r *Herald*. Dim ond car Eic sydd yno bellach. O nunlla, mae geiriau Rich T yn ei tharo hi: *yr hen Volvo lliw chŵd 'na sydd gynno fo ...* Mae hi'n ei gofio fo'n sôn am 'y flondan' yn y car. Ac mae hi'n gweld y llanast ar gar Eic rŵan, fel sgriffiadau cyffes ar hyd drws y dreifar, yn clywed Osh wrth iddo frolio'i wybodaeth-dyn-garej: *ôl paent ydi hwnna ... ar dipyn o frys ... mi fydd 'na grafiad go ffresh ar gar rhywun heddiw ...*

A rŵan mae hi'n gwybod be ydi'r ogla glywodd hi yn nhŷ Gwenith Llynon. Menthol. Ffisig annwyd a stwff-llnau-brwshys. *Ogla fatha cenal milgi ...*

Mae'r daith i fyny i'r swyddfa'n hir, a hithau'n gwrando ar sŵn ei thraed ei hun fel lympiau o glai'n atsain ar y grisiau coed. Saif Eic â'i gefn at y drws, yn clirio'i ddesg i focs cardbord.

'Eic?'

Mae'i llgada fo'n waedlyd, llgada dyn sydd heb gael noson o gwsg ers sbel. Sut na sylwodd hi ar y boen a fu'n staenio'i ruddiau ers cyhyd? Beth bynnag mae o wedi'i wneud, Eic ydi o o hyd. Mae o'n gweld ei phryder drosto fo; gŵyr hithau hynny yn y ffordd y mae o'n edrych arni rŵan.

'Ma' ddrwg gin i, Anj.'

Mae hi wedi bod yn barod amdano, yn barod i'w ddwrdio am ddweud celwydd wrthi, am adael iddi gredu mai hen gariad coleg ei frawd oedd Gwenith. Am wneud ffŵl ohoni drwy'i hanfon i'w chyfweld. Ond pwy ydi hi, wedi'r cyfan, i feirniadu neb arall am gael affêr? Mae isio deryn glân ar y diân i feio neb am beth felly. Maen nhw'n cydio'n dynn yn ei gilydd. Mêts.

'Ti erioed yn mynd i adael ar gownt rhywbeth fel hyn, nac wyt, Eic? Callia. Yli, stedda. Mi ro' i di-bag mewn cwpan i ni ...'

'Mae 'na fwy iddi na hynny.'

'Ond be sydd mor ... ?'

'Paid â gofyn i mi, Anj. Jyst ... plis, paid â gofyn, ocê?'

'Eic, dan ni'n ffrindia. Beth bynnag ydi o, mi fedra i helpu.'

'Dwi o ddifri, Anj. Fedra i ddim deud wrthat ti. Fiw i mi. Y lleia'n byd ti'n ei wbod am rŵan, gora'n byd. Trystia fi.'

Mae o wedi clirio'i ddesg yn lân, fel petai o'n trio llnau'i gydwybod hefyd. Teimla Angharad ei bod hi'n colli rhywbeth, rhywun, presenoldeb a fu unwaith mor unigryw'n toddi'n ddim o'i blaen hi fatha dyn eira. Mae o'n rhoi goriadau'r adeilad ar gledr ei llaw a chau'i bysedd amdanyn nhw.

'Gwna dy orau, Anj. Chân nhw neb gwell na chdi wrth y llyw.'

'Paid, Eic. Paid â 'ngadael i ...'

Ond sibrwd wrthi'i hun y mae hi, o achos ei fod o wedi mynd, a dim ond sŵn ei draed yntau sydd ar ôl, yn mynd yn llai ac yn llai. Daw tecst gan Osh: *Picio i weld Liam. Siarad wedyn.*

Mae hi'n teimlo'n amddifad. Teimlo bod rhywbeth mawr newydd ddigwydd, ond y bydd rhywbeth mwy eto'n sicr o ddilyn. Greddf ydi o. Sicrwydd cyn hyned â'r cread ei hun fod diflaniad Arawn Llynon yn mynd i chwyddo a chwyddo nes eu llyncu nhw i gyd.

DCI LIAM O'SHEA

Mae bywyd ei frawd fatha'r dramâu Netflix 'na sydd mor fendigedig o anghredadwy fel na fedri di beidio gwylio'r gyfres gyfan mewn un eisteddiad. A'r bore wedyn pan ti'n codi'n hwyr, dy llgada di mor amddifad o gwsg fel eu bod nhw'n llai na rhai mochyn mewn mwg, ti'n difaru rhoi switsh-on o gwbwl i'r fath sothach o achos na chei di byth mo'r oriau hynny'n ôl.

'Gad i mi weld os ydw i wedi cael hyn yn iawn 'ta, Osh. Ti'n deud wrtha i – ers y tro dwytha i mi dy weld ti – dy fod ti wedi rhoi hanner dy fusnes i Hells Angel lloerig o Garmel, wedi bod yn angladd hen ddynas na welaist ti erioed mohoni yn dy oes, mynd ar ddêt hefo'i chwaer hi sy'n saith deg pedwar, a robio llwch ceffyl o dŷ Gwenith Llynon – o, ar ôl i ti fynd trwy'i chypyrddau hi heb ganiatâd, wrth gwrs. Jîsys!'

'Sôn am y llwch 'ma, 'de, dwi isio i ti i redag o trwy fforensics.'

'Wel, wyt, siŵr Dduw. Pam nad ydi hynny'n fy synnu fi? Ti isio i mi drefnu codi corff Dilys Murphy tra dwi wrthi, 'lly, er mwyn tsiecio mai hi ydi hi? Fydd o'm traffarth, cofia.'

'Sdim isio i ti siarad yn wirion.'

'Chdi ddechreuodd. Fforensics! Pwy ti'n feddwl wyt ti? Ecstra ar *Silent Witness*?'

'O ia, mi gesh i stori ysbryd ddigon doji'n cynnwys Arawn Llynon gin fab Vic Chips hefyd,' medda Osh, yn anwybyddu coegni'i frawd ac yn tynnu llond pecyn plastig o lwch llwyd o boced ei gôt a'i sodro rhyngddyn nhw ar y bwrdd coffi.

Deil Liam i ryfeddu – ac i eiddigeddu – at ddawn Osh bob amser i gario pawb hefo fo ar don o frwdfrydedd. Mae'i fytholwyrddni'n help, a'i styfnigrwydd ynglŷn â gwrthod heneiddio. Fel hyn y bydd o, siŵr o fod, ar drothwy'i bedwar ugain, ym mhen rhyw helynt neu'i gilydd er gwaetha'i gricmala, yn dal yn bengaled, yn dal i wisgo siaced beicar – ac yn dal i dynnu pobol at ei feddwdod ar fywyd fatha gwenyn at bot jam. Ac er mor wallgo ydi'r hyn mae o newydd ei ofyn, fedar Liam mo'i atal ei hun rhag cael ei demtio i roi lle i'w syniad hanner-pan. Felly roedd hi pan oedden nhw'n blant hefyd – y brawd hŷn, doeth, oedd i fod i wybod yn well, yn cael ei dynnu i mewn i drybini'r llall ar ei waetha.

'Ti *yn* dallt bod canlyniadau profion fforensig yn cymryd tair wythnos ar y gorau i ddod yn eu holau, yn dwyt? Er mwyn rhoi cyfle i bob criminal ddianc i Brasil cyn i neb gael hyd i ddigon o dystiolaeth i'w harestio nhw, yli.' Mae'n amlwg, yn ôl ei ddirmyg tuag at arafwch y drefn, fod hyn wedi bod yn rhwystr iddo yntau ar sawl achlysur. 'Ma'r blydi petha'n cymryd oes pys.'

'Ydyn, oherwydd biwrocratiaeth, a phobol yn mynd i ffwrdd yn sâl, ac yn llusgo'u traed bob tro mae 'na ffiws yn chwythu yn rwla. Ti'n gwbod cystal â neb fod modd cael canlyniadau o fewn pedair awr tasat ti'n eu ffast-tracio nhw.'

Gŵyr Liam fod Osh yn gadael saib, er mwyn i'r syniad gydio. Wedyn mi dynnith stumia-hogyn-drwg a chynnig rhyw fath o freib. Clasic Aled O'Shea. Eistedda'n ôl a disgwyl. Mae Osh yn gwenu'n gam arno, yn ei rwydo hefo'i llgada a thaflu winc slei. Bingo, meddylia Liam. Tasa gin i bunt am bob tro ma' hwn wedi …

'Ddo' i hefo chdi i chwara golff i'r lle snobs 'na. Ac mi wisga i jympyr fatha Val Doonican rhag ofn i ti fod gywilydd ohona i. A phrynu cinio i ni wedyn. Rwbath iawn. Gastro pỳb. Indian. Lle bynnag leci di.'

'Gwranda, Osh, taswn i'n medru ffast-tracio'r peth fwya erioed – sydd, gyda llaw, yn fwy annhebygol na rhywun yn darganfod mai eliffant go iawn ydi Mynydd Mawr, wedi'r cyfan – pwy ddiawl sy'n mynd i flaenoriaethu testio llwch rhyw hen ferlen, a hynny am ddim rheswm?'

'Rhywun mewn labordy preifat? A ti'n rong: mae 'na reswm da iawn.'

'Labordy preifat? O, a ti'n mynd i dalu, wyt?'

'Fasa'm isio talu i Elwyn Llgodan.'

Roedd Elwyn yn un o ffrindiau pennaf Liam yn yr ysgol, ac wedi gwirioni'i ben am bopeth gwyddonol. Bu mor siomedig unwaith pan ganslwyd arbrawf am nad oedd llygoden fawr ar gael i'w darnio fel y bu iddo gael hyd i un farw mewn clawdd a dod â hi i'r ysgol wedi'i lapio mewn papur newydd. Afraid dweud na ddefnyddiwyd llygoden fawr Elwyn ar gyfer unrhyw arbrawf dosbarth, ond cafodd ei hanfarwoli yn newis yr hogia o'i lysenw. Ond Elwyn Llgodan neu beidio, fo ddaeth allan ohoni orau wrth gael cynnig lle yng Nghaergrawnt. Ers i Elwyn golli'i fam yn ifanc, dim ond y fo a'i dad oedd yna'n gwneud y gorau ohoni. Pan fu'n rhaid i'w dad gael triniaeth ysbyty go ddwys yn ystod blwyddyn arholiadau ola' Elwyn yn yr ysgol, cynigiodd rhieni Liam ac Osh gartra dros dro iddo fo. Dywedodd Elwyn wrth Liam droeon oddi ar hynny y byddai'n talu'r gymwynas yn ôl ryw ddiwrnod. *Unrhyw beth, unrhyw dro. Cofia.* Ac erbyn hyn mae o'n berchen ar ei gwmni profion fforensig ei hun.

Yn Llundain.

'Elwyn Llgodan? Ti'n siriys? Ac eniwe, dwi'm 'di siarad hefo fo ers blynyddoedd.'

'Dim ots am hynny, nac'di? Os mêts, 'de?'

'Symud y shit 'na oddi ar fy mwr' i – mi fydda i isio rhoi fy mhanad yn fanna wedyn.' Saib. Rhoi pâr o llgada plisman ar ei frawd. 'Dwi'n gwbod be ti'n trio'i neud, 'sti, Osh. Dwi ddim yn wirion.'

'A be'n union ydi hynny, 'ta, Môrs?'

Gŵyr Liam fod Osh yn brifo'n ogystal ag yntau wrth orfod ei wylio'n delio hefo angst ei ddifôrs. Uffar o beth ydi o, gweld rhywun ti'n ei garu'n mynd drwy'r felin, a gwybod nad oes yna ddim byd y medri di ei wneud go iawn heblaw gwneud te, ei wylio fo'n oeri drachefn, a theimlo'n iwsles. Mor iwsles fel dy fod ti'n agor sics-pac, neu'n agor potel o rwbath, er dy fod ti'n ofni (neu'n gwybod i sicrwydd, yn ei achos o'i hun) y gall hynny wneud pethau'n waeth yn lle'n well. Felly roedd yntau wrth drio helpu Osh drwy'i dor-calon ar gownt Siw, ac wedyn y Fiona honno. Isio'i halio fo'n llythrennol o ganol ei boen, fatha taflu rhaff i rywun sy'n sownd mewn traeth sincio. A dyna mae Osh yn ei wneud rŵan: taflu rhaffau. Rhoi pethau eraill iddo feddwl amdanyn nhw. Wedi'r cwbwl, does yna ddim byd yn rhwystro Osh ei hun rhag cysylltu hefo Elwyn, nac oes? Yr un un ydi Huw â'i glocsia, 'de? A Sioned Preis, mewn gwirionedd, nid y fo, sy'n arwain yr ymchwiliad ar Arawn Llynon. Onid ydi o wedi dysgu rhannu'r baich bellach?

'Mi rwyt ti'n dallt, yn dwyt, Osh, y medrwn i ista'n ôl a pheidio busnesu dim hefo cês y Llynons?'

'Wel, medrat, ond fasa hynny ddim yn hwyl chwaith, naf'sa?'

Teimla Liam, fel y teimlodd ar sawl achlysur yn ei fywyd, fod trio dadlau yn erbyn rhesymeg ei frawd, er mor annhebygol ydi hwnnw ambell waith, fatha codi ambarél hefo twll ynddi.

'Iawn, 'ta. Argyhoedda fi. Pam wyt ti'n meddwl bod testio'r llwch 'ma mor bwysig?'

'O achos nad ydw i ddim yn credu mai llwch anifail ydi o.'

'Be ti'n ei falu?'

'Mi roedd yna jar o dan y sinc, wrn, tebyg i'r un gafodd Rich i ddod â llwch y ci adra ynddo fo. Ac enw merlen y ferch arno fo. Lloergan. Mae yna lun ar y wal yn y stafall fyw o Ffion ar gefn y Lloergan 'ma pan oedd hi'n fengach.'

'Reit. A dwi'n cymryd bod y ferlen wedi marw bellach, ac wedi cael ei chremêtio yn yr un amlosgfa anifeiliaid â chi Rich T? Felly dyna fo. Llwch honno ydi hwnna. Be ydi dy broblam di?'

'Wel, dim ond fy mod i wedi cogio dangos diddordeb yn y llun ar ôl gweld wrn Lloergan yn y cwpwrdd ...'

'... a bachu'i gweddillion hi ...'

'... ac mi ddudodd Gwenith fod y ferlen wedi'i chladdu ers blynyddoedd. Neu'r llwch wedi'i gladdu, ma' siŵr, 'de? Neu fel arall, mi fasa angen digar i agor twll i gladdu corff anifail mawr fel'na, basa? O, a chyda llaw, un o fusnesau Ted Gruffydd, brawd Gwenith, ydi'r amlosgfa anifeiliaid. Handi, 'de? Os ydi'r popty yn fanno'n ddigon mawr i gymryd corff ceffyl ...'

Gwnaeth Liam y naid yn ei feddwl heb i'w frawd orfod goleuo dim arno. Ond mae damcaniaeth mor ffrwydrol â hon yn ddigon i roi strej ar ddychymyg unrhyw un, hyd yn oed un sydd mewn ofyrdreif fel un Osh.

'Ti ddim yn deud wrtha i fod Gwenith Llynon wedi mwrdro'i gŵr, a chael ei brawd i'w gremêtio fo, nac wyt? Ac wedyn gofyn i ti ac Anji chwilio amdano fo er mwyn gyrru pawb oddi ar ei thrywydd?'

'Bosib, dydi?'

'Yndi, mewn nofel dditectif, neu ddrama deledu lle maen nhw'n cael fforensics yn eu holau o fewn yr awr. Ti'n sylweddoli pa mor ffar-ffetshd ydi hyn i gyd?'

'O? Fatha dyn sy'n ffugio'i farwolaeth ei hun drwy gogio diflannu mewn canŵ, wedyn ei heglu hi i Banama hefo'r pres insiwrans, ia? Fasa rwbath felly ddim yn ffar-ffetshd o gwbwl, naf'sa?'

''Mond deud dwi bod dy ddamcaniaeth di chydig yn anghyflawn, dyna i gyd. Wyt ti wedi ystyried eu cymhelliad nhw? Does yna ddim llofruddiaeth heb fotuf.'

'Y cwbwl dwi'n ei ystyried ar hyn o bryd ydi nad llwch merlen fynydd sydd yn y bag 'na. A bod yn rhaid profi hynny cyn i Gwenith Llynon ddarganfod ei fod o ar goll. Os mai Arawn Llynon ydi o, mi fetia i – os oedd hi mor cîn â hynny i gael gwared arno fo – y bydd hi'r un mor cîn i gael gwared â'r dystiolaeth.'

'A sut, medda chdi, ddaru hi'i ladd o, 'ta? Twelf-bôr? Gwenwyn? Twca rhwng ei 'senna fo?'

'Wel, beth bynnag oedd o, mi fasa'i losgi o'n cuddio olion hynny i gyd.'

Ar ei waetha, dechreua Liam bendroni ynglŷn â chymhellion Gwenith Llynon i ladd ei gŵr. Cofia sut y cyfeiriodd hi ato. 'Doedd', nid 'dydi'. *Doedd fy ngŵr i ddim yn un hawdd byw hefo fo.* Pam hynny, tybed? Wnaeth hi ddim ymhelaethu. Cofia'r olwg euog ar ei hwyneb hi, fel petai hi'n ofni'i bod hi wedi datgelu gormod, er na wyddai hi, wrth gwrs, mai copar oedd o. Oedd ei gŵr hi'n ei cham-drin, felly? Yn ei rheoli? Doedd hi ddim yn ymddangos fel merch hawdd i'w rheoli, ond dyna'r holl bwynt, mae'n debyg. Dydi pobol ddim bob amser yn cyd-fynd â stereoteipiau. Ddylai cyfrwystra'r natur ddynol wrth guddio dioddefaint yn ogystal â chamweddau mo'i synnu bellach chwaith, meddylia, ac yntau yn y job mae o ynddi.

'A be tasen ni'n deud – dim ond am eiliad, cofia – mai chdi sy'n iawn. Wneith tystiolaeth wedi'i dwyn heb warant i chwilio amdani yn y lle cynta ddim sefyll. Ti'n dallt hynny cystal â neb.'

'Be am i ni gael ei destio fo'n gynta i weld be ydi o? Wedyn mi ro' i o yn ei ôl lle cefais i o, a mi gei ditha rocio i fyny hefo warant wedyn, cei?'

'Fedra i ddim jyst tynnu un o'r drôr, na fedra? Ma' rhaid i mi gael rheswm dilys i ddechra.'

'Jyst gad i ni ofyn i Elwyn destio hwn, ia, Liam?'

'Yn Llundain mae o, cofia, nid Llannerch-y-medd. A hyd yn oed tasat ti'n ei yrru o hefo troad y post, a bod Elwyn yn cael sens o fewn awr, mi gymrith dridia i ti'i gael o yn ei ôl.' Ond er ei holl ddarbwyllo a hel esgusion, teimla Liam ei hun yn cael ei dynnu i mewn i frwdfrydedd ei frawd bach unwaith yn rhagor.

'Pwy soniodd am bostio?'

Cyn i Liam gael cyfle i holi ymhellach, neidia Osh i'w draed gan edrych ar ei ffôn.

'Shit, sori, mêt. Newydd gofio fy mod i wedi addo picio draw at Rich cyn mynd adra, yli. Siarad wedyn, ia?'

Ac mae o'n gadael Liam yn galw ar ei ôl:

'Hei! Wnest ti'm gorffan deud be oedd stori ysbryd Llion Chips ...'

Ond mae'r drws eisoes wedi cau'n glep.

OSH

Mae'r daith i gartra Rich T yn llwybr caregog i entrychion sy'n amddifad o bobol; unigedd mynyddig ydi o, dim byd ond twrw gwynt a chachu defaid. Mae hyd yn oed sŵn ei foto-beic yn cael ei lyncu yno gan yr Anweledig sy'n llawer mwy na fo'i hun. Ond mi fedar Osh ddeall atyniad y lle, yn enwedig i greadur fel Rich.

'Oes 'na jans am banad yma?'

Mae hyd yn oed Osh yn cael ei orfodi i blygu'i ben cyn mynd i mewn trwy'r drws isel, heb sôn am greadur cyn daled â Rich T. Ond mae hynny'n teimlo'n iawn, rywsut, fel tasa hynafiaeth y bwthyn yn mynnu bod pawb sy'n camu dros y rhiniog yn talu gwrogaeth i'r ffaith ei fod o'n dal i sefyll ers cyhyd. Mae'r tu mewn i'r hen le'n agoriad llygad, yn enwedig i'r sawl a fyddai'n disgwyl gweld blerwch dyn sy'n byw ar ei ben ei hun, a hynny hefyd mewn man sydd wedi bod yn ddigon anghysbell i dorri calon sawl darpar ymwelydd cyn hyn.

Ar wahân i risiau ystol yn arwain i'r siambar uchod, un stafell ydi'r bwthyn, gyda llawr newydd o goed golau, o waith llaw Rich ei hun. Mae hwnnw'n gwrthgyferbynnu'n rhadlon hefo hen garreg yr ogof o aelwyd; mae honno'n cartrefu stof nobl, a phentwr o goed tân wedi eu torri'n boenus o gymesur. Y stof nwy sydd ar waith, fodd bynnag, yn y rhan o'r stafell lle mae'r cypyrddau cegin, ac arni grochan o sosban yn berwi.

'Be sgin ti yn honna? Adenydd stlumod a llgada llyffantod?'

'Penffustia defaid,' medda Rich yn llyfn.

Dydi Osh ddim yn holi.

'Dwi wedi gneud rwbath braidd yn fyrbwyll, Rich.'

Dydi'r dyn mawr ddim hyd yn oed yn codi'i aeliau, dim ond yn gwneud arwydd i Osh gymryd y gadair gyfforddus hefo'r gorchudd croen dafad drosti, a chymryd ei le'i hun ar y setl gyferbyn. Mae Osh yn adrodd stori dwyn y llwch, gan estyn y pecyn o'i boced am effaith. Os oedd o'n disgwyl ymateb gwahanol i un Liam, dydi o ddim yn cael ei siomi.

'Fedri di ddim tsiansio gadael yr wrn yn wag, Osh.'

Ac mae Rich yn codi drachefn, ac yn palfalu yn nrôr y bwrdd derw y mae Dwynwen yn chwyrnu cysgu oddi tano, ar fat arall o groen dafad nad ydi o'n edrych cweit cyn laned â'r un sydd ar gefn cadair Osh. Caiff hyd i bacad mawr o sgriws, a'u gwagio o'u cwdyn plastig cyn dychwelyd at garreg yr aelwyd, a chodi caead y bwced ludw.

'Chei di ddim byd glanach i'w llosgi,' medda fo, gan godi sgopiad o'r lludw i'r cwdyn gwag, 'na choed conwydd sychach na gwddw camal.'

'Nais-won, Rich. Mi chwilia i am rwbath i styffylu ceg y pecyn ...'

Dychwela Rich at y drôr ac estyn un. Ma' siŵr fod gynno fo gwningan wen yn fanna hefyd, meddylia Osh. Taswn i'n gofyn.

'Yr unig broblem sydd gin ti rŵan,' medda Rich, yn datgan yr hyn sy'n wynias o amlwg i'r ddau ohonyn nhw, 'ydi sut ddiawl wyt ti am roi hwn yn ei ôl o dan sinc Gwenith Llynon cyn i neb sylwi.'

Weithia, mae yna betha'n digwydd mewn bywyd go iawn sy'n fwy annisgwyl ac anhygoel na dim byd gei di mewn ffilm na ffuglen, meddylia Osh, wrth i ddrws y bwthyn agor heb na rhybudd na chnoc. Fasa hi ddim wedi bod yn syndod iddo tasa fo'n gweld bod y boi'n gwisgo cêp. Dydi Dwynwen ddim yn troi blewyn, dim ond agor un llygad, a'i chau hi drachefn.

'Blydi hel, Mono! Be ti'n da yma?'

'Esu, Rich, be sgin ti'n berwi, dwa?' medda Mono.

'Paid â gofyn,' medda Osh, yn rhyfeddu sut mae bwthyn mwy diarffordd nag un Nanw Siôn yn stori Kate Roberts yn bygwth dechra prysuro'n gynt na stesion Gaer ar wicénd.

'Ma' dy lwy di'n barod, Mono,' medda Rich.

'Ei lwy o?'

'Llwy garu ma' Rich newydd orffen ei cherfio i mi,' medda Mono'n fodlon.

Un arall o ddoniau cudd Rich yn dod i'r fei. Mae Osh yn imprésd.

'Arglwydd, wyddwn i ddim, hogia. Llongyfarchiada mawr i chi!'

'Ar gyfer Nola,' medda Mono. 'Ma' hi'n cael ei phen blwydd ddiwadd yr wsos.'

Mae rhyw olwg ar Mono fel petai o'n ystyried ei herio'n ôl, meddylia Osh, ychwanegu'i fod o'n 'ddiawl gwirion' neu rywbeth cyffelyb, ond mae o'n amau nad ydi'r hogyn byth cweit yn gwybod pa mor bell y medar o'i gwthio hi hefo fo. Nid yn yr un modd ag y mae Rich a Liam yn ei herio fo. Mono ydi'r prentis o hyd, yn dangos rhyw lun ar barchedig ofn. Does dim rhaid iddo fod felly. Penderfyna Osh drio cyfleu iddo'i bod hi'n ocê iddo gymryd dipyn mwy o hyfdra weithia. Fel arall, mae Mono'n dechra gwneud iddo deimlo'n hen. Mae hi'n amlwg hefyd faint o drafferth mae o'n ei gael i ollwng y 'Miss Kiely' hefo Anj.

'Hon ydi'r un, felly, Mons?'

'Wn i'm. Ella. Mae hi'n dechra dangos yn barod mai hi ydi'r bòs, beth bynnag.'

'Red-fflag,' medda Osh.

'Pam dach chi'n meddwl 'mod i'n byw ar fy mhen fy hun ar ochor mynydd hefo ci'n gwmni?' Gwna Rich geg-twll-din-iâr a thynnu anadl hir i mewn, fatha chwiban yn mynd yn groes. 'Be mae hi isio i ti neud iddi'r tro yma?'

'Ei danfon hi i dŷ Ffion, ei chneithar. Merch Gwenith ac Arawn Llynon, 'de?' Ac mae o'n cymryd saib ar gyfer yr effaith ddisgwyliedig. 'Ei mam hi'n mynd i ffwrdd dros nos, ac mae Ffion yn ormod o fabi i aros adra ar ei phen ei hun, mae'n amlwg.'

Mae Osh yn moeli'i glustia.

'O, dwyt ti ddim yn cael yr un croeso, felly, heblaw bod yn siôffyr?'

'O, mi ga' i am yr awran gynta, ma' siŵr. Chwarae rôl y bytlar fydda i wedyn am dipyn, yn gweiddi am eu hordors nhw o'r gegin.' Ond â rhyw olwg hunanfodlon mae o'n dweud hyn, fel petai o wrth ei fodd fod Nola'n dangos ei pherchnogaeth arno.

Mi ddysgith, meddylia Osh, tra'n llwyddo i ddal llygad Rich T ar yr un pryd. Mae'n amlwg iddo'u bod nhw ill dau newydd rannu gwreichionen o delepathi.

'A chdi fydd ar dy ben dy hun yn y gegin tra bydd y ddwy'n coluro'u gwyneba a hel clecs, debyg?'

'Siŵr o fod.'

Ofna Osh erbyn hyn fod Mono'n dechra meddwl fod ei ddiddordeb mewn petha sy'n mynd â bryd genod ifanc fymryn yn od. Mae o'n pydru ymlaen, serch hynny.

'Wrth ben y sinc fyddi di felly?'

'Wel, ma'r sinc yn y gegin, dydi?' Edrycha Mono braidd yn nerfus rŵan, yn sylweddoli, wrth weld yr olwg sy'n ffluwchio rhwng Osh a Rich, fod rhywbeth ar droed.

'Rho fo allan o'i boen, Osh,' medda Rich, yn lapio'r llwy garu mewn tamaid o bapur llwyd hefo tynerwch anghyffredin.

Ac yntau'n boenus o ymwybodol bellach o gysylltiad eitha sensitif Mono â theulu'r Llynons, mae Osh yn adrodd hanes nabio'r llwch. Mae o'n bwriadu rhoi Mono mewn sefyllfa ddigon cas fel ag y mae hi, heb ei gyfaddawdu ymhellach. Ac eto, fedar o ddim dweud clwydda wrtho fo chwaith.

'Ti'n gwbod amdana i, Mono. Wn i ddim be ddaeth dros 'y mhen i. Hen fyrrath gwirion. Ond ma' gin i fy amheuon. Dwi isio gweld fedra i destio'r llwch am DNA. Wn i. Paid â gofyn. Ond yn y cyfamser, does fiw i Gwenith sylwi bod y gweddillion gwreiddiol ar goll.' Ac estynna'r pecyn o ludw'r coed conwydd i Mono, gan obeithio'i fod o'n edrych fel petai o'n cywilyddio rhyw fymryn bach. 'Dwi'm isio i ti deimlo dy fod ti'n bradychu Nola mewn unrhyw ffordd, ond ...'

'Ond ti isio i mi neud y switsh? Sodro hwn yn y jar?'

'Wrn.'

'Worefyr. A dydi'r llwch yn ddim byd i neud hefo Nola, eniwe.' Mae Mono'n dal ei law allan â'i wên yn gam. 'Ty'd â fo yma.'

Mae Osh yn boenus o ymwybodol mai fo ydi'i arwr o bellach, y boi gadwodd o allan o jêl llynedd pan oedd pawb arall yn barod i'w roi dan glo a thaflu'r goriad o achos bod mynd i wraidd y gwir yn ormod o drafferth. A gŵyr hefyd, petai o'n mynnu, y basa Mono'n bradychu'i nain er mwyn ei helpu. Dydi o ddim yn ymfalchïo yn y ffaith ei fod o newydd gymryd mantais o'r teyrngarwch hwn, ond pan fo dyn y tu cleta i'r clawdd, dydi bod yn sentimental ddim yn dod iddi. Beth bynnag, cysura'i hun, mae Mono wrth ei fodd yn cael ei gynnwys yn y gwaith datrys dirgelion 'ma. Cyn iddo gael ei fusnes PI ar ei draed, dylai hed-hyntio Mono'n ogystal, ond mae arno angen ateb Angharad ...

'A rŵan bod Mono'n mynd i achub dy din di, be wyt ti'n mynd i'w roi iddo fo?' medda Rich yn gyfrwys, yn amlwg yn falch bod Osh wedi penderfynu dweud y gwir am y llwch cogio yn y bag. 'Heblaw am roi benthyg y gôt oel 'na sgin ti amdanat iddo fo. Mi fydd o angen rwbath hefo pocedi potsiar ynddi i guddio'r blydi bag 'na.'

Mae Rich T yn llygad ei le, ystyria Osh, yr hipi hollwybodus iddo. Mae hi'n bwysig fod Mono'n teimlo'i fod o'n cael ei werthfawrogi, ond nid trwy brynu peint iddo'r tro hwn. Haedda ryw friwsionyn ychwanegol, ac yntau wedi bod mor barod i helpu, heb unwaith gwestiynu doethineb gweithred mor styrblyd o doji.

'Ocê, 'ta,' medda Osh, yn cymryd ei le drachefn yn y gadair-groen-dafad. 'Sut basa stori ysbryd yn siwtio, un ag Arawn Llynon reit yn ei chanol hi?'

DCI LIAM O'SHEA

Dydi cyfleu negyddiaeth Elwyn Llgodan i Osh ddim yn hawdd, yn enwedig dros y ffôn.

'Be mae o'n ei feddwl "agos i amhosib"? Dim ond am nad oes gynno fo ddim mynadd gneud cymwynas i rywun ...'

Tybia Liam, yn ddistaw bach, fod yna ychydig mwy i rwystredigaeth ei frawd nag amharodrwydd Elwyn i wastraffu amser gwerthfawr yn chwilio am DNA dynol mewn pecyn o weddillion anifail. Roedd y diawl bach wedi meddwl rhannu noson mewn gwesty crand yn Llundain hefo Anji Kiely, a rŵan mae hyd yn oed y plania hynny wedi troi'n – wel, llwch.

'Gwranda, Osh. Yn ôl Elwyn, mae angen gwres sy'n agos at radd o bedair mil ar ddeg Fahrenheit i losgi corff. Mae hynny'n ddigon i ladd unrhyw arlliw o dystiolaeth DNA os nad wyt ti'n uffernol o lwcus. A hyd yn oed tasa fo'n cael hyd i rwbath ...'

'O? Mae "tasa" ynddi hi rŵan, felly ...'

'Tasa fo'n ffendio rwbath, sgin ti'm DNA i'w gymharu hefo fo, nac oes?'

Saib hir ar ochor Osh o'r ffôn. Penderfyna Liam drugarhau rhywfaint wrtho.

'Yli, fedri di ddim rhoi Mono ar waith i ddwyn

blewyn neu ddau o frwsh gwallt Ffion Llynon tra bydd o draw yno? Neu fachu'i brwsh dannedd hi neu rwbath? Fydd hynny'n pîs-o-*piss* o'i gymharu â smyglo hanner tunnell o weddillion ceffyl – sori, o gynnwys bwced ludw Rich T – yn ôl i'r jwg 'na.'

'Wrn ydi'r ffycin peth.'

Does fiw i Liam chwerthin rŵan neu mi bwdith Osh yn racs. Mae o wedi llwyddo'n rhyfeddol i gadw'i regi dan reolaeth yn ddiweddar 'ma – llai o strès am fod petha'n dechra gweithio allan hefo Anji o'r diwedd, siŵr o fod – ond unwaith mae o'n hitio wal hefo rhywbeth mae'i rwystredigaeth o'n codi'n bigau fatha gwrychyn cath wyllt. Bai ar bawb a phopeth ond arno fo'i hun.

'Wel, mae yna lai o frys yn mynd i fod rŵan, o leia, os llwyddith Dybl O Chwech a Hanner ar ei yndar-cyfar-mision i sybstitiwtio'r llwch.'

Dydi Osh ddim yn mynd i gael cyfle i feddwl am gỳm-bac deifiol o achos yr eiliad honno daw galwad ar eu traws na fedar Liam mo'i hanwybyddu.

'Bòs? Ma' isio i chi ddwad rŵan. Fflat Mei Wyn.' Mae Sioned Preis yn saethu'r cyfeiriad i lawr y ffôn hefo brwdfrydedd sy'n bygwth codi diffyg treuliad arno fo. 'Boi DPD wedi cael hyd iddo fo'n farw yn ei wely.'

Mae yna 'cîn' ac mae yna 'obsésd', meddylia Liam. Ia, bechod calon dros Mei Wyn, ond ni waeth ar faint o frys yr eith neb yno rŵan, mi fydd hi'n rhy hwyr i'r creadur diawl bellach.

Dydi Liam ddim wedi yfed ers y noson y gwagiodd ei fodca i'r lôn â'r awyr ei hun yn gwrido wrth sbio arno fo. Ella'i fod o'n teimlo'n iachach yn gorfforol, ond dydi'i ben o ddim llawer cliriach, a dydi'r cnonyn yn ei stumog o ddim ond yn tawelu am bwcs cyn ailgychwyn, er mwyn gwneud yn berffaith blydi siŵr na cheith o ddim blas ar fwyd. Mae'i wyneb o'n teneuo a'i ddillad o'n llacio amdano, ond o leia dydi o ddim yn rhy pisd bellach i fedru dal i fyny hefo Sioned. Mae o'n ffonio Osh yn ôl i egluro pam ei fod o wedi dod â'u sgwrs i ben mor swta. Dydi o ddim isio pechu hwnnw eto drwy'i gadw fo hyd braich fel o'r blaen. Eglura'n sydyn am farwolaeth Mei Wyn.

'Fedra i ddim gadael i ti ddod i fusnesu tra bydd ein hogia ni o gwmpas ond mi ro i ganiad i ti wedyn ar ôl i Sioned a'r lleill fynd. Jyst arhosa tu allan nes bydda i'n deud, er mwyn i ti gal menig a bagia dros dy sgidia.'

Gŵyr Liam y bydd hyn yn rhoi rhywbeth arall i Osh feddwl amdano wedi'r siom ynglŷn â'i drip arfaethedig i Lundain ac ymateb Elwyn Llgodan i bosibiliadau profi'r llwch. Erbyn iddo gyrraedd y cyfeiriad a gafodd gan Sioned, mae'r paramedics newydd adael, ac mae Dafydd Dau Flewyn ddifynadd, ddieiriau, yr unig SOCO oedd ar gôl, yn dechra tin-droi a sbio ar ei watsh.

'Iawn, Daf? Be 'di'r fyrdict?'

'Amlwg, dydi?' Mae goriadau'r car yn ei law o'n barod.

'Edrach yn debyg mai gorddosio wnaeth o, Bòs,' medda Sioned, yn trio gwneud iawn am ymateb swta'r SOCO. 'Jyst disgwyl i rywun ddod i nôl y corff. Mi fydd angen post-mortem wrth gwrs, i gadarnhau. Mae'r stwff i gyd ar y bwrdd bach yn ymyl y soffa lle cafodd y dyn danfon parseli hyd iddo fo: syrinj, leitar, llwy. Fel mae Dafydd yn deud, mae hi'n reit amlwg be ddigwyddodd.'

Neu'n rhy amlwg, meddylia Liam. Mae'r cyfan i gyd yn gyfleus iawn, rywsut. Yr holl nialwch cyffuriau ar y bwrdd yno'n disgwyl amdanyn nhw fatha'r cliwiau mewn gêm Cluedo. A'r dreifar DPD 'ma wedyn. Be ydi hanas hwnnw?

'Lle mae'r parsal, Sioned?'

'Parsal?'

'Yr un gafodd o gan DPD, 'de?' Jîsys.

'O, ia, doedd yna ddim golwg o ddim byd. Dyna sydd braidd yn od.'

Braidd?

'Oedd y boi yma pan gyrhaeddoch chi?'

'Nac oedd. Y gymdoges i lawr y grisia welodd o. Mi ofynnodd iddi ffonio am ambiwlans.'

'Be? Nid fo'i hun ddaru ffonio?'

'Naci. Brys mawr arno fo, medda hi. Ar y cloc. Methu aros.'

Nac oedd, m'wn. Debyg ar y diawl i'r surbwch SOCO 'ma â'i gôm-ofyr, meddylia, wrth glywed hwnnw'n rhoi clep i'r drws ar ei ôl. Mae pwysau gwaith yn drwm arnyn nhw i gyd, ond dydi hynny ddim yn esgus yn achos Dafydd Arwyn: manyrs bwch gafr fuo ganddo fo erioed. Try Liam at Sioned.

'Sortia rhywun i gysylltu hefo'r cwmni cariwrs i ofyn pwy oedd ar y rŷn yma, a be oeddan nhw'n ei ddanfon.'

'Wedi gneud, Bòs.'

Haleliwia. Mae o'n mynd drwodd i'r stafell fyw i weld yr hyn welodd Sioned pan gerddodd hithau i mewn. Gorwedda Mei Wyn ar ei hyd ar y soffa gul, ei fraich dde'n hongian dros ei hymyl fel bod ei law'n crafu'r llawr. Mae'r croen tryloyw tu mewn i'w arddwrn yn wyn, ddiamddiffyn, yn dangos ôl pigiad nad ydi o'n edrych fawr gwaeth na jab ar gyfer y ffliw. Dim trac marcs, dim cleisiau. Dim olion o gwbwl fod Mei'n adict.

'Sioned?' medda fo, yn ei chlywed yn dod i mewn i'r stafell â'r ymgymerwyr i'w chanlyn. Long-siot, ond ... 'Ti ddim yn digwydd cofio pa law ddefnyddiodd o i seinio'i ddatganiad cyn i ti'i ryddhau o'r adeg honno ar ôl ei stint yn nhŷ Dilys Murphy?'

'Llaw dde, Bòs.' Mae hi'n ateb heb betruso. 'Achos dwi'n cofio gofyn iddo fo be roedd o wedi'i neud i'w law chwith. Wedi'i bachu hi, medda fo, wrth drio agor un o'r hen ffenestri sash henffasiwn rheiny. Meddwl ei fod o'n helpu, medda fo, wrth eirio rhywfaint ar y lle.' Ac mae hi'n rowlio'i llgada cystal ag ychwanegu: eirio, o ddiawl.

'Felly os oedd Mei Wyn yn llaw dde, mi fasat ti'n meddwl mai'r peth naturiol fasa iddo fo'i defnyddio hi i sticio nodwydd yn ei fraich chwith, basat? Dydi hi ddim fel tasa honno'n rhwydwaith o gleisiau, nac'di, i'w orfodi i iwsio'i law chwith i'w chwistrellu'i hun? Sbia, mae'i freichia fo'n lân. Wan-off oedd hyn. Doedd o ddim yn ddefnyddiwr heroin cyson.'

'Wan-off *ydi* lladd eich hun fel arfer, Bòs.'

'Ond pam gneud y job yn anos trwy ddefnyddio dy law chwithig? Pardyn-ddy-pỳn.'

'Dach chi'n amlwg ddim yn meddwl mai hunanladdiad ydi hwn felly?'

Dydi o ddim yn rhoi ateb ar ei ben.

'Gwranda, Sioned. Ti'n haeddu brêc. Dos di yn d'ôl, ac mi arhosa i nes byddan nhw wedi mynd â fo o'ma.'

Er holl frwdfrydedd a phrofiad Sioned Preis, dydi gorfod gweld a delio hefo corff ddim yn beth braf ar unrhyw gyfri. Mae'r rhyddhad yn amlwg ar ei hwyneb hi, er na fasa hi byth wedi cyfadda hynny. Caiff yntau gyfle i hudo Osh draw ar y slei. Petai o'n onest, mi fydd yn ddiddorol cael ei farn o ar y cyfan.

Mae awyrgylch y lle'n ysgafnu ar ôl i'r ymgymerwyr fynd â'r corff. Os mai ysgafnu ydi'r gair mewn sefyllfa fel hyn. Mae pob ffenest yn gaead, a does fiw iddo agor dim un ohonyn nhw gan fod y fflat rŵan yn cael ei drin fel safle lle cyflawnwyd trosedd. Er bod Mei Wyn yn amlwg yn ddigon bregus yn feddyliol i ystyried hunanladdiad, dydi'r dystiolaeth ddim yn argyhoeddi Liam. Y stwff cyffuriau, y ffordd roedd Mei'n gorwedd ar y soffa a'i fraich allan, cystal â dweud: sbiwch, fama gesh i'r pigiad. Mae'r cyfan yn rhy debyg i lwyfan wedi'i gosod ar gyfer drama.

Edrycha Liam o'i gwmpas. Lle digon blêr a

dilewyrch ydi o, â chornel bella'r stafell yn rhyw fath o gegin lle saif stof drydan, ffrij a sinc yn un rhes ddiddychymyg. Pwy bynnag ydi'r landlord, dydi o ddim wedi mynd i lawer o drafferth o safbwynt ypdet. Mae popeth yma – y dodrefn, y soffa, y carped, a hyd yn oed y paent ar y waliau – yn wahanol fathau o frown tywyll, brown golau a mwstard. Ffiffti Siêds o Shit, meddylia Liam, wrth iddo syllu ar yr olygfa ysbrydoledig allan i'r entri lle saif wîli-bùns y lle cebáb drws nesa. Dim rhyfedd ei bod hi'n well gan Mei sgwatio ym moethusrwydd siabi Goleufryn, hefo'i risia *Gone with the Wind* a'r môr neu'r awyr – neu gyfuniad o'r ddau – yn llenwi pob ffenest.

Mae'r stafell wely'r un mor dipresing, ond yn dwtiach na'r disgwyl, er bod twmpath o ddillad rwsud-rwsud ar yr unig gadair. Sylwa fod y gwely wedi'i gyweirio, ond nid gyda gofal, ac mae olion fod rhywun wedi bod yn gorwedd ar ben y dwfe'n hytrach na mynd oddi tano. Fedar Liam ddim peidio busnesu yn nrôr y cabinet wrth ymyl y gwely; copar ydi o, wedi'r cyfan, ac mae o'n dal i wisgo'i fenig gleision. Caiff hyd i'r nialwch arferol yn y drôr uchaf: crib, newid mân, pacad condoms ar ei hanner, a'r rheiny wedi hen basio'u dyddiad. Croeso i fy myd i, mêt, meddylia.

Y drôr isa sy'n ildio'r wobr – casgliad o amlenni, a'u cynnwys yn amlwg yn ddigon pwysig i Mei guddio'r cyfan yn ofalus rhwng cloriau hen gatalog Argos. Copi o dystysgrif geni Michael (nid Meical) Wyndham sydd yn un ohonyn nhw, yn tystio mai Amy Elisabeth

Wyndham ydi'i fam o, ond gadawyd bwlch amlwg lle dylai enw'i dad o fod. Rhyw damaid o bapur digon trist ydi o, wedi'i blygu'n dri, a'i ymylon wedi dechra cyrlio. Teimla Liam bigyn o dosturi; mae yna fwy i'r job 'ma, meddylia, na jyst edrach yn galad a dal dihirod.

Llythyr sydd yn yr amlen fach las, amlen ag enw Amy arni mewn llawysgrifen gain. Er mai chwalu drwy betha pobol eraill ydi'i waith o, teimla ryw lun o gywilydd wrth ysgwyd y plygiad o'r ddalen frau a dechra darllen:

Anwylaf Amy fach,

Mi fydd y llythyr hwn ymysg yr hyn fydda i'n ei adael i ti ar ôl i mi fynd, ac os rwyt ti'n ei ddarllen rŵan, mae hynny eisoes wedi digwydd. Mae'n ddrwg gen i nad oeddwn i'n ddigon dewr i ddweud y gwir wrthat ti pan oeddwn i yna hefo chdi a'r bychan. Bob tro'r edrychwn ar y ddau ohonoch hefo'ch gilydd, cawn fy atgoffa o'r hyn roeddwn i wedi'i golli. Fel chdi, doedd tad fy mhlentyn innau ddim yno wrth fy ochor. Ond mi driaist ti, Amy. Mi wnest yn llawer gwell na fi. Ildiais i bwysau, a rhoi fy merch fach i'w mabwysiadu. Ac ia, chdi oedd y fechan honno.

Mae'n ddrwg gen i na chest ti'r cartra perffaith hefo'r Wyndhams wedi'r cyfan. Wyddwn i ddim am flynyddoedd maith am farwolaethau dy rieni mabwysiedig – dy dad mewn damwain a dy fam o ganser. Pe gwyddwn, mi fyddwn wedi trio dy

achub di'n gynt. Erbyn i mi ddarganfod pwy oeddet
ti, y fam ifanc fregus a'i mab bychan a ddaeth i
Erchwyn i chwilio am ddechrau newydd, roedd hi'n
rhy hwyr, yn rhy anodd dweud y gwir oherwydd
fy euogrwydd fy hun a'r addewid a wnes i dy dad
na pheryglwn i byth mo'i briodas a'i fywyd teuluol
trwy ddatgelu pwy oedd o. Am yr un rhesymau,
fedra i byth ddatgelu i Meical mai fi ydi'i nain o, nid
ei Anti Dil, ffrind ei fam. Ond mi fedra i drio gwneud
fy ngorau iddo, ac i tithau tra bydda i. Gobeithio
erbyn hyn, a thithau'n darllen hwn, y gwnei di
ddeall pam fy mod i wedi ceisio bod yn rhyw lun o
angel gwarcheidiol i ti ...

Mae llythyr Dilys Murphy'n dilyn yr un trywydd
am baragraff neu ddau eto, yn edifeiriol ac, ar brydiau,
yn orsentimental. Dealladwy. Ond mae'n amlwg ei
bod wedi sgrifennu'r llythyr hwn ymhell cyn i Amy
farw, a heb ei ddiweddaru. Llythyr at Mei ddylai o fod
bellach, yn egluro'r sefyllfa iddo fo, egluro'i fod o'n
ŵyr iddi. Roedd hi naill ai wedi anghofio gwneud, neu
wedi peidio trafferthu am ba bynnag reswm. Ond mae
Dilys wedi cynnwys enw a chyfeiriad ei chyfreithiwr.
Dywed mai yng ngofal hwnnw mae'i hewyllys, gan
ymddiheuro nad oes ganddi lawer i'w adael heblaw
am rywfaint o gynilion banc a chynnwys y tŷ: *nid y fi,
ti'n gweld, sydd pia Goleufryn ...* Gall Liam ddychmygu
faint o sioc i Mei fyddai cael hyd i lythyr fatha hwn,
yn enwedig a chanddo neb arall i rannu'r baich.

Byddai gwybodaeth o'r fath yn anodd i unrhyw un ei phrosesu, ond tafla angst rhywun sy'n byw hefo salwch meddwl i'r mics, ac mae gen ti sefyllfa a all fod yn ffrwydrol. Funudau ynghynt, roedd Liam yn grediniol fod rhywun arall wedi lladd Mei Wyn. Erbyn hyn, dydi o ddim cweit mor siŵr.

Ystyria'i bod hi'n hen bryd iddo roi'r caniad hwnnw'n ôl i Osh; mi fasa'i olwg o ar bethau'n llawer mwy defnyddiol iddo rŵan hyn na damcaniaethu tecstbwc Sioned Preis. Deil i ymbalfalu trwy nialwch y drôr tra'n dal ei ffôn yn ei law chwith er mwyn gallu chwilio am rif Osh ar yr un pryd. Penderfyna nad oes yma fawr o ddim arall o werth wrth roi un sgytwad ola' i'r papurach o dan ei fysedd, a dyna pryd mae o'n cael hyd i'r lluniau. Hen Bolaroids o Meical yn blentyn ar lan y môr. Un llun o'i fam o sydd yna, yn gwenu gormod i'r camera. Mae hi'n amlwg mai Meical ei hun dynnodd hwn: yr haul yn y lle rong, a'i gysgod o'i hun yn dywyll yn y tywod. A hithau wedi codi'i llaw i arbed ei llgada.

Amy.

Ems.

Yn fain a gwelw. Yn union fel mae o'n ei chofio hi. Hefo'r wên-cogio-bod-popeth-yn-iawn honno. Fel y noson y cafodd hyd iddi. Y fo'n blisman ifanc ar y bît a hithau ar ei phen ei hun hefo clais ar ei boch ar ôl i'r tafarnau gau. Aeth â hi adra i fedsit hefo gwely cul fel gwely plentyn â dwfe Mici Mows arno. Rhoddodd ei fraich amdani pan faglodd ar y grisiau, a hanner ei chario. Doedd yna ddim ohoni. Roedd hi fel petai o'n cario deryn.

'Ems dwi,' medda hi, a gwenu fel petai hi'n gefn dydd golau a hithau heb golli'r un o'i sgidia. Nid Amy. 'Pwy wyt ti?'

Cofia hyd heddiw ei ateb coc oen:

'PC O'Shea.'

'Ond ma' gin ti enw arall, does?'

'Ddim pan dwi mewn iwnifform.'

Daliodd ei gwallt tra chwydodd hi i'r sinc, a'i rhoi wedyn i orwedd yn ei dillad o dan ei chwilt anaddas o blentynnaidd. Teimlai'i sgidia plisman yn drwm am ei draed wrth iddo drio gadael y stafell heb wneud sŵn.

Riportiodd o mo'r digwyddiad, dim ond cario'i hwyneb yn ei feddwl, a dychmygu weithiau ei fod o'n cusanu'r clais ar ei boch. Roedd ei harddwch bregus yn gwrthod ei adael, a phan darodd o arni wythnosau'n ddiweddarach, doedd o ddim mewn iwnifform. Mae'r hyn a ddigwyddodd y noson honno'n gwthio'i ffordd i flaen ei ymennydd ac yn dechra morthwylio'i benglog: y ddiod, y dawnsio, y gwely cul hwnnw, a'i flerwch yntau'n peidio cymryd gofal, yn peidio meddwl am ganlyniadau eu rhyw brysiog, byrbwyll.

Mae o'n meddwl rŵan. Yn gneud y maths. Jîsys. Teimla'i galon yn curo yn ei lwnc, yn pwmpio bob yn ail â'r cur yn ei ben wrth iddo drio rheoli'i anadlu. Welodd o mohoni ers y noson honno, a storiwyd y cyfan megis ar hard-dreif hynafol yn ddwfn yn ei frên mewn ffeil o'r enw Ebargofiant. Pa flwyddyn oedd honno? Cŵl-hed, Liam. Anadla. I mewn am bedwar. Dal am bedwar. Allan am bedwar. Mae o'n cyfri. Mae o'n cofio. Yn tsiecio tystysgrif geni Mei Wyn am yr eildro. Na. Mae Mei'n rhy ifanc. Ac mae rhyddhad nid annhebyg i'r teimlad o biso yn ei drowsus yn ffrydio trwy'i gorff. Callia'r diawl gwirion. Ti ddim yn dad i Mei Wyn. Diolcha i Dduw – y Duw-Beibil-Mawr-Y-Plant hwnnw na chredodd o erioed ynddo. Diolcha nad oes potel fodca ar gyfyl y lle. Wrth i'r chwys oeri ar draws ei gefn, clyw decst yn dod drwodd oddi wrth Osh:

Iawn mi ddod fyny wan ta be?

OSH

Mae'i frawd yn edrych yn anniddig.

'Ti'm yn meddwl ei fod o wedi'i ladd ei hun, nac wyt, Liam?'

'Be sy'n gneud i ti feddwl hynny?'

'Chdi, 'de? Y gwynab 'na ti'n ei neud weithia.'

'Sut wynab?'

'Fatha tasat ti 'di rhwmo.'

Mae Osh wedi sylwi fod Liam yn syllu arno'n edrych ar y tâp melyn dros ddrws agored y stafell lle darganfuwyd y corff. Gwena'n fewnol wrth glywed y llith disgwyliedig a ddaw o fewn eiliadau:

'Na chei, chei di ddim cropian o dan y tâp i fynd i fanna i fusnesu.'

'Blydi hel, dwi'n gwisgo dy fenig di, dydw? A fasa dim gwahaniaeth tasa gin i hannar pwys o gachu ci dan fy sgidia hefo'r bagia 'ma am 'y nhraed. Dwi'n teimlo fatha dyn British Gas wedi dod i roi syrfus i'r boilar.'

'Mi gei di sbio yn y llofft os leci di.'

Ond mae Osh ar ei ffordd i fanno'n barod. Dydi Liam ddim yn trafferthu i'w ddilyn am ei fod yn amlwg wedi chwilio a chwalu drwy'r stafell eisoes yn ôl yr olwg yn y drôr agored yn y cabinet wrth ymyl y gwely. Nid cynnwys y drôr, fodd bynnag, sy'n mynd â'i fryd, ond y botel ddŵr hanner gwag sydd wedi cael ei gollwng ar y llawr wrth erchwyn y gwely, a'r plwg yn y wal wrth y cwpwrdd lle gadawyd tjiarjar ffôn.

'Wel? Gest ti hyd i rwbath?'

Mae cysgod Liam yn tywyllu'r drws tu ôl iddo. Deil i edrych yn ddigon llwydaidd o hyd, meddylia Osh, ond mae'n debyg mai dyna'r effaith mae bod mewn stafell hefo corff am sbel yn ei chael ar rywun: am wahanol resymau, ti'n mynd i edrych yr un lliw â'r truan sydd newydd ei phegio hi. Etyb gwestiwn ei frawd â'i gwestiwn ei hun:

'Gafoch chi hyd i'w ffôn o?'

'Naddo. Ma' hynny'n beth rhyfedd ...'

'Wel, dydi pwy bynnag aeth â'i ffôn o ddim wedi cofio mynd â'r tjiarjar, mae'n amlwg.'

Ac ar y gair 'ffôn', mae mobeil Osh ei hun yn canu. Sylwa ar Liam yn codi'i llgada tua'r nenfwd wrth i gytgan 'Yma O Hyd' seinio yn ei boced o. Ond dydi o ddim yn medru gweld y teimlad cynnes tu mewn i Osh wrth iddo sylwi mai Angharad sy'n ei ffonio.

'Dwi yn Llanddeusant,' medda hi, cyn iddo fo ofyn. 'Newydd gael Mônut yng nghaffi Melin Llynon.'

'Be ddiawl ydi Mônut?'

'Dônyt sir Fôn, 'de?'

Tro Osh ydi hi rŵan i rowlio'i llgada. A sylweddoli be arall ddywedodd hi.

'Glywish i chdi'n deud "Llynon". Fel yn Arawn Llynon?'

'Do. Dwi yn ei fro enedigol o, fel mae hi'n digwydd.'

O nabod Anj, gŵyr Osh o brofiad bellach nad dim ond 'digwydd' bod yng nghyffiniau Llanddeusant mae hi heddiw. Cynigia'r saib angenrheidiol er mwyn iddi egluro.

'Dwi'n digwydd sgwennu erthygl i'r papur ar hanes a chwedloniaeth yr ardal – ti *yn* gwbod, wrth gwrs, mai yn ochra Llanddeusant mae Bedd Branwen, yn dwyt?'

'Wel, wrth reswm pawb. Pedair Cainc y Mabinogi ydi fy sbesialist-sybject i.'

'Wyt ti ddim ond am gymryd y *piss*, 'ta be?'

'Sori, caria 'mlaen.'

'Fel rôn i'n deud cyn i ti ddechra malu cachu, dwi'n llunio erthygl ar hanes lleol yr ardal, ac i wneud hynny, mae hi'n ddefnyddiol iawn cael dipyn o gefndir gan arbenigwr yn y maes. I gael dy hanes lleol yn gywir, mae'n syniad cael sgwrs hefo hanesydd lleol. A dwi newydd fod yn ei gyfweld o.'

'Reit ...?'

'Huw Moelwyn Parry.' Saib. A saib hirach o ben Osh i'r ffôn. 'Ti ddim wedi clicio, nac wyt? Er gwaetha'r ffaith dy fod ti'n ymgeisydd perffaith ar gyfer *Mastermind Cymru*'n arbenigo ar y gyfeiriadaeth at Ynys Môn yn Ail Gainc y Mabinogi.'

'Ti'n secsi pan ti'n sarcastig, Kiely.'

'Be dwi'n trio'i ddeud,' medda Angharad, yn anwybyddu'r bantar ac yn llwyddo i'w gael yntau i anghofio'i fod o'n trio fflyrtio hefo hi ar yr un pryd, 'ydi mai brawd Arawn Llynon ydi'r Moelwyn Parry 'ma. Ia, hollol. Neb yn cofio am y creadur hwnnw, nac oedden? Ac yn fwy na hynny, mae o'n efaill iddo fo. Yr un ffunud yn union.'

Mae calon a meddwl Osh yn dechra carlamu ar yr un pryd â'i gilydd.

'Iesu, ella mai Arawn ydi o. A'i fod o'n cuddio yng ngolwg pawb ...'

'Naci. Yr efaill ydi hwn,' medda Angharad, yn rhoi pìn yn y swigan honno'n syth.

'Sut medri di fod mor bendant os ydi'r ddau'r un ffunud?'

'Dannedd melynnaidd, normal sgynno fo, nid rhai sy'n matsio gwyn ei llgada fo. A ma' gin hwn batsh moel. Ma' Llynon ei hun wedi cael trawsblaniad gwallt yn amlwg. Ond be sy'n bwysig, O'Shea, ydi bod efeilliaid sydd yr un ffunud â'i gilydd yn rhannu'r un DNA yn union. Felly dwi wedi dwyn ei frwsh dannedd o.'

'Ond ma' Mono am drio cael brwsh gwallt Ffion, dydi?' A chymryd bydd modd perswadio blydi Elwyn Llgodan i wneud y profion ar ôl hyn i gyd, meddylia.

'Ydi, wn i. Ond mae hi'n syniad da cael bac-ỳp, cofia.'

Mae hi'n dod â'r alwad i ben cyn iddo gael cyfle i holi mwy. Cyfrwys. Ei gadw ar bigau drain nes gwelith o hi'n nes ymlaen. Neu mae yna wybodaeth nad ydi hi ddim cweit yn barod i'w rhannu hefo fo eto. Caiff y teimlad rhyfedda'i bod hi'n dal rhywbeth yn ôl.

'Ti wedi gweld digon rŵan?'

Swnia Liam yn fwy diamynedd nag arfer. Dydi Osh ddim yn synnu. Does arno yntau ddim isio aros eiliad yn hwy yn ogla clòs y fflat 'ma a'i fwganod. Ond cyn camu allan i ddrachtio awyr iach ac i stripio'r plastig oddi ar ei ddwylo a'i sgidia, try at ei frawd:

'Gan mai Dau Flewyn oedd y SOCO, dwi'n synnu dim na wnaeth o ddim meddwl am fagio'r botel ddŵr sydd ar lawr yn y stafell wely. Ella basa hi'n well i ti neud, 'sti.'

'Pam wyt ti'n rhoi pwys ar honno?'

'Dwi ddim yn meddwl mai potel Mei oedd hi.'

'Be sy'n gneud i ti ddeud hynny?'

'Rhy ddrud. Fasa rhywun ar gyflog-cnau-mwnci Mei Wyn ddim yn gwario'i bres ar boteli dŵr Ffynnon Badrig.'

Nid fel rhywun arall y gwn i amdano fo, meddylia. Ond penderfyna ddilyn esiampl Anji Kiely, a chadw'r ddamcaniaeth honno o dan ei het.

Am y tro.

LLION GLASFOR

Roedd y fforcast wedi addo diwrnod o gawodydd, ac mae'r rheiny wedi bod yn ei stido hi o ddifri ers ben bore. Glaw fatha pricia pys. Dydi o ddim yn foi sy'n gwrando ar ragolygon y tywydd, ond mae heddiw'n wahanol. Mae o'n rhoi clust i bopeth, o gamdreigladau'r gwesteion ar y radio i fanylion tagfeydd traffig ar lonydd na fydd o byth yn debyg o ddreifio arnyn nhw. Sylwa ar bethau y bu mor ddall iddyn nhw cyn hyn: briwsion fatha dandryff ar hyd y tostar; y cylchoedd a adawyd gan ei gwpan ar hyd cownteri'r gegin yn rhythu'n grwn arno fatha llgada tylluan. Mae'i synhwyrau i gyd wedi eu hogi fel rhai anifail yn y gwyllt.

Gwylio. Clustfeinio. Gewynnau'n dynn, yn barod i neidio.

Dyna mae lladd rhywun yn ei wneud i ti.

Dylai deimlo'n euog, ond efallai bod euogrwydd yn dy rwydo di'n nes ymlaen? Dydi o ddim yn gwybod. Chafodd o erioed hart-tw-hart hefo llofrudd. O, mae o wedi gweld digon o lofruddion cogio, ond actorion oedd y rheiny. Mae o wedi recordio'u lleisiau'n bygwth ac yn berwi, wedi codi synau traed yn dilyn truan anffodus trwy'r gwyll. Wedi creu cleciadau gwn.

Doedd yna ddim o'r synau hynny neithiwr. Dim na thrawiad na chlec na sgrech. Roedd y cyfan yn gymharol hawdd, a dweud y gwir. Cogio'i fod o wedi mynd i fflat Mei i gymodi ddaru o. Roedd o wedi mynd â photeli cwrw hefo fo.

'Meddwl basa hi'n syniad rhoi'r drwgdeimlad 'ma tu ôl i ni, Meical.'

'Mei.' Fuo fo erioed yn un hawdd i'w seboni.

'Sgin ti rwbath i agor y poteli 'ma?'

Dyna pryd dechreuodd ei stumog o gorddi. Dibynnai bywyd Mei ar ei ateb i'r cwestiwn hwnnw. Ar ei benderfyniad nesa. Gallasai fod wedi cymryd y poteli a'u hagor ei hun. Gallasai fod wedi dweud: ffwcia hi o'ma. Yr hyn a ddywedodd oedd:

'Y drôr ucha' o dan y sinc.'

Roedd y rhuthr o adrenalin a gafodd Llion o glywed hynny'n ei wneud o'n chwil. Pe bai ymateb Mei'n wahanol, byddai wedi gadael llonydd iddo a throi ar ei sawdl. Roedd rhan ohono wedi hanner gobeithio hynny pe bai o'n onest. Ond Mei ddewisodd ei dynged; Llion a agorodd y poteli cwrw a gollwng y cyffur i'r un y byddai'n ei chynnig iddo. Ar ôl gwylio drama deledu y cafodd o'r syniad. Doedd o ddim hyd yn oed yn siŵr a fyddai'r cynllun yn gweithio, ond eisteddodd Llion yn y gadair gyferbyn, a dechra hel atgofion am eu cyfeillgarwch erstalwm.

'Wn i ddim be ti'n da yma, Hari, nac i be wyt ti'n malu cachu am fod yn fêts. Chdi drodd dy gefn arna i, cofio?'

Roedd Llion wedi amau na fyddai modd rhesymu hefo Mei ynglŷn â dim. Dim ond yn ei fyd bach ei hun roedd hwnnw wedi credu erioed. Ar y cyffur roedd o'n dibynnu, ac yn ofni gyda phob eiliad oedd yn pasio na allai'i drystio fo i wneud ei waith. Ond ymhen munudau, roedd Mei wedi lledorwedd ar y soffa, ei ên yn disgyn ar ei frest a'i anadliadau'n arafu.

Mi fedrai Llion newid ei feddwl rŵan. Jyst mynd, a gadael iddo gysgu. Ond mynnai bygythiad gorffwyll Mei ar ddiwrnod ola'r ffilmio frigo yn ei gof:

'Gad lonydd i Arawn, Hari. Ti'n dallt? Neu difaru wnei di. Fi mae o'n ei garu, nid y chdi.'

Oherwydd fod eu bysedd wedi cyffwrdd yn ddamweiniol wrth i Mei basio'r gwpan goffi i Arawn. Oherwydd fod Arawn wedi gofyn i Mei tsiecio cwlwm ei dei cyn iddo actio golygfa'r llys bryd hynny. Oherwydd fod Arawn wedi awgrymu rhan fel ecstra i Mei yng ngolygfa'r caffi. Mae'r rhestr yn ddiddiwedd. Oni bai fod y cyfan mor affwysol o drist byddai'n chwerthinllyd. Ond doedd Arawn ddim yn chwerthin pan sylweddolodd fod Mei'n casglu'r holl gwpanau coffi roedd o wedi yfed ohonyn nhw. Na'r ffaith bod Mei wedi dwyn ei drênyrs o, ac yn eu gwisgo nhw i ddod i'w waith drannoeth.

'Na, wir, Arawn. Fi pia'r rhain,' medda Mei, yn sbio i fyw ei llgada fo. Yr un seis, yr un mêc, yr un lliw. 'Mae'n rhaid bod gynnon ni'r un chwaeth mewn sgidia.'

Yr un crafiad siâp hanner lleuad ar gefn yr un chwith.

Miri'r trênyrs oedd yr hoelen ola' yn arch Mei Wyn o safbwynt cadw'i swydd fel rynar hefo'r cwmni ffilmio arbennig hwnnw. Roedd y ffaith bod y cynhyrchiad yn dod i ben gydag ymddeoliad Arawn yn gyfle i gael gwared ohono.

Cyd-ddigwyddiad anffodus oedd dewis y fynwent lle roedd mam Mei wedi'i chladdu ar gyfer un o olygfeydd clo'r cynhyrchiad hwnnw. A phenderfyniad annoeth ar ran Arawn – yn enwedig ac yntau'n ymwybodol bellach o grysh Mei arno a'i fod yn ei ddilyn a'i wylio bob cyfle roedd o'n ei gael – oedd mynd am dro ar ei ben ei hun i'r fynwent honno yn ystod yr awr ginio ola' ond un 'i glirio'i ben'.

'Isio llonydd ôn i, Lli. I feddwl am betha. I feddwl amdanon ni. Wyddwn i ddim fy mod i'n sefyll wrth fedd ei fam o. A wyddwn i ddim ei fod o wedi fy nilyn i nes iddo gyfadda hynny wedyn wrthot ti.'

Roedd Mei wedi chwilio'n benodol am Llion drannoeth er mwyn cyfleu'i lawenydd.

'Mi ges i arwydd ddoe,' medda fo, ei llgada fo'n sgleinio bron yn wyn yn ei ben o.

'Be ti'n ei falu, Meical?'

'Arwydd mai hefo fi mae Arawn i fod. A Mei ydi f'enw i, *Hari*.'

'Yr unig arwydd dwi'n ei weld ydi dy fod ti angen gweld doctor.'

'I be faswn i angen gweld doctor pan dwi newydd weld Duw?'

Dyna pryd chwarddodd Mei chwerthiniad mud

yn dangos ei ddannedd i gyd, ac atgoffa Llion o lun
y blaidd yn stori'r Tri Mochyn Bach. Ond dydi lluniau
cartŵn ddim i fod i yrru iasau i lawr dy asgwrn cefn di,
nac'dyn?

'Duw?'

'Mi ddilynais i Arawn i'r fynwent ddoe o achos fy
mod i'n poeni amdano fo. A dyna pryd gwelish i o, 'de?'

'Gweld pwy?'

'Duw! Yn siarad hefo Arawn wrth ymyl bedd
Amy. Bedd fy *mam,* Hari. Amy a Duw'n gytûn, yn
rhoi arwydd i ni – i Arawn a fi – eu bod nhw'n
cymeradwyo'n perthynas ni. Duw hefo'i wallt hir
gwyn a'i farf, dallta.'

'Deud ti. Oedd gynno fo goban wen amdano, oedd?
Ac adenydd?'

'Paid â bod yn ddwl, Hari.' Ac mi edrychodd Mei
arno gyda thosturi. 'Côt gŵyr werdd oedd gynno fo,
'de, hefo coler felfaréd. Dydi o'm yn tynnu sylw ato fo'i
hun, sti, wrth ymddangos i bawb. Ond roedd ganddo
neges sbesial i mi, doedd? Wel, gorchymyn, ma' siŵr,
'de? Deud ei bod hi'n amser i wraig Arawn a dy deulu
ditha gael gwybod y gwir amdanat ti a dy gynllwyn
i'w ddwyn o i chdi dy hun.'

Cofia Llion fod cledrau'i ddwylo'n chwyslyd wrth
wrando ar lith Mei, a bod rhwng ei fysedd o hefyd yn
damp fatha bodiau llyffant.

'Ac mi welais i o wedyn ddoe, ar fy ffordd adra.'

'Pwy? Duw?'

'Wel, ia, siŵr iawn.' Ac ochneidiodd Mei fel petai o'n trio egluro rhywbeth i blentyn bach.

'Be? Est ti'n ôl i'r fynwent?'

'Doedd dim rhaid i mi. Roedd o ar y stryd fawr. Fo ac Amy. Roedd ei hysbryd hi wedi atgyfodi, ac wedi mynd hefo fo. Ac roedd hi a Duw'n parhau eu sgwrs ar y stryd.'

'I le dilynaist ti nhw wedyn 'ta?' Doedd o ddim yn siŵr ai hiwmro Mei roedd o bryd hynny ynteu gwneud hwyl am ei ben – petai o rywfaint haws; doedd coegni ddim yn mynd i'w gyffwrdd o, nac oedd?

'Naci, achos mi ddreifion nhw i ffwrdd wedyn, y hi a Duw, mewn Fiat Panda. Un gwyn.'

I fatsio'i locsyn o, meddyliodd Llion, o achos nad oedd pwynt iddo ddweud hynny'n uchel, dim pwynt i unrhyw gŷm-bac smala. Mi fasa fo fatha un o'r moch bach yn trio cael bantar hefo'r blaidd. Ac roedd hyn i gyd yn llifo'n ôl i'w feddwl wrth iddo wylio'r cwsg yn llacio'r cyhyrau yn wyneb Mei. Roedd yna ran ohono bron â theimlo bechod drosto fo. Nes i ran arall ohono ddeffro a dal i fyny, a'i atgoffa o'r drwg roedd Mei wedi'i achosi iddo. Pan anfonodd Mei lythyr dienw at Vic Chips a'i wraig yn eu hysbysu bod Llion yn hoyw, llwyddodd i wneud mwy na throi tad yn erbyn ei fab; creodd rwyg rhwng y ddau riant yn ogystal. Teimlai Llion ei fod yn sefyll ar erchwyn y dibyn yn barod. Roedd Mei wedi chwalu'i deulu, ond fel pe na bai hynny'n ddigon, diflannodd Arawn. Yr hergwd ola'.

Cofia'r geiriau a oedd ar lŵp yn ei ben y noson

honno wrth iddo lwytho'r syrinj: dy fai di ydi o bod Arawn wedi diflannu ... dy fai di'r basdad ... dy fai di ...

Bu'n ofalus. Gadael y gêr ar y bwrdd. Gwisgo menig. Mynd â'r poteli cwrw o'no. Ac roedd y syniad o ddychwelyd fore trannoeth yn cogio bod yn gariwr parseli'n ysbrydoledig. Aeth drwodd i'r llofft y bore hwnnw i tsiecio. Tu ôl i'r cyrtans. Dan y gwely. Jyst rhag ofn. Rhag ofn beth, ni wyddai, o achos roedd popeth dan reolaeth ganddo'n doedd? Caeodd ei llgada'n dynn wrth fynd heibio drws agored y stafell fyw, rhoi bloedd ar y gymdoges yn y fflat cyfagos, a thynnu pig ei gap dros ei wyneb. Roedd ei ruddiau'n boeth a'i geg yn sych, ond doedd ganddo ddim byd i dorri'i syched. Od. Gallasai daeru bod ganddo botel o ddŵr yn ei boced gynnau. Shit. Yn ei gôt arall roedd honno, mae'n rhaid ...

Mae o'n aros, â'i dost yn ei law, i wrando ar y bwletin tra'n disgwyl i'r glaw arafu. Does yna ddim byd ar y newyddion am gorff dyn lleol yn cael ei ddarganfod mewn fflat. Gall ganiatáu iddo'i hun ymlacio. Wel, am rŵan, o leia. Un dydd ar y tro.

Tasa ots am ddim byd, bellach.

Dim ond ar ôl camu allan trwy'r drws mae o'n sylwi ar yr enfys. Mae hi bron yn gyfan, un droed ar dir sych a'r llall ddim cweit yn nunlla, yn hofran yn niwl y gors gerllaw. Uwch ei ben mae un ŵydd wyllt yn anelu'n ddall i'r un cyfeiriad, a'i chlebar unig yn tystio nad oes ganddi hithau chwaith ddim ar ôl i'w golli.

MONO

Mae gin i lot i feddwl amdano fo, nid yn unig ynglŷn â fy nyfodol i fy hun (ac mi gei di daflu fy mherthynas i a Nola i'r mics yn fanna hefyd os leci di), ond hefyd ynglŷn â phob dim sydd wedi digwydd yn rhibidires yn ystod y dyddia dwytha 'ma. Mi ddudish i, do, fod petha uffernol yn digwydd fesul tri, felly mi gadwa i at hynny am ei bod hi'n haws, ond taswn i'n onest, ti'n colli cownt yng nghanol shitstorm.

Ista yn y garej yn cael panad roedden ni – fi, Osh ac Anji, a Rich T fatha'n meindar answyddogol ni, yn codi bob hyn a hyn i dendiad y peiriant coffi a oedd yn dechra chwythu bygythion o'r offis. Roedd Osh newydd gyhoeddi'r bomshel fod Llion, mab Vic Chips, wedi cael ei dynnu i mewn gan yr heddlu ar amheuaeth o lofruddio Mei Wyn cyn iddo daflu'i gynnig ar y bwrdd: gwahoddiad – am yr eildro, yn ôl pob golwg – i Anji fynd yn bartnars hefo fo yn ei fusnes newydd arfaethedig, sef sefydlu Asiantaeth Ymchwilio (sy'n enw rhy posh ar gwmni dic preifat yn fy marn i, achos fydd neb yn dallt be uffar fydd o). Ond y syrpréis oedd ei fod o isio i minna fynd atyn nhw i weithio hefyd. Fel rydan ni i gyd yn gwbod, dydi Osh ddim yn wirion. Roedd ei amseru o'n blydi perffaith, doedd, yn enwedig rŵan ag Eic yn rhoi'r gorau i'w swydd fel golygydd yr *Herald* (am resymau personol, medda fo wrth bawb, ond mae Anji'n dallt mwy nag y mae hi'n fodlon ei gyfadda, 'de). Heb fynd i hel dail, dydi Anji ddim isio aros yna heb Eic, a dydw inna ddim isio bod yno hebddi hitha. Roedd Anji eisoes wedi dechra cnesu at y syniad, a finna'n gwrthod comitio nes fy mod i'n eitha saff o'r hyn roedd hi'n bwriadu'i neud.

'Ti'n dawel iawn, Mono,' medda Osh wrtha i. 'Dydi fy nghynnig i erioed yn gymaint â hynny o sioc i ti, debyg? Ti wedi helpu lot arnan ni, ac mae yna ddeunydd ymchwilydd preifat ynot ti go iawn. Sbia llwyddiant gest ti'n rhoi'r llwch cogio yn yr wrn, a bachu brwsh gwallt Ffion Llynon ar gyfer sampl DNA.'

'Ynglŷn â'r noson honno,' medda fi, 'mae yna rwbath nad oes gin i ddim dewis ond ei rannu hefo chi. Wyddwn i ddim fy hun tan neithiwr, ond dwi mewn lle cas uffernol ...'

Mi ges i sylw pawb yn syth wedyn; roedd hyd yn oed y peiriant coffi felltith 'na'n dal ei wynt. Roeddwn i'n teimlo'n rêl Jiwdas yn bradychu cyfrinach Nola, ond hi roddodd fi ar y sbot, 'de? Deud bod gynni hi rwbath roedd hi isio'i ymddiried ynof fi a chrefu arna i'n gynta i addo na ddywedwn i ddim gair wrth neb. Wyddwn i ddim i be roeddwn i'n fy nghlymu fy hun, ond chysgish i ddim winc wedyn. Sut fedrwn i? Fasa fiw i mi beidio rhannu gwybodaeth mor ffrwydrol hefo Anji, Osh a Rich. Roedd hi'n no-brênar. Ac mi wyddwn o'r munud hwnnw ym mha drefn roedd fy mlaenoriaethau i. Mae Nola'n bêb, ond mêts ydi mêts. Yn enwedig rhai fatha'r tri yma. Mae'n bur bosib mai dan glo faswn i byth oni bai am Kiely ac O'Shea.

'Cael a chael oedd hi,' medda fi, 'achos mi roish i'r llwch yn ôl jyst mewn pryd.'

'Anghofia am greu'r sysbens,' medda Osh. 'Mewn pryd ar gyfer be?'

'Ei gladdu o.'

Llyncodd Rich ei goffi'n groes a dechra tagu.

'Roedd mam Ffion wedi prynu coeden rosys i'w phlannu dros ei lwch, ac roedd hi'n amser iddyn nhw roi ei thad i orffwys, medda hi.'

'Ffion,' medda Anji, wrthi'i hun yn gymaint ag wrth yr un ohonon ni. 'Y *patio rose* yn y pot tu mewn i'r drws cefn.'

Wedyn mi fuo'r pedwar ohonon ni'n fud am rai eiliadau, fatha tasa'r gwirionedd yn ein hitio ni i gyd ar yr un pryd: roedd Arawn Llynon yn llwch. Dim ond bod hwnnw yn labordy'r Elwyn Llgodan 'ma, ac mai cynnwys bwced ludw Rich T gafodd ei roi o dan y goeden rosys. Er gwaetha'r wybodaeth grisli roeddwn i'n mynd i'w rhannu wedyn, mae'n rhaid i mi gyfadda fy mod i'n eitha mwynhau cael y llwyfan i mi fy hun am unwaith. Ond dydi dawn-deud-stori Osh ddim gen i. Fedrwn i ddim dal.

'Ffion laddodd ei thad,' medda fi, a disgwyl am effaith. Cefais fy siomi braidd. Cododd Osh ei aeliau hefo rhyw wynab-ty'd-laen-wir-Dduw, ac mi darodd y peiriant coffi rwbath tebyg i rech.

'Wrth Nola ddaru hi gyfadda hyn, Mono?' Roedd Anji'n dynerach, yn gweld bod hyn yn anodd i mi.

'Ia. Ond nid y noson pan arhosodd Nola hefo hi.'

'Y noson wnest ti fachu'r brwsh gwallt,' ychwanegodd Rich T, fel taswn i ddim yn cofio fy mradychiad dwbwl.

'Na, y diwrnod wedyn, ar ôl iddi hi a Gwenith gael eu seremoni breifat yng ngwaelod yr ardd, y ffoniodd hi Nola a deud ei bod hi isio iddi'i chyfarfod hi, ei bod hi wedi gneud rwbath ofnadwy.'

A dyma fi'n adrodd yr hanes. Bradychu fy nghariad a landio Ffion Llynon yn y càch. Roedd dementia Arawn wedi gwaethygu, ond heb gyrraedd y pwynt lle nad oedd o'n ymwybodol o'i gyflwr. Gwelodd ei dad ei hun yn dirywio fel nad oedd gan y teulu ddewis ond ei roi mewn cartra, lle bu'n lluchio jygiau dŵr at y gofalwyr un munud, a'r munud nesa'n mynnu mai newydd ddod adra roedd o ar ôl bod yn chwarae ffwtbol. Doedd arno ddim isio hynny iddo fo'i hun.

'Helpa fi, Ffion,' medda fo, 'o achos na neith neb arall. Dim iws i mi ofyn i dy fam. Paid â gadael i mi golli fy urddas.'

Mi eglurais i sut roedd o wedi crefu arni i ddod â'r tabledi a'r wisgi iddo fo, a deud wrthi am ei adael o'i hun. Arhosais i gymryd cegiad o 'nghoffi. Roedd gen i gynulleidfa astud rŵan, ond nid saib er mwyn effaith oedd o; roedd fy ngheg i fatha cesail camel. Es i yn fy mlaen i drio disgrifio panig Ffion pan sylweddolodd be'n union roedd hi wedi'i neud. Wyddai Gwenith ddim be oedd wedi digwydd nes iddi glywed sgrechiadau o stafell wely Arawn.

'Roedd Gwenith yn gwbod y gwir o'r dechra,' medda Anji.

'Ac yn trio taflu'r "llwch"' – saib am effaith ond doedd gan yr un ohonan ni fynadd i werthfawrogi amwysedd geiriol y munud hwnnw – 'i'n llgada ni trwy gogio bod Arawn ar goll,' medda Osh. 'Ond y munud y ces i hyd i'r wrn a'r hyn oedd ynddo fo ...'

'Os oedd Gwenith yn gwbod, roedd Eic yn gwbod,' medda Anji ar ei draws. 'Dyna pam y gwrthododd o fy nhynnu i i mewn i'r briwas. Trio fy amddiffyn i roedd o ...'

'Sut losgon nhw'r corff 'ta?' medda Rich, yn edrach ar Osh fel petai o'n gwbod yn barod.

'Roedd Osh yn llygad ei le o'r dechra,' medda fi, a theimlo rhyw dristwch affwysol wrth feddwl am Nola, a'r rhan chwaraeodd aelodau'i theulu hi yn niflaniad Arawn Llynon. 'Mi ffoniodd Gwenith ei thad, ac mi landiodd Jonas Gruffydd, fel arfer, hefo'r atebion i gyd. Rich, ti'n cofio'r jar lwch gest ti o'r amlosgfa anifeiliaid?'

'Wrn,' medda Osh. 'Roedd o'r un ffunud ag wrn Lloergan y ferlen. Yr un a fenthycwyd wedyn i gadw llwch Arawn.'

'Amlosgfa Ted Gruffydd,' medda Rich. 'Mab Jonas. *Gwasanaeth teimladwy gyda chyffyrddiad personol, o'r anifail anwes lleiaf hyd at y ceffyl mwyaf.*' Roedd y dyfyniad yn gyrru iasau drwydda i. Ac roedden ni i gyd yn gwbod ei fod o'n meddwl am Dewi.

'Ewyrth Nola,' medda finna, yn dwyn eiliad i dosturio'n dawel wrtha i fy hun; byddai'n perthynas ninna'n llwch hefyd ar ôl hyn i gyd.

Dwi'n gwbod mai dim ond mewn ffilms a nofelau mae ffôns pobol yn digwydd canu ar eiliadau tyngedfennol, ond ar fy marw, dyna'n union ddigwyddodd wedyn. Roedd Osh ar fin sweipio i wrthod yr alwad nes iddo weld enw Elwyn Llgodan ar y sgrin. Edrychodd arnon ni i gyd o un i un yn sydyn a rhoi'r ffôn ar sbîcar. Bwletin ffrwydrol arall, ond nad oedd o cweit mor ffrwydrol oherwydd yr hyn roeddwn i newydd ei ddatgelu, a'r hyn roedd Osh wedi'i amau reit o'r dechra:

'Dan ni wedi bod yn uffernol o lwcus,' medda llais Elwyn Llgodan.

A finna'n meddwl yn sobor, wrth ystyried y straen fyddai hyn i gyd yn ei roi ar fy mherthynas i a Nola: lwcus? Nid o le dwi'n sbio rŵan, mêt. Aeth yn ei flaen i fwydro am roi esgyrn trwy ryw fath o flendar ar ôl cael eu llosgi er mwyn eu troi'n llwch.

'Mae'n bosib nad oedd y gwaith malu wedi cael digon o sylw,' medda Elwyn, 'o achos roedd yna ambell damaid – eithriadol o fân – o asgwrn ar ôl. O damaid felly y ces i ddigon o DNA i fatsho'r brwsh dannedd.'

'Y brwsh gwallt ti'n feddwl,' cywira Osh.

'Naci, doedd y brwsh gwallt yn perthyn dim.'

Yr unig un ohonon ni i beidio mynegi syndod o

glywed hyn oedd Anji. Mae yna rwbath nad oedd hi wedi'i ddeud wrth Osh, roedd hynny'n amlwg, ond cyn iddo gael cyfle i ofyn, mi sylwon ni i gyd fod merch bryd tywyll newydd gerdded i mewn i'r garej yn rowlio babi ifanc mewn bygi. Cododd Rich ar ei draed er mwyn mynd at y drws i'w chyfarch, ond roedd hi eisoes wedi cael y blaen arno, yn amlwg wedi meddiannu'r sefyllfa drwy rowlio'r goitsh i ganol y llawr a deud heb unrhyw 'hei' na 'helô':

'Is this where I can find Al O'Shea?'

Mae'r acwstics yn y garej yn bur dda, ac roedd lleisiau'n cario.

'Who's asking?' medda Rich, yn ei rôl fel ceidwad y gaer, â Dwynwen yn dynn ar ei sodlau.

Yn ôl yr olwg ar wyneb Osh, roedd o'n gwbod cyn iddi gyhoeddi'r newydd. O bawb o bobol y byd, dim ond Saesnes fatha hon hefo'i Manceinioneg a'i hyder a fyddai'n galw Aled O'Shea'n 'Al'. Doedd hi naill ai ddim yn ei nabod o gwbwl, neu'n ei nabod yn rhy dda. Ac yna, pan ddudodd hi mai Fiona oedd ei henw, mi roddodd hynny switsh-on i'r bylb tu mewn i 'mhenglog i. Iesu Gwyn, hon oedd y Fiona Langley honno, 'de? Gwraig cyn-fòs Osh pan oedd o'n gweithio i gwmni LangleyTec ym Manceinion. Honno y cafodd o ffling hefo hi, a'r rheswm pennaf – yn ôl Rich – pam y daeth yn ei ôl adra i Gymru i ddechra.

Ond os oedd clywed ei henw hi wedi gneud i fy mrên i gynnau fatha Jac Lantarn, mi ddiffoddodd y golau i gyd yn llgada Anji wrth i Fiona Langley gyflwyno'i phlentyn:

'And this is Rhiannon. Al's daughter.'

Gollyngodd yr 'h', ei hynganiad o enw'r fechan yr un mor ddiarth a chwithig â'r ffordd y cyfeiriai at Osh o hyd fel 'Al'. Roedd y cyfan mor swreal, fel petai hi'n sôn am rywun arall. Ar fy ngwaetha, cefais fy hun yn gneud y maths yn sydyn yn fy mhen. Os mai at hon yr aeth Osh i chwilio am gysur pan adawodd mor ddisymwth y llynedd, byddai'n hollol bosib iddo fod yn dad i fabi mor ifanc.

Roedd galwad ffôn Elwyn Llgodan, ynghyd â'r drafodaeth arfaethedig ynglŷn â brwshys gwallt a brwshys dannedd, wedi mynd yn angof am y tro gydag ymddangosiad annisgwyl Fiona Langley'n lluchio sbanar (un llythrennol, bron iawn, a ninna mewn garej) nid yn unig i'r newyddion am y DNA gawson ni gynnau ond i ganol perthynas Anji ac Osh yn ogystal. A doedd dim angen i mi fod yn gynulleidfa i'r olygfa a fyddai'n dilyn. Roedd Rich T o'r un feddwl, yn amlwg. Gwnaeth ystum-codi'i-aeliau arna i, mi godais inna o fy sedd, ac mi ddiflannon ni'n dau'n gymharol ddiscrît, chwarae teg i ni, at ein gorchwylion gwahanol – Rich yn ei ôl at injan moto-beic a finna allan i ddarllen tecst roeddwn i wedi'i dderbyn ers pum munud go lew, gan Nola:

Wedi benthyg car Nain. Ym maes parcio'r neuadd Bingo. Fedri di bicio yma?

Gwyddwn ei bod yn cael trafferthion hefo'i char ei

hun ers ddoe, gan mai fi aeth â hi i'w gwaith. Roeddwn i'n gyfarwydd â hwnnw, ond nid ag un ei nain, yn amlwg.

Sut gar dio? teipiais inna'n ôl, dim ond er mwyn cael esgus i edrach yn brysur tra oeddwn i'n cerdded allan trwy ddrysau'r garej, ond daeth ateb Nola'n syth bìn fel petai hi'n disgwyl am y tecst:

Fiat Panda gwyn.

JONAS GRUFFYDD

Pechu Nola fach oedd y peth ola' rôn i isio'i neud. Roedd hi o'i cho' na wnes gyfadda fy mod i'n nabod Dilys, ac yn fwy lloerig byth pan ffendiodd hi mai fi oedd yn talu'r bilia. Hanner y gwir gafodd hi gin i yn y diwadd. Wel, doedd fiw i Buddug ddod i wbod fy mod i wedi cychwyn affêr hefo Dilys tra oedd Gwenith fach yn ddim o beth, nac oedd? Nid ag enw'r wraig ar bob blydi dim sydd gin i. Efallai'n bod ni yn ein hwythdega rŵan, ond fasa Buddug ddim yn meddwl ddwywaith cyn mynd am ddifôrs, a 'mlingo i mewn mwy nag un ffordd. A fasa'r hogia ddim yn madda i mi chwaith am dwyllo'u mam ar hyd y blynyddoedd.

Mi ddudish i wrth Nola mai ar ran rhywun arall roeddwn i'n gneud y taliadau dros Dilys; rhyw hen ffrind a fu'n annoeth pan oedd o'n fengach, a rŵan, ac yntau mewn oed, roedd o isio edrach ar ôl ei hen gariad heb i'w wraig ddod i wbod.

'Mae o'n hen, fatha finna,' medda fi wrth Nola, 'ac yn ei gweld hi braidd yn hwyr yn y dydd i fynd i ypsetio'i deulu i gyd. Dwi ddim wedi deud wrth dy nain, cofia. Fasa hitha ddim ond yn cynhyrfu wrth feddwl fy mod i'n gneud cymwynas felly â dyn oedd wedi twyllo'i wraig. Calla dawo, 'de?'

A dyna sut y ces i fy hun allan o drybini hefo Nola. Priodoli fy ffaeleddau i'r ffrind dychmygol roeddwn i'n gweinyddu'r taliadau ar ei ran. Roedd hi'n dal i fod rhyw fymryn yn oeraidd hefo fi, a finna'n dal i drio ffalsio. Roedd yr hen gar hwnnw oedd gynni hi wedi mynd yn beth gwael, a'r cynllun oedd seboni rhyw fymryn arni drwy gynnig car ei nain iddi. Dim ond unwaith ddaru Buddug ista ynddo fo cyn penderfynu'i bod hi am roi'r gorau i ddreifio'n gyfan gwbwl. Fi sydd wedi bod yn ei ddreifio fo ambell waith am ei fod o'n haws i'w barcio ar ochor y stryd pan fyddwn i'n danfon Nola weithia i'r lle gwinadd hwnnw. Doedd waeth iddi'i gael o ddim yn lle'r rhacsyn arall 'na. A finna'n gobeithio basa anrheg hael fel'na'n help i bapuro dros y cracia ym mherthynas fy wyres a finna. Merch ei thad ydi hi, go iawn. Mi fedrai Siôn bwdu dros Gymru hefyd yn ei hoed hi. Cofia di, mae Elgan a Gwenith yn medru bod yn ddigon croendena ar brydia hefyd, fatha'u mam. Ted ydi'r un sy'n tynnu ar fy ôl i.

Dwi wedi deud digon o glwydda yn ystod fy oes i achub fy nghroen fy hun heb feddwl ddwywaith, ond dyna'r unig dro i mi deimlo'n euog ar ôl eu palu nhw. Ches i erioed – y mwya cywilydd i mi – drafferth yn twyllo Buddug, ond roedd deud yr holl gelwydd wrth Nola wedi profi efallai bod gen i rywfaint o gydwybod wedi'r cyfan. Mi ges i'r un pangfeydd o euogrwydd yn taflu'r llwch i llgada Gwenith a Ffion hefyd, ond roeddwn i'n fy nghysuro fy hun fy mod i'n gneud beth bynnag oedd raid i amddiffyn fy nheulu, hyd yn oed os oedd hynny'n golygu gneud iddyn nhw gredu mai Ffion oedd ar fai.

Doedd Gwenith ei hun ddim adra'r noson honno pan ffoniodd Ffion fi yn ei dagrau, wedi panicio'n lân.

'O mai god, mae Dad wedi marw. Dwi wedi'i fwrdro fo, Taid ... Mi fydd raid i mi ffonio'r heddlu'n bydd ...?'

Wn i ddim sut y darbwyllais i hi, ond rywsut mi fedrish i'i pherswadio hi i dawelu dipyn, deud wrthi fy mod i ar fy ffordd draw, ac iddi beidio ffonio neb, dim ond berwi'r teciall a gneud panad erbyn y baswn i'n cyrraedd. Wrth i mi ddreifio draw yno, ystyriais faint o fasdad hunanol oedd Arawn. Feddyliais i ddim: 'O, bechod, y creadur diawl. Mae'n rhaid ei bod hi wedi mynd yn ddu iawn arno iddo fo ofyn am help ei ferch i'w ladd ei hun.' O achos nad oedd 'na fawr o Gymraeg rhwng Arawn Llynon a fi, fyth oddi ar i Buddug sylwi ar y cleisiau ar freichiau Gwenith yn gynnar yn ystod eu priodas.

Aeth Ted a fi allan ar ei ôl o'r noson honno, ei ddal o yn erbyn wal a rhoi blas o'i ffisig ei hun iddo. Chododd o mo'i law at Gwenith wedyn, ond oeri wnaeth petha yn eu priodas nhw. Wn i ddim pam na fasa Gwen wedi gadael y mochyn diawl, ond ma' pobol yn rhy gymhleth i ti fedru'u dallt nhw'n iawn ran amlaf, hyd yn oed dy blant dy hun.

Yn enwedig dy blant dy hun.

Gwenith ddaeth â'r pres i'r briodas, a doedd Arawn ddim isio colli'r ffordd o fyw roedd o wedi dechra arfer â hi, siŵr Dduw, felly bihafiodd. A dwi'n meddwl ei bod hithau'n hoffi'r ciwdos o fod yn wraig i actor enwog, er gwaetha popeth. Ac roedd o'n actio'n wych, er fy mod i'n cyfadda hynny ar hyd fy nhin. Y drwg oedd nad oedd o byth yn llwyddo i roi'r gorau i actio ar ôl i'r cynhyrchiad ddod i ben. Cymrodd arno o flaen y teulu i gyd ein bod ni'n fêts mawr, ond rywsut neu'i gilydd ac yn lled ddiweddar, daeth i wbod y gyfrinach fawr amdana i a Dilys, a bygwth deud wrth Gwenith. Isio dial arna i roedd o am yr hyn wnaeth Ted a fi'r holl flynyddoedd yn ôl, isio i mi chwysu. Mi wnes beth gwirion a chynnig arian er mwyn iddo gadw'n ddistaw. Mistêc; mi chwarddodd yn fy ngwynab i. Er fy mod i'n corddi tu mewn am ddangos gwendid, mi wnes i ymdrech i'w hiwmro fo trwy brynu car i Ffion, Mini Cooper newydd sbon. O'i gymharu â hwnnw, mae'n debyg na chafodd Nola druan fawr o fargen yn Fiat Panda'i nain, ond dyna'r pris (yn llythrennol) am dawelwch Arawn: gadael iddo gogio mai fo dalodd am sleifar o gar i'w ferch. Caeodd hynny'i geg o am ychydig, ac wedyn gwaethygodd ei ddementia. Mewn un ffordd, roedd hynny'n gysur i mi nad oedd o'n cofio petha yn yr un modd, ond ar y llaw arall roedd hi'n dipyn o gambl o achos na wyddai neb, mewn gwirionedd, be fasa fo'n ei ddeud nesa.

Mi fûm i'n pendroni'n hir sut rhoddodd Arawn y cliwiau i gyd at ei gilydd. Sylwi fy mod yn ymweld â'r fynwent yn rheolaidd, mae'n debyg, ac wedyn fy ngweld y diwrnod hwnnw'n rhoi blodau ar fedd Amy. Mi ddechreuais i neud hynny fyth ers i Dilys fynd yn sâl ar ôl ei chodwm, a methu mynd yno'i hun, wrth reswm. Y peth lleia y medrwn ei neud, a finna ddim wedi bod isio gwbod am yr hogan tra oedd hi'n fyw. Cywilydd i 'ngwynab i, yn deud y ffasiwn beth, ond wnes i erioed ganiatáu i mi fy hun ddod i'w nabod hi o gwbwl. Roedd yn ddychryn i mi, rhaid i mi gyfadda, pan welish i lun ohoni. Doedd o'n synnu dim arna i wedyn fod Dilys wedi dechra galw Nola'n Amy; mae'r ddwy'r un ffunud. Mi aeth hynny â fy ngwynt i ryw fymryn, sylweddoli mai tebygrwydd teuluol oedd o. Wedi'r cyfan, roedd Amy'n ferch i mi, yn hanner chwaer i Siôn, tad Nola, yn doedd?

Beth bynnag, roedd Arawn wedi dechra rhoi'r darnau at ei gilydd ers i Meical, hogyn Amy – un arall o'r un gwaed â mi a fu'n ddieithryn llwyr – ddechra gweithio fel rynar hefo'r cwmni ffilmio. Wn i ddim faint o hanes ei fywyd ddudodd Meical wrth Arawn, ond roedd yn ddigon iddo allu dyfalu be oedd fy rhan i yn ei stori pan welodd o, o'r diwedd, fy mod yn tendiad bedd ei fam ers dirywiad iechyd Dilys Murphy. Mae o'n wir be maen nhw'n ei ddeud am gyfrinachau: maen nhw'n medru'u datgelu eu hunain, yn hwyr neu'n hwyrach, yn y ffyrdd rhyfedda. Mi sefodd Arawn ar lan bedd Amy a dechra fy herio i, a dwi'n cofio cerdded oddi wrtho fo'n teimlo'n ddigon styrblyd, yn difaru braidd fy mod i wedi addo lifft adra i Nola o'r stryd achos roedd fy nghalon i'n curo'n gyflymach nag y dylai i rywun dros ei bedwar ugain. Rôn i jyst isio ista'n dawel yn rwla i hel fy ngwynt ata'.

Mi fedri di ddallt felly na fasa 'na ddim wylofain a rhincian dannedd o'm rhan i petai rwbath anffodus yn digwydd i Arawn Llynon. Rhan Ffion yn hynny i gyd oedd yn fy mhoeni i, ond dim digon chwaith, mae'n ddrwg gen i ddeud, i fy atal rhag gneud be wnes i.

Ogla'r wisgi ddaru fy nharo i'n gynta pan gerddais i mewn i'r stafell wely lle gorweddai Arawn. Roedd o wedi llyncu peth diawl o wahanol dabledi, a chan nad oedd o wedi bod yn codi allan ar ei ben ei hun, roedd hi'n amlwg y byddai rhywun wedi gorfod cael gafael arnyn nhw – a'r alcohol – ar ei ran. Mi fyddai post-mortem yn codi'r cwestiynau yma i gyd, mi fyddai'r heddlu'n dod i fusnesa, a'r pwll yn mynd yn futrach. Roedd yna ddigon o gyffuria a wisgi yng ngwaed Arawn i lorio ceffyl. Wel, ia, ceffyl, siŵr Dduw. A dyna roddodd i mi'r syniad. Amlosgfa Ted. Symud y corff mewn trelar, a fasa neb yn meddwl dim tasan nhw'n fy ngweld hefo peth felly, yn enwedig a finna wedi cadw ceffylau ar hyd fy oes.

Mi ffonish i Ted.

Pan wyt ti'n cyrraedd fy oed i, does 'na fawr o ddim byd yn codi ofn arnat ti, ond bu bron i'r hyn ddigwyddodd nesa stopio 'nghalon i'n stond. Wrth i mi syllu ar Arawn, gwelais y symudiad lleia yn ei amranna fo. Doedd o'n ddim byd, bron. Roedd hi'n berffaith bosib fy mod i wedi dychmygu'r peth ond roedd yn rhaid i mi neud yn siŵr. Arglwydd Iôr, medda fi wrtha fy hun, ma' gin yr uffar byls. A dyna pryd y dechreuais i deimlo nad fi fy hun oeddwn i, fy mod i'n sbio arna fi fy hun fel petawn i'n gwylio rhywun arall tra oeddwn i'n cydio yn y gobennydd a'i ddal i lawr dros ei wyneb.

Gorffen y job.

Ond nid dyna'r peth gwaetha.

Y peth gwaetha oedd cadw hynny'n ddistaw, a gadael i fy wyres fy hun gredu'i bod hi'n llofrudd.

A'r ffordd y medrwn i sicrhau na allai neb arall ei chyhuddo o hynny oedd cael gwared o'r dystiolaeth i gyd. Cael gwared o gorff Arawn.

Erbyn i mi fynd yn ôl i'r gegin i chwilio am Ffion, roedd ei mam wedi cyrraedd adra, ac yn amlwg wedi cael yr hanes. Hefo'u gwalltiau golau a'u gwynebau gwelwon, roedd y ddwy'n edrych fel ysbrydion.

'Mi sortia i o, Gwen.' Roedd fy llais fy hun yn teimlo'i fod o'n dod o rwla arall, fel llais yn cael ei daflu mewn ogof. 'Clirio pob dim. Fi a Ted.'

Derbyniodd Gwenith y cyfan yn ddistaw, hoelio fy llgada hefo'i rhai hi.

'Mi fydd yn rhaid i ni feddwl am rwbath,' medda hi. 'I esbonio i bobol pam nad ydi o yma.'

Er bod ymateb Ffion erbyn hyn yn fy anesmwytho – roedd hi'n ddiemosiwn, yn llonydd fel llun – roeddwn i'n falch nad oedd rhaid delio hefo sterics y munud hwnnw.

'Fiw iddi ddechra siarad, Gwen. Un gair yn y lle rong, cofia ...'

Unwaith yn rhagor, atebodd Gwenith hefo'i llgada'n unig. Roedd yna dwrw o'r cae tu ôl i'r tŷ, injan yn refio a giât yn agor. Ymhen munudau, daeth Ted i mewn trwy'r drws cefn heb gnocio.

'Ffor' ddoist ti?' medda fi.

'Ar draws y caeau, siŵr Dduw.' Roedd ogla diod arno fo. 'Y porth ffrynt yn rhy gul, tydi, i'w tsansio hi hefo trelar.'

Er ein bod ni i gyd yn eitha sicr nad dyna'r prif reswm. Roedd hi'n hwyr. Roedd o wedi cael drinc. Ond doeddwn i ddim mewn sefyllfa i feirniadu neb. Dod i'r adwy ddaru o, hyd yn oed os mai trwy'r lonydd cefn oedd hynny. A chymryd rheolaeth lwyr o'r cyfan:

'Gwen, dos â Ffion i watshiad y teli neu rwbath. Dad, cerwch allan i droi'r Landrover fel bod caead y trelar yn gwynebu'r drws cefn. Ac mi a' inna drwadd i fama ...'

Roedd gynno fo rolyn o darpôlin o dan ei gesail. Doedd dim angen gofyn. Mi sortion ni betha'r noson honno, ac mi fasa pob dim wedi bod yn iawn – oni bai am y ddau dditectif preifat 'na, Kiely ac O'Shea. Gwnaeth Gwenith ddiawl o gamgymeriad yn meddwl basa gofyn iddyn nhw chwilio am Arawn yn eu gyrru nhw ar y trywydd anghywir. Ac ar ben hynny, fedrai Ffion ddim cau'i cheg. Roedd yr euogrwydd yn ormod iddi. Mi ddylwn i fod wedi sylweddoli mai cracio fasa hi yn y diwedd. Ac wedyn mi aeth petha'n rhy bell, a Gwenith yn bygwth deud wrth yr heddlu mai hi oedd yr un a helpodd ei gŵr i'w ladd ei hun.

A fedra i ddim gadael i hynny ddigwydd. Dyna pam dwi yma rŵan, tu allan i orsaf yr heddlu, i drio cael y blaen ar Gwenith, ac i drio cadw enw Ted o'r miri; i ddeud mai fi ddaru enjinîrio'r cwbwl fy hun oherwydd y gynnen rhwng Arawn a fi. Ond dwi ddim yn bwrw fy mol wrth rywun-rywun. Strêt i'r top. Dwi ddim yn rhoi cyffes fatha hon i neb llai na'r DCI Liam O'Shea hwnnw'i hun.

Mi ddudith wrtha i fy mod i'n sbio ar flynyddoedd yn y carchar. Ŵyr o ddim nad oes gin i flynyddoedd i'w cynnig iddo fo. Ond y fi'n unig sy'n gwbod hynny. A does gin i ddim blewyn o ofn dim byd bellach.

Nid ers pan gladdon nhw Dil.

ANJI: Y GAIR OLAF

Byddai hi wedi dweud y cyfan wrth Osh. Yn y man. Dweud nad oedd Ffion Llynon yn perthyn gwaed i Arawn. Ond roedd hi'n anodd bradychu Eic. Efallai na fydd dim rhaid iddi ddweud yr un gair rŵan, p'run bynnag. Daw chwa o ddail o nunlla fatha cawod bapur a phupro'r palmant o'i blaen; llaw anweledig hydref-cyn-pryd yn cydio'n bowld ym mhopeth fel mewn cath wrth ei sgrepan, ac ysgwyd.

Teimla fod ymddangosiad annisgwyl Fiona Langley wedi gwneud yr un peth iddi hithau.

Bu Angharad ar fin dweud cymaint, gan gynnwys derbyn cynnig Osh i fynd yn bartnar hefo fo yn ei fenter newydd. Dyna roedd hi'n bwriadu'i dynnu ar dro pan godod Rich yn ddisymwth, a pheri i'w llgada nhw i gyd ei ddilyn i ganol llawr y garej lle safai'r ferch hefo plentyn mewn bygi. Gwyddai'n reddfol pwy oedd hi cyn i neb yngan gair. Roedd yr olwg ar wyneb Osh yn ddigon. Ynteu ai nifer o olygon cymysg oedden nhw, pigiadau pinnau o emosiynau'n cymylu o flaen ei llgada fo fatha chwiws?

Yr un pigiadau a dynnai'r dagrau i llgada Eic y diwrnod y daliod hi o'n clirio'i ddesg yn swyddfa'r *Herald*. Llgada dyn a fyddai'n rhoi unrhyw beth i fod yn dad i'w ferch ei hun oedd y rheiny hefyd. A doedd dim rhaid iddo yntau chwaith yngan gair o eglurhad. Roedd y cyfan yno yn ei wyneb o, a dyna pryd y disgynnodd y darnau i'w lle: Eic oedd tad Ffion Llynon. Pan ddywedodd Mono wrthyn nhw mai Ffion a helpodd Arawn i farw, poen mwya Angharad oedd rhan Eic yn y briwas. Byddai Gwenith yn siŵr o fod wedi ymddiried ynddo, a byddai hynny wedi'i wneud o'n gyfranogwr mewn trosedd. *Accessory after the fact.* Roedd hi wedi'i gwglo fo, a hynny'n gwbwl ddiangen, wrth gwrs. Dim ond gofyn i Osh oedd raid iddi, ac yntau'n gyn-gyfreithiwr. Ond doedd hi ddim yn barod i rannu'i hamheuon. Roedd Eic eisoes wedi'i hamddiffyn hi drwy wrthod cyfadda'r gwir, felly caeodd ei cheg yn glep a disgwyl i bopeth redeg ei gwrs. Erbyn hyn, diolcha mai dyna benderfynodd hi, ac am y tro sydyn ac annisgwyl yng nghynffon popeth: cyffes Jonas Gruffydd. Os oedd hen bry fatha fo'n mynnu cymryd y bai, pwy oedd hi i daeru? Rhuthrwyd hwnnw neithiwr o'r ddalfa i Ysbyty Gwynedd mewn ambiwlans. Strôc, dyna glywodd hi, a fawr o obaith i'r creadur bara'n hir. Mae hi'n fodlon betio, pan fydd hi'n amser iddyn nhw symud Jonas o'r ysbyty, nad i'r jêl fyddan nhw'n ei gludo fo. Roedd o gam ar y blaen hyd at y diwedd un, meddylia, fel pob hen lwynog. Fedar rhan ohoni ddim peidio ag edmygu'i gyfrwystra fo.

Teimla ym mhoced ei thracwisg am y tamaid papur. Presgripsiwn arall i Maud Morris. Roedd Edwyn yn disgwyl amdani eto gynnau, yn ei gorfodi i stopio o flaen y giât yn lle ei bod hi'n cael rhedeg yn syth at ddrws ei thŷ ac i gawod boeth. Dyna pam roedd hi'n dechra teimlo'r iasau'n ei cherdded, y chwys yn oeri hyd ei chorff.

'Fiw i mi aros i sefyllian, Edwyn. Dwi'n dechra teimlo'n anwydog ar ôl rhedeg.'

'Chwysu ac oeri,' medda Edwyn Morris. 'Chewch chi'm byd gwaeth.'

A phasio'r sgript am dabledi dementia Maud dros ben y giât.

Tybed gawson nhwtha'u temtio, fel Arawn Llynon, i chwilio am ffordd allan o'u gwewyr? Mae'n fwy tebygol na fasa'r fath beth yn croesi eu meddyliau – Edwyn hefo'i bennaglinia ciami a'i wasgod gwiltiog, crys tsiec wedi'i fotymu hyd at dwll ei wddw, a Maud yn treulio'i dyddiau mewn coban a chardigan, yn syllu mwy ar y craciau rhwng y cymylau sy'n llenwi ffenest y llofft nag ar sgrin y teledu wrth draed y gwely. Dydyn nhw ddim yn perthyn i'r un byd ag Arawn Llynon a'i debyg.

Oeda Angharad yn hirach nag arfer o dan y gawod, fel petai'n hanner disgwyl i'r llifeiriant chwilboeth olchi'i hymennydd yn lân yn ogystal. Ydi hi wedi gwneud y peth iawn yn gwrthod siarad hefo Osh, yn anwybyddu'i holl negeseuon? Ai bod yn blentynnaidd mae hi 'ta bod yn gall? Dydi hi ddim yn credu am eiliad y bydd o'n dychwelyd i freichiau Fiona Langley, ond dydi hi ddim yn credu chwaith y bydd o'n troi'i gefn ar ei blentyn. Fyddai hi ddim yn disgwyl iddo wneud. Mae teimladau Osh tuag ati mor gryf ag erioed, ond dydi hynny ddim yn ddigon bellach. Mae'r plentyn bach 'ma'n newid pethau. Rhiannon fydd ei flaenoriaeth rŵan, a fedar hi ddim cystadlu hefo hynny, nid â hithau'n ofni bellach ei bod hi braidd yn hen i gael ei phlentyn ei hun. Dydi hi ddim yn siŵr a fuo hi isio bod yn fam erioed, ond does dim dwywaith nad ydi Osh isio bod yn dad. Ac erbyn hyn, mae ganddo blentyn hefo rhywun arall ac mae hynny'n lladdfa.

Yn teimlo'n rhy debyg i genfigen.

Dyna pam na fydd hithau byth yn ddigon iddo fynta.

Yn ddigon da.

Dyna pam y bydd hi'n gadael iddo fod.

A dyna pam bod gyrru heibio'i dŷ o neithiwr, bod pasio heb alw, mor blydi anodd. Doedd dim golwg o gar neb arall, dim ond cysgod tywyll y Ninja wedi'i barcio ar osgo ar y dreif, fatha bwystfil llonydd yn cysgu wrth ben ei draed. Dyheai am Osh, ei lais, ei gyffyrddiad. Roedd o'n brifo. *Dos ato fo, Anj, yr hulpan wirion ...* Ei styfnigrwydd a fynnodd iddi roi'i throed i lawr, gyrru heibio a chrio dagrau poethion yr holl ffordd i sir Fôn.

Mae heddiw'n barhad o'r trymder hwnnw a'i meddiannodd neithiwr, a throi'i chymalau'n dalpiau o glai. Wedi iddi'i llusgo'i hun i'r swyddfa'r bore 'ma, does yna ddim byd yr un fath. Ddim hyd yn oed Mono. Daw ati cyn diwedd y dydd – dydd byr sy'n estyn ato'n barod a'i felan yn rhedeg i bob cornel o'r stafell megis dŵr yn cael ei wasgu o gadach budr – â rhyw olwg ddigon melancolaidd arno fynta. Dydi o ddim yn sôn am Nola rŵan, a dydi hithau ddim yn holi.

'Dwi wedi gneud penderfyniad,' medda fo. Sbio i bobman ond arni hi. Ychwanegu'n gloff: 'Ond dwi'n teimlo'n uffernol ...'

'Mi edrychith Osh ar d'ôl di. Ti'n gwbod hynny.' Mae ganddi lwmp yn ei gwddw.

'Nid dyna rôn i'n ei feddwl. Teimlo'n rêl bradwr dwi, yn eich gadael chi'n fama. Ar ôl popeth dach chi wedi'i neud i mi ...'

'Gwranda, Mono. Does arnat ti affliw o ddim i mi. Mae'n rhaid i ti dorri dy gwys dy hun. Ac mae un peth yn sicr: fydd gweithio i Osh byth yn boring.'

Mae'r ddau'n mentro gwenu'n ddyfrllyd ar ei gilydd, rhyw ymgais wan ar gyfathrebu'n ddieiriau sy'n mynd â nhw i nunlla: Mono'n sâl isio iddi hithau ddod hefyd, ac Angharad yn dyheu'n ofer am iddo gael hyd i'r bôls i ddweud wrthi am gallio a'i hachub oddi wrthi hi'i hun.

Gan mai hi ydi'r bòs dros dro, mae hi'n gyrru pawb adra'n gynnar, yn oedi uwchben desg wag Eic cyn diffodd popeth, ac yn gadael cyn i'r cysgodion na fedar hi mo'u hatal feddiannu'r adeilad yn llwyr. Am unwaith, dydi hi ddim yn barod i fynd adra i dŷ gwag. Drinc, efallai? Mae hi'n gadael ei char ym maes parcio'r *Herald*, ac am un eiliad desbret ystyria'r Swan, y bwrdd crwn yn y gornel. Eu bwrdd nhw. Dim ond eiliad oedd o. Mae'i thraed yn mynd â hi i gyfeiriad Cabana, y bar gwin newydd nid nepell o'r castell y sgwennodd hi amdano i'r *Herald* cyn mynd i gyfweld Gwenith Llynon. Mae hynny'n teimlo mor bell yn ôl rŵan, meddylia, bron fel petai o wedi digwydd i rywun arall.

Ac efallai'i fod o.

Pwy ydi hi erbyn hyn?

Archeba win coch mawr. A theimlo fymryn yn chwithig. Palfalu am ei cherdyn i dalu.

'Ga' i hwnna. Ac un arall 'run fath i minna, plis.'

Dydi'r llais tu ôl iddi ddim yn anghyfarwydd.

'DI Preis?'

'Sioned. Awn ni i ista, 'ta?'

Ymddengys fod Sioned Preis ar yr un perwyl â hithau.

'Jyst angen pit-stop cyn ei throi hi am adra,' medda hi, er ei bod hi wedi sbriwsio rhywfaint arni hi'i hun; slempan o fêc-ỳp, sodlau.

Mae'i hwyneb hi'n welw, a'i masgara hi'n gleisiog; wythnos sydd 'na ers iddi hi a Cêt wahanu. Y job 'ma. Dydi o ddim yn helpu, medda hi. Ti'n dod adra o dy waith ar ôl gweld corff am y tro cynta, a'r cwbwl ti'n ei gael ydi rhywun yn mwydro dy ben di hefo trefniada priodas. Ond fydd yna ddim priodas bellach. Gwagia weddill ei gwydraid, a rownd Angharad ydi hi. Yr un fath eto. Ac eto.

Bydd dreifio adra'n amhosib.

Maen nhw'n gadael Cabana ar ôl iddi dwllu, fraich ym mraich, yn cario'u sgidia yn eu dwylo rhydd.

AM DDARLLEN
AM Y CÊS MWYA HERIOL ETO
I KIELY AC O'SHEA?

BYDD **tri**,
Y NOFEL NESA YN Y GYFRES,
YN YMDDANGOS
YN FUAN YN 2025!